U0868745

岳麓書社

读名著　选岳麓

中国古典小说普及文库

包青天奇案

〔明〕无名氏 著

岳麓书社·长沙

港口渔翁

绣履埋泥

金鲤

出版说明

古往今来，留名青史者众，但世易时移，许多人渐渐被遗忘在历史的尘埃里，然而北宋名臣包拯却一直鲜活地存在于人们的口耳之间。千百年来，有关他的故事在民间代代流传，人们不但为他建立祠堂虔诚祭拜，而且演绎出各种各样的故事来赞美他，《百断奇观重订龙图公案》是其中较为出彩的一部作品。

此次出版的《包青天奇案》以最为通行的清嘉庆十三年（1808）李西桥作序的藻文堂刻本《百断奇观重订龙图公案》为底本，另参校其他版本以补漏订讹，略有删节。此书成书于明代万历年间，作者不详。全书共十卷一百篇，是一部短篇公案小说合集，各则故事独立成篇，彼此不相属，大体采用了相似的叙述模式，即先叙述案情，后诉状词，最后包公审案、结案。鲁迅先生对这部小说评价不高，称其“文意甚拙，盖仅识文字者所为”（《中国小说史略》）。诚然，此书文白夹杂，艺术上确实不够成熟，但它最大的成就，在于塑造了一个刚正不阿、为民请命的“清官”形象。

包公铁面无私、不畏权贵，即便皇亲国戚犯罪，也严惩不贷。比如《狮儿巷》一篇，二国舅为霸占袁妻，绞死袁秀才，杖杀其三岁小儿，手段残忍，包公用计拿下草菅人命的二国舅以及为包庇其弟同样犯了大罪的大国舅。犯人尚在牢中，求情者络绎不绝。先是皇后前来“说方便”，包公不允；后仁宗遣众大臣到开封府劝和，包公示以“但入府者便与国舅同罪”；即使仁宗亲至求情，包公依然不允，且回复“今二国舅罪恶贯盈，若不依臣启奏判理，情愿纳还官诰归农”，仁宗闻言也只得放弃。至此，作恶多端的二国舅终于被处决。虽然大国舅因仁宗大赦天下的诏令而被释放了，但包公“铁面无私”的形象在这篇小说里得到了极为丰富的展现。

包公不但秉公执法，而且在审案之时极富智谋，令人拍案叫绝。比如《骗马》一篇，仆人兴福被黄洪用一匹瘦骡骗去一匹好马，包公令人将骡子饿上三日，然后牵到被拐骗之处，令其自行回家。依此计，果然寻到了骗马之人。又如《三娘子》一篇，广东人赵信无故失踪，艄公张潮、赵妻孙氏及打算与赵信一同进京买布的周义，三人都有谋杀嫌疑。知县朱一明审案不明，将赵妻屈打成招。案卷至大理寺，左任事杨清凭张潮敲门叫“三娘子”而不是“三官人”的口供，断定凶手乃是张潮，于是案发巡行官复审。当时包公遍巡天下，审案之时，张潮拒不认罪。包公拘了当日水手，先打四十大板，再说张潮控告水手谋害赵信，水手情急之下招供，原来当日赵信四更到船，张潮撑船至深水处将赵信推落水中，再回岸边假睡。如此充满智趣的篇章，在小说中比比皆是。

应当提请读者注意的是，这部小说在思想上也有些许糟粕。比如《观音菩萨托梦》这则故事，写邓氏被一淫僧拐骗，囚在寺庙里受尽非人折磨。幸运得救后，包公却责之曰：“你当日被拐，便当一死，则身洁名荣，亦不累夫有钟盖之难。”不独包公，其夫亦“恨其不死”，邓氏为表忠贞，以头击柱，流血满地。至此，其夫才决定待之如初。又如《烘衣》一篇，寒冬时节，一个和尚掉进沼中，秀娘见而怜之，端出一盆火让他在外舍烘衣服，不料被丈夫撞见，丈夫对此大为光火，大骂其妻道：“妇人女子不出闺门，邻里间有许多人，若知尔取火与僧人，岂无议论？我秦得是个清白丈夫，如何容得汝不正之妇？”语毕即将秀娘赶回母家。秀娘母亲知道女儿被逐之由，非但不同情她，反而埋怨她惹出丑声，甚是轻贱她。邻里亲族，也多有议论。封建社会对女性的苛责与压迫，读之令人脊背生寒，这些都是我们需要予以摒弃的。

总而言之，《包青天奇案》是一部虽有缺陷，但瑕不掩瑜的作品，它不但为《龙图耳录》《三侠五义》《七侠五义》等包公系列的作品提供了丰富的养料，而且也是一部严谨的普法教科书，有助于人们了解古代法律的实施情况。我们相信，这样一部集故事性、知识性与趣味性于一体的作品，一定可以使读者从中获益。

序

明镜当空，物无不照，片言可折狱也。然理虽一致，事有万变，听讼者于情伪百出之际，而欲明察秋毫，难矣。《龙图公案》世传为包公所断之案，尝阅一过，灵思妙想，往往有鬼神所不及觉。而信手拈来，奇幻莫测，人人畏服。所以然者，包公非有异术，不过明与公而已矣。《宋史》所载，包公性峭直，寡色笑，平生无私书，不妄取，不苟合。千古而下，闻风敬畏，遇无头没影之案，即云：非包爷不能决！其见重于世也如是。说者曰包公为阎罗主，乃因当时京师有语云："关节不到，有阎罗包老。"以其刚毅无私，遂以神明况之。若以为果任阴司，有是理乎？夫人能如包公之公，则亦必能如包公之明；倘不存一毫正直之气节，左瞻右顾，私意在胸中，明安在哉！故是书不特教人之明，而并教人之公。盖虚伪百出，一断不差，究非理在事外，总由中无执泥，惟求真耳。故视奇异之案，亦属平常之断，一如明镜当空，物自无遁形焉。初非勉强之为，亦非鬼神之说。存是意也，可以读是书。

岁嘉庆十三年戊辰春月孝冈李西桥题

目　录

卷之三

卷之四

卷之五

卷之八

卷之九

卷之十

卷之一

阿弥陀佛讲和

话说德安府孝感县有一秀才，姓许名献忠，年方十八，生得眉清目秀，丰神俊雅。对门有一屠户萧辅汉，有一女儿名淑玉，年十七岁，甚有姿色，每日在楼上绣花。其楼近路，常见许生行过，两下相看，各有相爱的意。时日积久，遂私通言笑。许生以言挑之，女即微笑道肯。其夜，许生以楼梯暗引上去，与女携手兰房，情交意美。

及至鸡鸣，许生欲归，暗约夜间又来，淑玉道："倚梯在楼，恐夜间有人经过看见不便。我今备一圆木在楼枋上，将白布一匹，半挂圆木，半垂楼下。汝夜间只将手紧抱白布，我在楼上吊扯上来，岂不甚便？"许生喜悦不胜，至夜果依计而行。如此往来半年，邻舍颇知，只瞒得萧辅汉一人。

忽一夜，许生因朋友请酒，夜深未来。有一和尚明修，夜间叫街，见楼上垂下白布到地，只道其家晒布未收，思偷其布。停住木鱼，寂然过去，手扯其布，忽然楼上有人吊扯上去。和尚心下明白，必是养汉婆娘垂此接奸夫者。任他吊上去，果见一女子。和尚心中大喜，便道："小僧与娘子有缘，今日肯舍我宿一宵，福田似海，恩大如天。"淑玉慌了，道："我是鸾交凤配，怎肯失身于你。我宁将银簪一根舍你，你快下楼去。"僧道："是你吊我上来，今夜来得去不得了。"即强去搂抱求欢。女怒甚，高声叫道："有贼在此！"那时父母睡去不闻，僧恐人知觉，即拔刀将女子杀死，取其簪、珥、戒指下楼去。

次日早饭后，其母见女儿不起，走去看时，见杀死在楼，竟不知何人所谋。其时邻舍有不平许生事者与萧辅汉道："你女平素与许献忠来往有半年余，昨夜许生在友家饮酒，必定乘醉误杀，是他无疑。"萧辅汉闻知包公神明，即具状赴告：

> 告为强奸杀命事：学恶许献忠，心邪狐媚，行丑鹑奔。觊女淑玉艾色，百计营谋，千思污辱。昨夜，带酒佩刀，潜入卧室，搂抱强奸，女贞不从，拔刀刺死。遗下簪珥，乘危盗去。邻右可证。托迹黉门，桃李陡变而为荆榛；驾称泮水，龙蛇忽转而为鲸鳄。法律实类鸿毛，伦风今且涂地。急控填偿，哀哀上告。

是时包公为官极清，识见无差。当日准了此状，即差人拘原被告、干证人等听审。

包公先问干证，左邻萧美、右邻吴范俱供：萧淑玉在沿街楼上宿，与许献忠有奸已经半载，只瞒过父母不知。此奸是有的，特非强奸。其杀死缘由，夜深之事，众人实在不知。许生道："通奸之情，瞒不过众人，我亦甘心肯认。若以此拟罪，死亦无辞。但杀死事，实非是我。"萧辅汉道："他认轻罪而辞重罪，情可灼见。女房只有他到，非他杀死，是谁杀之？必是女要绝他勿奸，因怀怒杀之。且后生轻狂性子，岂顾女子与他有情！老爷若非用刑究问，安肯招认?"包公看许生貌美性和，似非凶恶之徒。因问道："汝与淑玉往来时，曾有人楼下过否?"答道："往日无人，只本月有叫街和尚，夜间敲木鱼经过。"包公因发怒道："此必是你杀死的。今问你罪，你甘心否?"献忠心慌，答道："甘心。"遂打四十收监。包公密召公差王忠、李义问道："近日叫街和尚在何处居住?"王忠道："在玩月桥观音座前歇。"包公分付二人可密去如此施行，讨出赏你。

其夜，僧明修复敲木鱼叫街，约三更时分，将归桥宿，只听得桥下三鬼一声叫上，一声叫下，又低声啼哭，甚是凄切怕人。僧在桥打坐，口念弥陀。后一鬼似妇人之声，且哭且叫道："明修明修，你要来奸我，我不从罢了。我阳数未终，你无杀我道理。无故杀我，又抢我钗珥。我已告过阎王，命二鬼使伴我来取命，你反念阿弥陀佛讲和。今宜讨财帛与我并打发鬼使，方与私休。不然，再奏天曹，定来取命，念诸佛难保你命。”明修乃手执弥陀珠佛掌答道：“我一时欲火要奸你，见你不从又要喊叫，恐人来捉我，故一时误杀你。今钗环戒珠尚在，明日买财帛并念经卷超度你，千万勿奏天曹。”女鬼又哭，二鬼又叫一番，更觉凄惨。僧又念经，再许明日超度。忽然，两个公差走出来，将铁链锁住，僧惊慌：“是鬼！”王忠道：“包公命我捉你，我非鬼也。”吓得僧如泥块，只说看佛面求赦。王忠道：“真好个谋人佛，强奸佛。”遂锁将去。李义收取禅担、蒲团等物同行。原来包公早命二公差雇一娼妇，在桥下作鬼声，吓出此情。

次日，锁了明修并带娼妇见包公，叙桥下做鬼吓出明修要强奸不从因致杀死情由。包公命取库银赏了娼家并二公差去讫。又搜出明修破衲袄内钗、珥、戒指，辅汉认过，的是伊女插戴之物。明修无词抵饰，一款供招，认承死罪。

包公乃问许献忠道：“杀死淑玉是此贼秃，理该抵命。但你做秀才奸人室女，亦该去衣衿。今有一件，你尚未娶，淑玉未嫁，虽则两下私通，亦是结发夫妻一般。今此女为你垂布，误引此僧，又守节致死，亦无玷名节，何愧于妇？今汝若愿再娶，须去衣衿；若欲留前程，将淑玉为你正妻，你收埋供养，不许再娶。此二路何从?”献忠道：“我稔知淑玉素性贤良，只为我牵引故有私情，我别无外交，昔相通时曾嘱我娶他，我亦许他发科时定谋完娶。不意遇此贼僧，彼又死节明白，我心岂忍再娶！今日只愿收埋淑玉，认为正妻，以不负他死节之意，决不敢再娶也。其衣衿留否，惟凭天台所赐，本意亦不敢欺心。”包公喜道：“汝心合乎天理，我当为你力保前程。”即作文书，申详学道：

> 审得生员许献忠，青年未婚；邻女淑玉，在室未嫁。两少相宜，静夜会佳期于月下；一心合契，半载赴私约于楼中。方期缘结乎百年，不意变生于一旦。恶僧明修，心猿意马，夤夜

直上重楼；狗幸狼贪，粪土将污白璧。谋而不遂，袖中抽出钢刀；死者含冤，暗里剥去钗珥。伤哉淑玉，遭凶僧断丧香魂；义矣献忠，念情妻誓不再娶。今拟僧抵命，庶雪节妇之冤；留许前程，少奖义夫之概。未敢擅便，伏候断裁。

学道随即依拟。

后许献忠得中乡试，归来谢包公道："不有老师，献忠已作囹圄之鬼，岂有今日！"包公道："今思娶否？"许生道："死不敢矣。"包公道："不孝有三，无后为大。"许生道："吾今全义，不能全孝矣。"包公道："贤友今日成名，则萧夫人在天之灵必喜悦无穷；就使若在，亦必令贤友置妾。今但以萧夫人为正，再娶第二房令阃何妨？"献忠坚执不从。包公乃令其同年举人田在懋为媒，强其再娶霍氏女为侧室。献忠乃以纳妾礼成亲，其同年录只填萧氏，不以霍氏参入。可谓妇节夫义，两尽其道。而包公雪冤之德，继嗣之恩，山高海深矣。

观音菩萨托梦

话说贵州道程番府有一秀才丁日中，常在安福寺读书，与僧性慧朝夕交接。性慧一日往日中家相访，适日中外出，其妻邓氏闻夫常在寺读书，多得性慧汤饮，因此出来见之，留他一饭。性慧见邓氏容貌华丽，言词清雅，心中不胜喜慕。后日中复往寺读书月余未回，性慧遂心生一计，将银雇二道士假扮轿夫，半午后到邓氏家道："你相公在寺读书，劳神太过，忽然中风死去，得僧性慧救醒，尚奄奄在床，生死未保。今叫我二人接娘子去看他。"邓氏道："何不借眠轿送他回来？"二轿夫道："本要送他回来，奈程途有十余里，恐路上冒风，症候加重，便难救治。娘子可自去看来，临时主意或接回或在彼处医治。有个亲人在旁，也好伏侍病人。"邓氏听得，即登轿去。

天晚到寺，直抬入僧房深处，却已排整酒筵，欲与邓饮酒。那邓氏即问道："我官人在哪里？领我去看。"性慧道："你官人因众友相邀去游城外新寺，适有人来报他中风，小僧去看，幸已清安。此去有路五里，天色已晚，可暂在此歇，明日早行。或要即去，亦待轿夫吃饭，娘子亦吃些点心，然后讨火把去。"邓氏遂心生疑，然又进退无路。只饮酒数杯，又催轿夫去。性慧道："轿夫不肯夜行，各回去了。娘子可宽饮数杯，不要性急。"又令侍者小心奉劝，酒已微醉，乃照入禅房去睡。邓氏见锦衾绣褥，罗帐花枕，件件精美。以灯照之，四边皆密，乃留灯合衣而寝，心中疑虑不寐。及钟声定后，性慧从背地进来，近床抱住。邓氏喊声："有贼！"性慧道："你就喊到天明，也无人来捉贼。我为你费了多少心机，今日乃得到此，亦是前生夙缘注定，不由你不肯。"邓氏骂道："野僧何得无耻！我宁死决不受辱。"性慧道："娘子肯行方便一宵，明日送你见夫。若不怜悯，小僧定断送你的性命！"邓氏喊骂闹至半夜，被性慧行强剥去衣服，将手足绑缚，恣行淫污。

次日午朝方起。性慧谓邓氏道："你被我设计骗来，事已至此，可削发为僧，藏在寺中，衣食受用都不亏你，又有老公陪。你若使昨夜性子，有麻绳、剃刀、毒药在此，凭你死吧！"邓氏暗思身已受辱，死则永无见天的日子，此冤难报；不如忍耐受辱，倘得见夫，报了此冤，然后就死。乃从其披剃。

过了月余，丁日中来寺拜访性慧，邓氏认得是夫声音，挺身先出，性慧即赶出来，日中方与邓氏作揖，邓氏哭道："官人不认得我了？我被性慧拐骗在此，日夜望你来救我。"日中大怒，扭住性慧便打，被性慧呼集众僧将日中锁住，取出刀来将杀之。邓氏来夺刀道："可先杀我，然后杀我夫！"性慧乃收起刀，强扯邓氏入房吊住，再出来杀日中。日中道："我妻被你拐，夫又被你杀，我到阴司也不肯放你。若要杀，可与我夫妻相见，作一处死罢。"性慧道："你死则邓氏无所望，便终身是我妻，安肯与你同死？"日中道："然则全我身体，容我自死罢。"性慧道："我且积些阴功。方丈后有一大钟，将你盖在钟下，与你自死。"遂将日中盖入钟下。

邓氏日夜啼哭，拜祷观音菩萨，愿有人来救他丈夫。

过了三日，适值包公巡行其地。夜梦观音引至安福寺方丈中，见钟下覆一黑龙。初亦不以为意，至第二、三夜，连梦此事，心始疑异。乃命手下径往安福寺中，试看何如。到得方丈坐定，果见方丈后有一大钟，即令手下抬开来看，只见一人饿得将死，但气未绝。包公知是被人所困，即令以粥汤灌下，一饭时稍醒，乃道："僧性慧既拐我妻削发为僧，又将我盖在钟下。"包公遂将性慧拿下，但四处搜觅，并无妇人。包公便命密搜，乃入复壁中，有铺地木板。公差揭起木板，有梯入地，从梯下去，乃是地楼。点灯明亮，一少年和尚在坐。公差叫他上来，报见包公。此和尚即是邓氏。见夫已放出，性慧已锁住，邓氏乃从头叙其拐骗情由，害夫根原。性慧不能辩，只磕头道："死罪甘受。"包公随即判道：

> 审得淫僧性慧，稔恶贯盈，与生员丁日中交游，常以酒食征逐。见其妻邓氏美貌，不觉巧计横生。赚其入寺背夫，强行淫玷；劫其披缁削发，混作僧徒。虽抑郁而何言，将待机而图报；偶日中之来寺，幸邓氏之闻声。相见泣诉，未尽衷肠之话；群僧拘执，欲行刃杀之凶。恳求身体之全，得盖大钟之下。乃感黑龙之被盖，梦入三更。因至方丈而开钟，饿经五日。丁日中从危得活，后必亨通。邓氏女求死得生，终当完聚。性慧拐人妻，坑人命，合枭首以何疑！群僧党一恶害一生，皆充军于远卫。

判讫，将性慧斩首示众，其助恶众僧皆发充军。

包公又责邓氏道："你当日被拐，便当一死，则身洁名荣，亦不累夫有钟盖之难。若非我感观音托梦而来，汝夫却不为你而饿死乎？"邓氏道："我先未死者，以不得见夫，未报恶僧之仇，将图见夫而死。今夫已救出，僧已就诛，妾身既辱，不可为人，固当一死决矣！"即以头击柱，流血满地。包公乃命人扶住，血出晕倒，以药医好，死而复生。

包公谓丁日中道："依邓氏之言，其始之从也，势非得已；其不死者，因欲得以报仇也。今击柱甘死，可以明志。汝其收之。"

丁日中道："吾向者正恨其不死，以图后报仇之言为假。今见其撞柱，非真偷生无耻可知。今幸而无死，吾待之如初，只当来世重会也。"日中夫妇拜谢而归，以木刻包公之像，朝夕奉侍不懈。其后日中亦登科第，官至同知。

嚼舌吐血

话说西安府乜崇贵，家业巨万。妻汤氏，生子四人，长名克孝，次名克悌，三名克忠，四名克信。克孝治家任事，克悌在外为商，克忠读书进学，早负文名，屡期高捷，亲教幼弟克信，殷勤友爱，出入相随。

克忠不幸下第，染病卧床不起。克信时时入房看望，见嫂淑贞花貌惊人，恐兄病体不安，或贪美色，伤损日深，决不能起。欲兄移居书房，静养身心，或可保其残喘。淑贞爱夫心切，不肯与他出房，道："病者不可移，且书斋无人伏侍，只在房中时刻好进汤药。"此皆真心相爱，原非为淫欲之计，克信心中怏然。亲朋来问疾者，人人嗟叹克忠苦学伤神。克信叹道："家兄不起，非因苦学。自古几多英雄豪杰皆死于妇人之手，何独家兄。"话毕，两泪双垂。亲朋闻之骇然，须臾罢去。克忠疾革，蒋淑贞急呼叔来。克信大怒道："前日不听我言移入书房养病，今必来呼我为何?"淑贞悄然。克信近床，克忠泣道："我不济事矣，汝好生读书，要发科第，莫负我叮咛。寡嫂贞洁，又在少年，幸善待之。"语罢，遂气绝。克信哀痛弗胜，执丧礼一毫无缺，殡葬俱各尽道，事奉寡嫂淑贞十分恭敬。自克忠死后，长幼共怜悯之。七七追荐，请僧道做功果，淑贞哀号极苦，汤水不入口者半月，形骸瘦弱，忧戚不堪。及至百日后，父母慰之，家庭长者妯娌眷属亦各劝慰，微微饮食舒畅，容貌逐日复旧。虽不戴珠翠，不施脂粉，自然美容动人，十分窈窕。但其性甚介，守甚坚，言甚简静，行甚光明，无一尘可染。

倏尔一周将近，淑贞之父蒋光国安排礼仪，亲来祭奠女婿。用族侄蒋嘉言出家紫云观为道士者作高功，亦领徒子蒋大亨，徒孙蒋时化、严华元同治法事。克信心不甚喜，乃对光国道：“多承老亲厚情，其实无益。”光国怫然不悦，遂入内谓淑贞道：“我来荐汝丈夫，本是好心，你幼叔大不欢喜。薄兄如此，宁不薄汝？”淑贞道：“他当日要移兄到书房，我留在房伏侍。及至兄死时，他极恼我不是。到今一载，并不相见。待我如此，岂可谓善！”光国听了此言，益憾克信。及至功果将完，追荐亡魂之际，光国复呼淑贞道：“道人皆家庭子侄，可出拜灵前无妨。”淑贞哀心不胜，遂拜哭灵前，悲哀已极，人人惨伤。

独有臊道严华元，一见淑贞，心中想道：人言淑贞乃绝色佳人，今观其居忧素服之时，尚且如此标致，若无愁无闷而相欢相乐，真个好煞人也。遂起淫奸之心。迨至夜深，道场圆满之后，道士皆拜谢而去。光国道：“嘉言、大亨与时化三人，皆吾家亲，礼薄些谅不较量；惟严先生乃异姓人物，当从厚谢之。”淑贞复加封一礼。岂知华元立心不良，阳言一谢先行，阴实藏形高阁之上，少俟人静，作鼠耗声。淑贞秉烛视之，华元即以求阳媾合邪药弹上其身。淑贞一染邪药，心中即时淫乱，遂抱华元交欢恣乐。俄而天明，药气既消，始知被人迷奸，有玷名节，嚼舌吐血，登时闷死。华元得遂淫心，遂潜逃而去，乃以淑贞加赐礼银一封，贻于淑贞怀中，盖冀其复生而为之谢也。

日晏之时，晨炊已熟，婢女菊香携水入房，呼淑贞梳洗，不见形踪，乃登阁上寻觅。但见淑贞死于毡褥之上。菊香大惊，即报克孝、克信道：“三娘子死于阁上。”克孝、克信上阁看之，果然气绝。大家俱惊慌，乃呼众婢女抬淑贞出堂停柩，下阁之时遗落胸前银包，菊香在后拾取而藏之。此时光国宿于女婿书房，一闻淑贞之死，即道：“此必为克信叔害死。”忙入后堂哭之，甚哀甚忿，乃厉声道：“我女天性刚烈，并无疾病，黑夜猝死，必有缘故。你既恨我女留住女婿在房身死，又恨我领道人做追荐女婿功果，必是乘风肆恶，强奸我女。我女咬恨，故嚼舌吐血而死。”遂作状告到包公道：

告为灭伦杀嫂事：风俗先维风教，人生首重人伦。男女授受不亲，嫂溺手援非正。女嫁生员乜克忠为妻，不幸夫亡，甘心守节。兽恶克信，素窥嫂氏姿色，淫凶无隙可加；机乘斋醮完功，意料嫂倦酣卧。突入房帷，恣抱奸污。女羞咬恨，嚼舌吐血，登时闷死。狐绥绥，犬靡靡，每痛恨此贱行；鹑奔奔，鹊彊彊，何堪闻此丑声。家庭偶语，将有丘陵之歌；外众聚谈，岂无墙茨之句。在女申雪无由，不殉身不足以明节；在恶奸杀有据，不填命不足以明冤。哀求三尺，早正五刑。上告。

此时，乜克信闻得蒋光国告己强奸服嫂，羞惭无地，抚兄之灵痛哭伤心，呕血数升，顷刻立死。魂归阴府，得遇克忠，叩头哀诉。克忠泣而语之道："致汝嫂于死地者，严道人也，有银一封在菊香手可证。汝嫂存日已登簿上。可执之见官，冤情自然明白，与汝全不相干。我的阴灵决在衙门来辅汝，汝速速还阳，事后可荐拔汝嫂。切记切记。"克信苏转，已过一日，包公拘提甚紧，只得忙具状申诉道：

诉为生者暴死，死者不明；死者复生，生者不愧事：寡嫂被强奸而死，不得不死，但死非其时；嫂父见女死而告，不得不告，但告非其人。何谓死非其时？寡嫂被污，只宜当时指陈明白，不宜死之太早；嫂父控冤，会须访确强暴是谁，不应枉及无干。痛身拜兄为师，事嫂如母，语言不通，礼节尤谨。毫不敢亵，岂敢加淫？污嫂致死，实出严道；嫂父不察，飘空诬陷。兔爰得计，雉罹实出无辜；鱼网高悬，鸿离难甘代死。泣诉。

包公亦准乜克信诉词，即唤原告蒋光国对理。光国道："女婿病时，克信欲移入书房服药养病。我女不从，留在房中伏侍。后来女婿不幸身亡，克信深怒我女致兄死地，故强逼成奸，因而致死，以消忿怒。"克信道："辱吾嫂之身以致吾嫂之死者，皆严道人。"光国道："严道人仅做一日功果，安敢起奸淫之心，入我女房，逼他上阁？且功果完成之时，严道人齐齐出门去了，大众皆见其行。

此全是虚词。”包公道：“道人非一，单单说严道人，有何为凭为证?”克信泣道：“前日光国诬告的时节，小的闻得丑恶难当，即刻抚兄之灵痛哭伤心，呕血满地，闷死归阴。一见先兄，叩头哀诉，先兄慰小人道，严道人致死吾嫂，有银在菊香处为证，吾嫂有登记在簿上。乞老爷详情。”包公怒道：“此是鬼话，安敢对官长乱谈!”遂将克信打三十板。克信受刑苦楚，泣叫道：“先兄阴灵尚许来辅我出官，岂敢乱谈!”包公大骂道：“汝兄既有阴灵来辅你，何不报应于我?”

忽然间包公困倦，曲肱而枕于案上，梦见已故生员乜克忠泣道：“老大人素称神明，今日为何昏昧?污辱吾妻而致之死者，严道人也，与我弟全不相干。菊香获银一封，原是大人季考赏赐生员的。吾妻赏赐道人，登注簿上，字迹显然，幸大人详察，急治道人的罪，释放我弟。”包公梦醒，怃然叹曰：“有是哉！鬼神之来临也。”遂对克信道：“汝言诚非谬谈，汝兄已明白告我，我必为汝辨此冤诬。”遂即差人速拿菊香拶起，究出银一封，果是给赏之银。问菊香道：“汝何由得此?”菊香道：“此银在娘子身上，众人抬他下阁时，我从后面拾得。”又差人同菊香入房，取淑贞日记簿查阅，果有银五钱加赐严道人字迹。包公遂急拿严道人来，才一夹棍，便直招认，不合擅用邪药强奸淑贞致死，谬以原赐赏银一封纳其胸中是实，情愿甘罪，与克信全无干涉。包公判道：

审得严华元，忝迹玄门，情迷欲海。滥叨羽衣之列，窃思红粉之娇。受赏出门，阳播先归之语；贪淫登阁，阴为下贱之行。弹药染贞妇之身，清修安在?贪花杀服妇之命，大道已忘。淫污何敢对天尊，冤业几能逃地狱?淑贞含冤，丧娇容于泉下；克忠托梦，作对头于阳间。一封之银足证，数行之字可稽。在老君既不容徐身之好色，而王法又岂容华元之横奸?填命有律，断首难逃。克信无干，从省发还家之例；光国不合，拟诬告死罪之刑。

咬舌扣喉

话说山东兖州府曲阜县，有姓吕名毓仁者，生子名如芳，十岁就学，颖异非常。时本邑陈邦谟副使闻知，凭其子业师傅文学即毓仁之表兄为媒，将女月英以妻如芳，冰议一定，六礼遂成。越及数年，毓仁敬请表兄傅文学约日完娶，陈乃备妆奁送女过门，国色天姿，人人称羡，学中朋友俱来庆新房。内有吏部尚书公子朱弘史，是个风情浇友。自夫妇合卺之后，陈氏奉姑至孝，顺夫无违。岂期喜事方成，灾祸突至，毓仁夫妇双亡，如芳不胜哀痛。守孝三年，考入黉宫，联捷秋闱，又产麟儿，陈氏因留在家看顾。如芳功名念切，竟别妻赴试。陡遇倭警，中途被执，惟仆程二逃回，报知陈氏，陈氏痛夫几绝，父与兄弟劝慰，乃止。其父因道："我如今赴任去急，虑汝一人在家，莫若携甥同往。"陈氏道："爷爷严命，本不该违。奈你女婿鸿雁分飞，今被掳去，存亡未知，只有这点骨血，路上倘有疏虞，绝却吕氏之后。且家中无主，不好远去。"副使道："汝言亦是。但我今全家俱去，只汝二位嫂嫂在家，汝可常往，勿在家忧闷成疾。"

副使别去。陈氏凡家中大小事务，尽付与程二夫妻照管，身旁惟七岁婢女叫做秋桂伏侍，闺门不出，内外凛然。不意程二之妻春香，与邻居张茂七私通，日夜偷情。茂七因谓春香道："你主母青年，情欲正炽，你可为我成就此姻缘。"春香道："我主母素性正大，毫不敢犯，轻易不出中堂，此必不可得。"茂七复戏道："你是私心，怕我冷落你的情意，故此不肯。"春香道："事知难图。"自此，两人把此事亦丢开不提。

且说那公子朱弘史，因庆新房而感动春心，无由得入。得知如芳被掳，遂卜馆与吕门相近，结交附近的人，常常套问内外诸事，倒像真实怜悯如芳的意思。不意有一人告诉："吕家世代积德，今反被执，是天无眼睛。其娘子陈氏执守妇道，出入无三尺之童，身旁惟七岁之婢，家务支持尽付与程二夫妻，程二毫无私意，可羡可羡。”弘史见他独夸程二，其妇必有出处。遂以言套那人道：“我闻得程妻与人有通，终累陈氏美德。”其人道：“相公何由得知？我此处有个张茂七，极好风月，与程二嫂朝夕偷情。其家与吕门连屋，或此妇在他家眠，或此汉在彼家睡，只待丈夫在庄上去，就是这等。”弘史心生计道：我当年在他家庆新房时，记得是里外房间，其后有私路可入中间。待我打听程二不在家时，趁便藏入里房，强抱奸宿，岂不美哉！计较已定。

次日傍晚，知程二出去，遂从后藏入已定。其妇在堂唤秋桂看小官，进房将门扣上，脱衣将洗，忽记起里房透中间的门未关，遂赤身进去，关讫就洗。此时弘史见雪白身躯，已按捺不住。陈氏浴完复进，忽被紧抱，把口紧紧掩住，弘史把舌舔入口内，令彼不能出声。陈氏猝然遇此，举手无措，心下自思道：身已被污，不如咬断其舌，死亦不迟。遂将弘史舌尖紧咬。弘史不得舌出，将手扣其咽喉，陈氏遂死。弘史潜迹走脱，并无人知。

移时，小儿啼哭，秋桂喊声不应，推门不开，遂叫出春香，提灯进来，外门紧闭，从中间进去，见陈氏已死，口中出血，喉管血荫，袒身露体，不知从何致死，乃惊喊。族众见其妇如此形状，竟不知何故。内有吴十四、吴兆升说道：“此妇自来正大，此必是强奸已完，其妇叫喊，遂扣喉而死。我想此不是别人，春香与茂七有通，必定是春香同谋强奸致死。”就将春香锁扣伴死，将陈氏幼子送往母家乳哺。

次日，程二庄上回来，见此大变，究问缘由，众人将春香通奸同谋事情说知。程二即具状告县：

告为强奸杀命事：极恶张茂七，迷曲蘖为好友，指花柳为神仙。贪妻春香姿艾，乘身出外调奸，恣意横行，往来无忌。本月某日，潜入卧房，强抱主母行奸，主母发喊，剪喉杀命。身妻喊惊邻甲共证。满口血凝，任挽天河莫洗；裸形床上，忍看被垢尸骸。痛恨初奸某妻，再奸主母。奸妻事小，杀主事大。恳准正法填命，除恶申冤。上告。

当时知县即行相验。只见那妇人尸喉管血荫，口中血出。令仆将棺盛之。带春香、茂七一干人犯鞫问。即问程二道："你主母被强奸致死，你妻子与茂七通奸同谋，你岂不知情弊?"程二道："小的数日往庄上收割，昨日回来，见此大变，询问邻族，吴十四、吴兆升说妻子与张茂七通奸，同谋强奸主母，主母发喊，扣喉绝命，小的即告爷爷台下。小的不知情由，望爷爷究问小的妻子，便知明白。"县官问春香道："你与张茂七同谋，强奸致死主母，好好从直招来。"春香道："小妇人与茂七通奸事真，若同谋强奸主母，并不曾有。"知县道："你主母为何死了?"春香道："不知。"官令拶起。春香当不起刑法，道："爷爷，同谋委实没有，只茂七曾说过，你主母青年貌美，教小妇人去做脚。小妇人道，我主母平日正大，此事毕竟不做。想来必定张茂七私自去行也未见得。"官将茂七夹起问道："你好好招来，免受刑法!"茂七道："没有。"官又问道："必然是你有心叫春香做脚，怎说没有此事?"当时吴十四、吴兆升道："爷爷是青天，既一事真，假事也是真了。"茂七道："这是反奸计。爷爷，分明是他两个强奸，他改做小的与春香事情，诬陷小的。"官将二人亦加刑法，各自争辩。官复问春香道："你既未同谋，你主母死时你在何处?"春香道："小妇人在厨房照顾做工人，只见秋桂来说，小官在那里啼哭，喊叫三四声不应，推门又不开，小妇人方才提灯去看，只见主母已死，小妇人方喊叫邻族来看，那时吴十四、吴兆升就把小妇人锁了。小妇人想来，毕竟是他二人强奸扣死出去，故意来看，诬陷小妇人。"官令俱各收监，待明日再审。

次日，又拿秋桂到后堂，官以好言诱道："你家主母是怎么死了?"秋桂道："我也不晓得。只是傍晚叫我打水洗浴，叫我看小官，他自进去把前后门关了。后来听得脚声乱响，口内又像是说不出，过了半时，便无声息，小官才啼，我去叫时他不应，门又闭了。我去叫春香姐姐拿灯来看，只见衣服也未穿，死了。"官又问："吴十四、吴兆升常在你家来么?"秋桂道："并不曾来。"又问："茂七来否?"秋桂道："常在我家来，与春香姐姐取笑。"官审问详细，取出一干人犯到堂道："吴某二人事已明白，与他无干。茂七，我知道你当初叫春香做脚不遂，后来你在他家稔熟，晓得陈氏在外房洗浴，你先从中间藏在里房，俟陈氏进来，你掩口强奸，陈氏必然喊叫，你恐怕人来，将咽喉扣住死了。不然，他家又无杂人来往，哪个这等稔熟?后来春香见事难出脱，只得喊叫，此乃掩耳盗铃的意思。你二人的死罪定了!"遂令程二将棺埋讫，开豁邻族等众，即将行文申明上司。程二忠心看顾小主不提。

越至三年时，包公巡行山东曲阜县，那茂七的父亲学六具状进上：

> 诉为天劈奇冤事：民有枉官为申理，子受冤父为代白。枭恶程二，主母身故，陷男茂七奸杀，告县惨刑屈招。泣思奸无捉获，指奸恶妻为据；杀不喊明，驾将平日推原。伊妻奸不择主，是夜未知张谁李谁；主母死无证据，当下何不扭住截住?恶欲指鹿而为马，法岂易牛而以羊!乞天镜，照飞霜。详情不雨，盆下衔恩。哀哀上诉。

包公准状。次日，夜阅各犯罪案，至强奸杀命一案，不觉精神疲倦，蒙眬睡去。忽梦见一女子似有诉冤之状。包公道："你有冤只管诉来。"其妇未言所以，口吟数句而去道："一史立口阝人士，八厶还夸一了居。舌尖留口含幽怨，蜘蛛横死恨方除。"时包公醒来，甚是疑惑，又见一大蜘蛛，口开舌断，死于卷上，包公辗转寻思，莫得其解。复自想道：陈氏的冤，非姓史者即姓朱也。次日，审问各罪案明白，审到此事，又问道："我看起秋桂口词，他家又无闲人来往，你在他家稔熟，你又预托春香去谋奸，到如今还诉什么冤?"茂七道："小的实没有此事。只是当初县官做杀了，小的有口难分。今幸喜青天爷爷到此，望爷爷斩断冤根。"包公复问春香，亦道："并无此事，只是主母既死，小妇人分该死了。"包公乃命带春香出外听候，单问张茂七道："你当初知陈氏洗浴，藏在房中，你将房中物件一一报来。"茂七道："小的无此事，怎么报得来?"包公道："你死已定，何不报来!"茂七想道：也是前世冤债，只得妄报几件。“他房中锦被、纱帐，箱笼俱放在床头。”包公令带春香进来，问道：“你将主母房中使用物件逐一报来。”春香不知其意，报道：“主母家虽富足，又出自宦门，平生只爱淡薄，福生帐、布被，箱笼俱在楼上，里房别无他物。”包公又问：“你家亲眷并你主人朋友，有姓朱名史的没有？”春香道：“我主人在家日，有个朱吏部公子相交，自相公被掳，并不曾来，只常年与黄国材相公在附近读书。”包公发付收监。

次日观风，取弘史作案首，取黄国材第二。是夜阅其卷，复又梦前诗，遂自悟道：一史立口阝人士，一史乃是吏字，立口阝是个部字，人士乃语词也。八厶乃公字，一了是子字。此分明是吏部公子。舌尖留口含幽怨，这一句不会其意。蜘蛛横死恨方除，此公子姓朱，分明是蜘蛛也。他学名弘史，又与此横死声同律；恨方除，必定要问他填命方能泄其妇之恨。

次日，朱弘史来谢考。包公道：“贤契好文字。”弘史语话不明，舌不叶律，包公疑惑，送出去。黄国材同四名、五名来谢。包公问黄生道：“列位贤契好文字。”众答道：“不敢。”因问道：“朱友的相貌魁昂，文才俊拔，只舌不叶律，可为此友惜之。不知他还是幼年生成，还是长成致疾？”国材道：“此友与门生四年同在崇峰里攻书，忽六月初八夜间去其舌尖，故此对答不便。”诸生辞去。包公想道：我看案状是六月初八日奸杀，此生亦是此日去舌，年月已同；兼相单上载口中血出，此必是弘史近境探知门路去向，故预藏在里房，俟其洗浴已完，强奸恣欲，将舌入其口以防发喊。陈氏烈性，将口咬其舌，弘史不得脱身，扣咽绝命逃去。试思此生去舌之日与陈氏奸杀之日相符，此正应“舌尖留口念幽怨”也，强奸杀命更无疑矣。随即差人去请弘史。及至，以重刑鞫问，弘史一一招承。遂落审语道：

审得朱弘史，宦门辱子，黉序禽徒。当年与如芳相善，因庆新房，包藏淫欲。瞰夫被掳，于四年六月初八夜，藏入卧房，探听陈氏洗浴，恣意强奸，畏喊扣咽绝命。含舌诉冤于梦寐，飞霜落怨于台前。年月既侔，招详亦合。合拟大辟之诛，难逃枭首之律。其茂七、春香，填命虽谓无事，然私谋密策，终成祸胎，亦合发遣问流，以振风化。

锁　匙

话说潮州府邹士龙、刘伯廉、王之臣三人相善，情同管鲍，义重分金。后臣、龙二人同登乡荐，共船往京会试。邹士龙到船，心中悒怏。王之臣慰解道："大丈夫所志在功名，离别何足叹!"士龙道："我非为此。贱内怀有七月之娠，屈指正月临盆，故不放心。"之臣道："贱内亦然。想天相吉人，谅获平安，不必挂虑。"龙道："你我二人自幼同学从师，稍长同进黉宫，前日同登龙虎，今又彼此内眷有孕，事岂偶然！兄若不弃，他日若生者皆男，呼为兄弟；生者皆女，呼为姊妹；倘是一男一女，结为夫妻。兄意何如?"臣道："斯言先得我心。"命仆取酒，尽欢而饮。后益相亲爱。

至京会试，龙获联登，臣落孙山。臣遂先辞回家，龙乃送至郊外嘱道："今家书一封劳兄带回，家中事务乞兄代为兼摄一二。"臣道："家中事自当效力，不必挂念，惟努力殿试，决与前三名争胜。"遂掩泪而别。臣抵家，见妻魏氏产一男，名朝栋，臣问是何日，魏氏道："正月十五辰时。邹大人家同日酉时得一女，名琼玉。"臣心喜悦，遂送家书到龙家。龙妻李氏已先得联登捷报，又得平安家信，信中备述舟中指腹的事。李氏命婢设酒款臣，臣醉乃归。自后龙家外事臣遂悉为主持，毫无私意。

数月后，龙受知县而回，择日请伯廉为二家交聘，臣以金镶玉如意表礼为聘，龙以碧玉鸾钗一对答之。及龙赴任，往来书启通问，每月无间。臣越数科不中，亦受教职，历任松江府同知。病重，遗书一纸于龙，中间别无所云，惟谆谆嘱以扶持幼子，既而卒于任所。龙偶历南京巡道，得书大恸，亲往吊奠。臣为官清廉，囊无余剩，龙乃赠银百两，代为申明上司，给沿途夫马船只，奔柩归葬。丧事既毕，欲接朝栋来任攻书，朝栋辞道："父丧未终，母寡家贫，为子者安敢远行。"龙闻言，颇嘉其孝，常给赀以赡之，令之勤读，而家资日见颓败。十四岁补邑庠生，龙闻知甚喜，亦特遣贺。

自后，朝栋惟知读书，坐食山崩，遂至贫穷。而龙历任参政，以无子致仕回家。朝栋亦与伯廉往贺，衣衫褴褛。偶府县官俱来拜，龙自觉羞耻，心甚不悦。朝栋已十六岁，乃托刘伯廉去说，择日完娶。参政遂道："彼父在日虽过小聘，未尝纳采。彼乃宦家子弟，我女千金小姐，两家亦非小可人家，既要完娶，必行六礼。"朝栋闻言，乃道："彼亦知我家贫无措，何故如此留难！我当发奋，倘然侥幸，再作理会。"竟不复言。

一日，参政谓夫人道："女儿长成，分当该嫁。"夫人道："前者王公子来议完亲，虽家贫，我只得此女，何不令其入赘我家，岂不两便？何必要他纳采？"参政道："吾见朝栋将来恐只是个穷儒，我居此位，安用穷儒做门婿。谅他无银纳采，故尔留难。且彼大言不惭，再过一年，我叫刘兄去说，既不纳采，叫他领银百两另娶，我将女别选名门宦宅，庶不致耽误我女。"夫人道："彼即虽贫，喜好读书，将来必不落后。彼父虽亡，前言犹在，岂可因此改盟？"参政道："非汝所知，我自有处。"

不意琼玉在屏后听知。次日，与丹桂在后花园中观花，见朝栋过于墙外。婢指道："这就是王公子。"各各相盼而去。琼玉见朝栋丰姿俊雅，但衣衫褴褛，心中暗喜。至第二日，乃又与丹桂往花园。朝栋因见女子星眸月貌，光彩动人，与婢观花，意其必是琼玉，次日又往园外经过。琼玉令丹桂呼道："王公子！"朝栋恐被人见，不敢近前。婢又连呼，生见呼切，意必有说，竟近墙边。琼玉乃令婢开了小门，备以父言相告。朝栋道："此亲原是先君所定，我今虽贫，银决不受，亲决不退。令尊欲将汝遣嫁，亦凭令尊。"琼玉道："家君虽有此意，我决不从。你可用心读书，终久团圆。你晚上可在此来，我有事问你。此时恐有人来，今且别去。”

朝栋回去，候至人静更余，径去门边，见丹桂立候，乃道：“小姐请公子进去说话。”朝栋道：“恐你老爷知道，两下不雅。”丹桂道：“老爷、夫人已睡，进去无妨。”朝栋犹豫，丹桂促之，乃入。但见备有酒肴，留公子对坐同饮。朝栋欲不能制，竟欲苟合。玉坚不许，乃道：“今日之会，盖悯君之贫耳，岂因私欲致此？倘今苟从，合卺之际，将何为质？”朝栋道：“此事固不敢强，但令尊欲易盟，将如之何？”玉道：“我父纵欲别选东床，我岂肯从。古云：‘一丝已定，岂容再易。’”朝栋道：“你能如此，终恐令尊势不得已。”玉道：“我父若以势压，惟死而已。”遂牵生手，对天盟誓。既而又饮。

时至三更，女年尚幼，饮酒未节，遂乃醉倦。忘辞生回，和衣而睡。生欲出，丹桂道：“小姐未辞，想有事说，少坐片时，俟小姐醒来。”生往视之，真若睡未足之海棠，生兴不能制，抱而同睡。玉略醒，乃道：“我一时醉倦，有失瞻顾。”生求合，玉意绸缪，亦不能拒，遂与同寝。鸡啼，二人同起。玉以丝绸三匹，金手镯一对，银钗数双授生。临别，又令次夜复入。生自后夜来晓出，两月有余。

一晚，朝栋偶因母病未去，丹桂候门良久，不见生来，忽闻有脚步响，连道：“公子来矣。”不意祝圣八惯做鼠窃，撞见冲入。丹桂见是贼来，慌忙走入。圣八遂乃赶进，丹桂欲喊，圣八拔刀杀死。陡然人来，琼玉于灯下见是贼至，开门走至堂上暗处躲之。圣八入房，尽掳其物而去。玉至天微明，乃叫母道：“房中被贼劫。”参政道：“如何不叫？”玉道：“我见杀了丹桂，只得开门走，躲藏于暗处，故不敢喊。”参政往看，见丹桂杀于后门。问玉道：“丹桂缘何杀于此？”女无言可答。参政心甚疑之，玉乃因此惊病不能起床。

参政欲去告官，又无赃证，乃令家人梅旺到各处探访。朝栋因母病无银讨药，将金手镯一个请银匠饶贵换银，贵乃应诺，未收，朝栋出铺。梅旺偶在铺门经过，望见银匠桌上有金手镯一个，走进问道："此谁家的物件？"银匠道："适才王相公拿来待我换银的。"梅旺道："既要换银，我拿去见老爷兑银与他就是。"匠人道："他说不要说出谁的，你也不必说，勿令他怪我。"遂付与梅旺拿去。旺回家告参政道："此物像我家的，可请夫人、小姐来认。"夫人出见，乃认道："此是小姐的，从何处得来？"旺道："在饶银匠铺中得来的，他说是那王朝栋相公把来与他换银的。"参政道："原来此子因贫改节，遂至于此。"即去写状，令梅旺具告巡行衙门：

告为杀婢劫财事：狠恶王朝栋，系故同知王之臣孽子。不守本分，倾败家业。充肠嗟无饭，饿眩目花；蔽体怨无衣，寒生肌栗。因父相知，往来惯熟。突于本月某日二更时分，潜入身家，抱婢丹桂逼奸，不从杀死，劫去家财一洗。次日，缉获原赃金镯一只，银匠饶贵现证。劫财杀命，藐无法纪。伏乞追赃偿命，除害安良。上告。

时巡行包公一清如水，明若秋蟾，即差兵赵胜、孙勇，即刻往拿朝栋。栋乃次早亦具状诉冤：

诉为烛奸止奸事：东家失帛，不得谬同西家争衣；越人沽酒，何故妄与秦人索价？身父业绍箕裘，教传诗礼。叨登乡荐，历任松江府佐；官居清节，仅遗四海空囊。鲰生樗栎，名列黉宫。岳父邹士龙曾为指腹之好，长女邹琼玉允偕伉俪之缘。如意聘仪，鸾钗为答。孰意家计渐微，难行六礼。琼玉仗义疏财，私遗镯钗缎匹；岳父爱富嗔贫，屡求退休另嫁。久设阱机，无由投发；偶因贼劫，飘祸计坑。欲绝旧缘思媾新缘，贼杀婢命坑害婿命。吁天查奸缉盗，断女毕姻，脱陷安良。哀哀上诉。

包公问道："既非你杀丹桂，此金镯何处得来？"朝栋道："金镯是他小姐与生员的。"包公道："事未必然。"朝栋道："可拘他小姐对证。"包公沉吟半晌，问道："你与琼玉有通乎？"朝栋道："不敢。"似欲有言而愧视众人。包公微会其意，即退二堂，带之同入，屏绝左右，问道："既非有通，安肯与你多物？"朝栋道："今日非此大冤，生员决不敢言以丧其德；今遭此事，不得不以直告。”遂将其事详述一遍。包公道：“只恐此事不的。倘事果真，明日互对之时，你将此事一一详说，看他父亲如何处置。我必拘他女来对证，果实，必断完娶；如虚，必向你偿命。”朝栋再三叩头道：“望大人周全。”

包公次日拘审，士龙亲出互对，谓包公道：“此子不良，望大人看朝廷分上，执法断填。”包公道：“理在则执法，法在何论情！朝栋亦宦家子弟，庠序后英，何分厚薄？”乃呼朝栋道：“父为清官，子为贼寇，你心忍玷家谱？”朝栋道：“生员素遵诗礼，居仁由义，安肯为此！”包公道：“你既不为，赃从何出？”朝栋道：“他女付我，岂劫得之？”邹士龙道：“明明是他理亏，无言可对，又推在吾女身上。”包公道：“伊女深闺，何能得至？”朝栋道：“事出有因。”包公道：“有何因由？可细讲来。”朝栋道：“春三月，因事过彼花园，小姐偶同婢女丹桂观花，相视良久而退。生员次日又过其地，小姐已先在矣。小姐令丹桂叫生员至花园，备言其父与母商议欲悔婚，要叫伯廉来说，与银一百退亲，只夫人不肯。小姐见生员衣衫褴褛，约生员夜来说话。生员依期而去，丹桂候门，延入命酒，遂付金镯一对，银钗数双，丝绸三匹。偶因手迫，无银为老母买药，故持金镯一个托饶银匠代换银应用，被伊家人梅旺哄去。其杀死丹桂一事，实不知情。望大人体好生之德，念先君只得生员一人，母亲在疾，乞台曲全姻事，缉访真贼，以正典刑，衔结有日。”包公道：“既然如此，老先生亦箝束不严，安怪此生？”参政道：“此皆浮谈。小女举止不乱，安得有此！”包公道：“既无此，必要令爱出证，泾渭自分。”朝栋道：“小姐若肯面对，如虚甘死。”

士龙心中甚是疑惑：若说此事是虚，我对夫人说的话此生何以得知？倘或果真，一则不好说话，二则自觉无颜。心中犹豫不决。包公遂面激之道：“老大人身系朝纲，何为不加细察？”士龙被激，乃道：“知子者莫若父。寒家有此，学生岂不知一二？”包公道：“只恐有此事便不甚雅。既无此事，令爱出来一证何妨？”士龙一时不能回答，乃令梅旺讨轿接小姐来。梅旺即刻回家，对夫人将前事说了，夫人入室与女儿备说前事。小姐自思：此生非我出证，冤不能白。旺又催道："包老爷专等小姐听审。"小姐无奈，只得登轿而去。

二门下轿，入见包公。包公道："此生说金镯是你与他的，令尊说是此生劫得之赃。泾渭在你，公道说来。"小姐害羞不答。朝栋道："既蒙相与，直说何妨！你安忍令致我于死地？"小姐年雏，终不敢答。包公连敲棋子厉声骂道："这生可恶！口谈孔孟，行同盗跖，为何将此许多虚话欺官罔上？重打四十，问你一个死罪！"朝栋婴儿之态复萌，乃睡于地下，大哭而言道："小姐，你有当初，何必有今日？当夜之盟今何在哉？我今受刑，是你误我。我死固不足惜，家有老母，谁将事乎？"小姐亦低首含泪，乃道："金镯是我与此生的，杀丹桂者不是此生。其贼入房，灯影之下，我略见其人半老，有须的模样。"包公道："此言公道，饶你打罢。"生乃洋洋起来，跪在小姐旁边。

小姐见生发皆散了，乃跪近为之挽发。参政见了心中怒起，乃道："这妮子吓得眼花，见不仔细，一发胡言。"小姐已明白说过，因见父发怒，越不敢言。包公道："令爱既吓得眼花，见不仔细，想老先生见得仔细，莫若你自问此生一个死罪，何待学生千言万语？况丹桂为此生作待月的红娘，彼又安忍心杀之？"参政道："小女尚年幼，终不然有西厢故事么？"包公道："先前真情，已见于挽发时矣，何必苦苦争辩。"参政道："知罪知罪，凭老大人公断。"包公道："若依我处，你当时与彼父既有同窗之雅，又有指腹之盟，兼有男心女欲，何不令速完娶？"参政道："据彼之言，丹桂之死虽非彼杀，实彼累之也。必要他查出此贼，方能脱得彼罪。"包公道："贼易审出，俟七日后定然获之，然后择日毕姻。"参政忿忿而出，包公令生、女各回。

是夜，朝栋回家，燃香告于父道："男不幸误罹此祸，受此不美之名，奈无查出贼处，终不了事。我父有灵，详示报应。"祝毕就寝，梦见父坐于上，朝栋上前揖之，乃掷祝筶一双于地，得圣筶若八字形。朝栋趋而拾之，父乃出去，朝栋遂觉。

却说包公退堂，心中思忖，将何策查出此贼。是夜，梦见一人，峨冠博带，近前揖谢道："小儿不肖，多叨培植。"掷竹筶而去。包公视之，乃是圣筶若八字形。觉而思道：贼非姓祝即名圣或名筶。次早升堂，差人唤王相公到此有事商议。朝栋闻唤，即穿衣来见包公。包公将夜来梦见掷竹筶事说知。朝栋道："此乃先父感大人之德，特至叩谢。门生是夜亦曾焚香祝父，乞报贼名，即梦见先父亦如此如此。梦相符合，想贼名必寓筶中。"包公道："我三更细想，此贼非姓祝，即名圣，或名筶；或八字形，或排第八。贤契思之，有此名否？"适有一门子在旁闻得，禀道："前任刘爷已捕得一名鼠窃祝圣八，后以初犯刺臂释放。"包公道："即此人无疑矣。"即升堂，朱笔标票，差二人魆魆拿来。

公差至圣八门首，见圣八正出门来，二人近前，一手扭住，铁锁扣送。包公道："你这畜生，黑夜杀人劫财，好大的胆！"圣八道："小人素守法度，并无此事。"包公道："你素守法，如何前任刘爷捕获刺臂？"圣八道："刘爷误捉，审明释放。"包公道："以你初犯刺臂释放，今又不改，杀婢劫财。重打四十，从直招来！"圣八推托不招，令将夹起，并不肯认。包公见他腰间有锁匙二个，令左右取来，差二人径往他家，嘱咐道："依计而行，如有泄漏，每人重责四十，革役不用。"

二人领了锁匙到其家，对他妻子道："你丈夫今日到官，承认劫了邹家财物，拿此锁匙来叫你开箱，照单取出原赃。"其妻信以为实，遂开箱依单取还。二人挑至府堂，圣八愕然，无词争辩，乃招道："小人是夜过他宅花园小门，偶听丹桂说道：公子来矣。小人冲入，彼欲喊叫，故尔杀之，掳财是真。"包公即差人请参政到堂，认明色衣四十件，色裙三十件，金首饰一副，银妆盒一个，牙梳，铜镜，一一收领明白。包公判道：

审得祝圣八，素行窃诈，猖獗害民；犯刺不悛，恣行偷盗。杀侍婢劫掳财物以利己，误朝栋几陷缧绁以离婚。原赃俱在，大辟攸宜。邹士龙枉列冠裳，不顾仁义；负心死友，欲悔前盟。箝束不严，以致怨女旷夫私相授受；防闲有弛，俾令戴月披星密自往来。侍女因而丧命，女婿几陷极刑。本宜按法，念尔官体年老，姑从减等。王朝栋非罪而受丛脞，合应免拟；邹琼玉永好而缔前盟，仍断成婚。使效唱随而偕老，俾令山海可同心。

王朝栋择日成婚，夫妇和谐，事亲至孝。次年科举，早膺鹗荐。赴京会试，黄榜联登，官授翰林之位。

包 袱

话说宁波府定海县佥事高科、侍郎夏正，二人同乡，常相交厚。两家内眷俱有孕，因指腹为亲。后夏得男名昌时，高得女名季玉。正遂央媒议亲，将金钗二股为聘，高慨然受了，回他玉簪一对。但正为官清廉，家无羡余，一旦死在京城，高科助其资用奔柩归丧。科寻亦罢官归家，资财巨万。昌时虽会读书，一贫如洗，十六岁以案首入学，托人去高岳丈家求亲。高嫌其贫，有退亲的意，故意作难道："须备六礼，方可成婚。今空言完亲，吾不能许。彼若不能备礼，不如早早退亲，多送些礼银与他另娶则可。"

又延过三年。其女尝谏父母不当负义，父辄道："彼有百两聘礼，任汝去矣，不然，难为非礼之婚。"季玉乃窃取父之银两及己之镯、钿、宝钗、金粉盒等，颇有百余两，密令侍女秋香往约夏昌时道："小姐命我拜上公子：我家老爷嫌公子家贫，意欲退亲，小姐坚不肯从，日与父母争辩。今老相公道，公子若有聘金百两，便与成亲。小姐已收拾银两钗钿约值百两以上，约汝明日夜间到后花园来，千万莫误。"

昌时闻言不胜欢喜，便与极相好友李善辅说知。善辅遂生一计道："兄有此好事，我备一壶酒与兄作贺礼。"至晚，加毒酒中，将昌时昏倒。善辅抽身径往高佥事花园，见后门半开，至花亭，果见侍女持一包袱在手。辅接道："银子可与我。"侍女在月下认道：

“汝非夏公子。”辅道：“正是。秋香密约我来。”侍女再又详认道：“汝果不是夏公子，是贼也。”辅遂拾起石头一块，将侍女劈头打死，急拿包袱回来。昌时尚未醒，辅亦佯睡其旁。少顷，昌时醒来，对善辅道：“我今要去接那物矣。”辅道：“兄可谓不善饮酒，我等兄不醒，不觉亦睡。此时人静，可即去矣。”昌时直至高宅花园，四顾寂然，至花亭，见侍女在地，道：“莫非睡去呼？”以手扶起，手足俱冷，呼之不应，细看又无余物，吃了一惊，逃回家去。

次日，高佥事家不见侍女，四下寻觅，见打死在后花园亭中，不知何故，一家惊异。季玉乃出认道：“秋香是我命送银两钗钿与夏昌时，令他备礼来聘我。岂料此人狠心将他打死，此必无娶我的心了。”高科闻言大怒，遂命家人往府急告：

> 告为谋财害命事：为盗者斩，难逃月中孤影；杀人者死，莫洗衣上血痕。狠恶夏昌时，系故侍郎夏正孽子，因念年谊，曾经指腹；自伊父亡，从未行聘。岂恶串婢秋香，搆盗钗钿；见财入手，杀婢灭迹。财帛事轻，人命情重。上告。

昌时亦即诉道：

> 诉为杀人图陷事：念身箕裘遗胤，诗礼儒生。生君侍郎，清节在人耳目；岳父高科，感恩愿结婚姻。允以季玉长姬，许作昌时正室。金钗为聘，玉簪回仪。谁期家运衰微，二十年难全六礼。遂致岳父反复，千百计求得一休。先令侍女传言，赠我厚赂；自将秋香打死，陷我深坑。求天劈枉超冤。上告。

顾知府拘到各犯，即将两词细看审问。高科质称：“秋香偷银一百余两与他，我女季玉可证。彼若不打死秋香，我岂忍以亲女出官证他。且彼虽非我婿，亦非我仇。纵求与彼退亲，岂无别策，何必杀人命图赖他？”夏昌时质称：“前一日，汝令秋香到我家哄道，小姐有意于我，收拾金银首饰一百两零，叫我夜到花园来接。我痴心误信他，及至花园，见秋香已打死在地，并无银两。必此婢有罪犯，汝要将打死，故令他来哄我，思图赖我。若果我得他银两，人心合天理，何忍又打死他？”顾公遂叫季玉上来问道：“一是你父，一是你夫，汝是干证。从实招来，免受刑法。”季玉道：“妾父与夏侍郎同僚，先年指腹为婚，受金钗一对为聘，回他玉簪一双。后夏家贫淡，妾父与他退亲，妾不肯从，乃收拾金银钗钿有百余两，私命秋香去约夏昌时，令夜到花园来接。竟不知何故将秋香打死，银物已尽取去。莫非有强奸秋香不从的事，故将打死；或怒我父要退亲，故打死侍婢泄忿。望青天详察。”顾公仰椅笑道：“此干证说得真实。”夏昌时道：“季玉所证前事极实，我死亦无怨；但说我得银打死秋香，死亦不服。然此想是前生冤业，今生填还，百口难辩。”遂自诬服。府公即判道：

审得夏昌时，仗剑狂徒，滥竽学校；破家荡子，玷辱家声。故外父高科，弃葑菲而明告与绝；乃笄妻季玉，重盟誓而暗赠金银。胡为既利其财，且忍又杀其婢。此非强奸恐泄，必应黩货瞒心。赴约而来，花园其谁到也；淫欲以逞，暮夜岂无知乎？高科虽曰负盟，绝凶徒实知人则哲；季玉嫌于背父，念结发亦观过知仁。高女另行改嫁，昌时明正典刑。

昌成已成狱三年，适包公奉旨巡行天下，先巡历浙江，尚未到任，私行入定海县衙。胡知县疑是打点衙门者，收入监去。及在狱中，又说：“我会做状，汝众囚若有冤枉者，代汝作状申诉。”时夏昌时在狱，将冤枉从直告诉。包公悉记在心后，用一印令禁子送与胡知县，知县方知是巡行老爷，即忙跪请坐堂。及升堂，即吊昌时一案文卷来问。季玉坚执是伊杀侍婢，必无别人。包公不能决，再问昌时道：“汝曾泄漏与人否？”昌时道：“只与相好友李善辅说过，其夜在他家饮酒，醒来，辅只在旁未动。”包公猜道：这等，情已真矣，不必再问。遂考校宁波府生员，取李善辅批首，情好极密，所言无不听纳。至省后又召去相见，如此者近半年。

一日，包公谓李善辅道：“吾为官拙清，今将嫁女，苦无妆资，汝在外看有好金子代我换些。异日倘有甚好关节，准你一件。汝是我得意门生，外面须为我缜密。”李善辅深信无疑，数日后送到古金钗一对，碧玉簪一对，金粉盒、金镜袋各一对，包公亦佯喜。即吊夏昌时一干人再问。取出金钗、玉簪、粉盒、金镜袋，尽排于桌上。季玉认道："此尽是我以前送夏生者。"再叫李善辅来对，见高小姐认物件是他的，吓得魂不附体，只推是与过路客人换来的。此刻夏昌时方知前者为毒酒所迷，高声喝道："好友！害人于死地。"善辅抵赖不得，遂供招承认。包公批道：

审得李善辅，贪黩害义，残忍丧心。毒药误昌时，几筵中暗藏机阱；顽石杀侍女，花亭上骤进虎狼。利归己，害归人，敢效郦寄卖友；杀一死，坑一生，犹甚蒯通误人。金盒宝钗，昔日真赃俱在；铁钺斧锧，今秋大辟何辞。高科厌贫求富，思背故友之姻盟；掩实弄虚，几陷佳婿于死地。若正伦法，应加重刑；惜在缙绅，量从末减。夏昌时虽在缧绁之中，非其罪也；高季玉既怀念旧之志，永为好兮。昔结同心，曾山盟而海誓；仍断合卺，俾夫唱而妇随。

夏昌时罪既得释，又得成亲，二人恩爱甚笃，乃画起包公图像，朝夕供养。后夏昌时亦登科甲，官至给事。

葛叶飘来

话说处州府云和县进士罗有文，知南丰县事有年。龙泉县举人鞠躬，与之系瓜葛之亲，带仆三人，贵十八、章三、富十，往谒有文，仅获百金，将银五十两买南丰铜镏金玩器、笼金篦子，用皮箱盛贮，白铜锁钥。又值包公巡行南京，躬与相知，欲往候见之。货齐，辞有文起身。数日，到了瑞洪，先令章三、富十，二人起旱往南京，探问包公巡历何府，约定芜湖相会。次日换船，水手葛彩搬过行李上船，见其皮箱甚重，疑是金银，乃报与家长艾虎道："几只皮箱重得异常，想是金银，决非他物。"二人乃起谋心，议道："不可再搭别人，以便中途行事。"计排已定，乃佯谓躬道："我想相公是读书人，决然好静，恐搭做客杂人同船，打扰不便。今不搭别人，但求相公重赏些船钱。"躬道："如此更好，到芜湖时多与你些钱就是。”二人见说，愈疑银多。

是日开船，过了九江。次晚，水手将船艄在僻处，候至半夜时分，艾虎执刀向躬头一砍，葛彩执刀向贵十八头一砍，主仆二人死于非命，丢入江中。搜出钥匙将皮箱开了，见满箱皆是铜器，有香炉、花瓶、水壶、笔山，精致玩器，又有篦子，皆是笼金故事，止得银三十两。彩道：“我说都是银子，二人一场富贵在眼下，原来是这些东西。”虎道：“有这样好货，愁无卖处？莫若再至芜湖，沿途发卖，即是银子。”二人商议而行。

章三、富十探得包公消息，巡视苏州。径转芜湖，候过半月，未见主来，乃讨船一路上来，并未曾有；又上九江，直抵瑞洪原店查问。店主道：“次日换船即行，何待如今？”二人愕然。又下南京，盘费用尽，只得典衣为路费，往苏州寻问。及于苏州寻访，并无消息。不意包公已起马往巡松江，二人又往松江去问，亦无消息。欲见包公，奈衙门整肃，商议莫若假做告状的人，乘放告日期带了状子进去禀知，必有好处。遂各进讫。

包公见了大惊，问道：“你相公此中途如何相别？”章三道：“小人与相公同到南丰罗爷任上，买有镏金铜器、笼金篦等货，离南丰而抵瑞洪。小的二人起早先往南京，探问老爷巡历何府，以便进谒，约定芜湖相会。小人到京，得知老爷在苏，复转，候主半月未来。小的二人直上九江，沿途寻觅，没有消息，疑恐来苏。小的盘缠已尽，典衣作费到苏，老爷发驾，遍觅皆无。今到此数日，老爷衙门整肃，不敢进见，故假告状为由，门上才肯放入，乞老爷代为清查。”包公道：“中途别后，或回家去了？”富十道：“来意的确，岂回家去？”包公道：“相公在南丰所得多少？”答道：“仅得百金。”又问：“买货多少？”答道：“买铜器、丰篦用银五十两。”包公道：“你相公最好驰逞，既未回家，非舟中被劫，即江上遭风。我给批文一张、银二两与你二人做盘费，沿途缉访，若被劫定有货卖，逢有卖铜器、丰篦的，来历不明者即给送官起解见我，自有分晓。”

二人领批而去，往各处捕缉，皆无。章三二人路费将尽，历至南京，见一铺有一副香炉，二人细看是真，问："此货可卖否?"店主道："自是卖的。"又问："还有甚玩器否?"店主道："有。"章三道："有则借看。"店主抬出皮箱任拣。二人看得的确，问："此货何处贩来的?"店主道："芜湖来的。"富十一手扭结，店主不知其故，乃道："你这二人无故结人，有何缘故?"两相厮打。适值兵马司朱天伦经过，问："何人罗唣?"章三扭出，富十取出批文投下，带转司去，细问来历，章三一一详述，如此如此。朱公问道："你何姓名?"其人道："小人名金良，此货是妻舅由芜湖贩来的。"朱公道："此非芜湖所出，安在此处贩来？中间必有缘故。"良道："要知来历，拘得妻舅吴程方知明白。"朱公即将众人收监。次日，拿吴程到司。朱公问道："你在何处贩此铜货来?"吴程道："此货出自江西南丰，适有客人贩至芜湖，小人用价银四十凭牙掇来。"朱公道："这客人认得是何处人否?"吴程道："萍水相逢，哪里识得!"朱公闻言，不敢擅决，只将四人一起解赴包公。

包公巡行至太平府，解人解至，正值审录考察，无暇勘问，发委董推官问明缴报，解人起批到，董推官坐堂，富十二人即具投状：

> 告为谋财杀命事：天网疏而不漏，人冤久而必伸。恩主鞠躬，往南丰谒戚，用价买得铜器、丰篚，来京叩院，中途别主，杳无踪影。岂料凶恶金良、吴程，利财谋命。今幸获原赃，投天正法。恳念缥缈之冤魂可悲，急追浮沉之白骨何在。泣告。

吴程亦即诉道：

> 诉为平地兴波事：冤头债主，各自有故相当；林木池鱼，亦非无因可及。念身守法经商，芜湖生意。偶因客带铜货，用价掇回，当凭牙侩段克己见证。岂恶等飘空冒认，无端坑杀。设使货自御至，何敢开张明卖？纵有来历不明，定须详究根由。上诉。

那时推府受词，研审一遍收监。次日，牌拘段克己到，取出各犯听审。推府问段克己："你作牙行，吴程称是凭你掇来，不知原客何名何姓？"克己道："过来往去客多，安能久记姓名。"推府道："此一案乃包爷发来，兼且人命重事，知而不报，必与同谋。吴程你明白招来，免受重刑。"程道："古言：有眼牙人无眼客。当时货凭他买。"克己道："是时你图他货贱，肯与他买，我不过为你解纷息争，以平其价，我岂与你盘诘奸细？"推府道："因利而带货，人情也，倘不图利，安肯乘波抵险，奔走江湖？吴程你既知货贱卖，必是窃来的物。段克己你做牙行，延揽四方，岂不知此事？二人自相推阻，中间必有话说。从直招来！若是他人，速报名姓；若是自己，快快招明，免受刑拷。"二人不招，俱各打三十，夹敲三百，仍则推阻不招。自思道：二人受此苦刑竟不肯招，且权收监。但见忽有一片葛叶顺风吹来，将门上所挂之红彩一起带下，飘至克己身上，不知其故。及退堂自思：衙内并未栽葛，安有葛叶飞来？此事甚异，竟不能解。

次日又审，用刑不招，遂拟成疑狱，具申包公，倒文令着实查报，且委查盘仪征等县。推官起马，往芜湖讨船，官船皆答应上司去，临时差皂快捉船应用，偶尔捉艾虎船到。推府登舟问道："你是何名？"答道："小人名艾虎。""彼是何名？"虎道："水手名葛彩。"推府自思：前疑已释——葛叶随彩而下，想谋人者即是葛彩。遂不登舟，令手下擒捉二人，转公馆拷问，二人吓得魂飞魄散。推府道："你谋害举人，前牙行段克己报是你，久缉未获。今既获之，招承成狱，不必多言。"艾虎道："小人撑船，与克己无干，彼自谋人，何故乱扳我等？"推官怒其不认，即令各责四十，寄监芜湖县。乃往各县查盘回报，即行牌取二犯审勘。

芜湖知县即将二犯起解到府，送入刑厅，推府即令重责四十迎风，二人毫不招承，乃取出吴程等一干人犯对审。吴程道："你这贼谋人得货售银，累我等无辜受此苦楚，幸天有眼。"葛彩道："你何昧心？我并未与你会面，何故妄扳？"吴程道："铜货、丰篦得我价银四十二两，克己可作证。"艾虎二人抵饰不招，又夹敲一百。艾虎招道："事皆葛彩所起。当时鞠举人来船，彩为搬过皮箱三只上船，其重异常，意是金银，故萌此心，不搭别人，待过湖口，以刀杀之，丢入江心。后开皮箱见是铜货，止得银三十余两，二人悔之不及。将货在芜湖发卖，得吴程银四十两。是时只要将货脱卸，故此贱卖，被段克己觉察，分去银一十五两。”克己低首不言。推官令各自招承。富十、章三二人叩谢道：“爷爷青天！恩主之冤一旦雪矣。”推府判了参语，申详包公。包公即面审，毫无异词。即批道：

据招：葛彩先试轻重，而起朵颐之想；艾虎后闻利言，而操害命之谋。驾言多赏船钱，饵探囊中虚实；不搭客商罗唣，装成就里机关。艄船僻处，豫备人知。肆恶更阑，操刀杀主仆于非命；行凶夜半，丢尸灭踪迹于江湖。欣幸满箱银两，可获贫儿暴富；谁知盈箧铜货，难以旦夕脱身。装至芜湖，牙侩知而分骗；贩来京铺，二仆认以获赃。贼不知名，飘葛叶而详显报应；犯难遽获，捉官船而吐真名。悟符前谶，非是风吹败叶；擒来拷鞫，果是谋害正凶。葛、艾二凶，利财谋命，合枭首以示众；吴、段二恶，和骗分赃，皆充配于远方。金良无辜，应皆省发。各如拟行。

遂将葛彩、艾虎秋季斩市，吴程、克己即行发配讫。

按：此断虽鞠躬之幽魂死不瞑目，实包公之英哲，委勘得人，乃能断出此冤。上则不致三纲解纽，次则不致奸凶漏网，是可见天理昭然而法纪大明矣。

招帖收去

话说广东有一客人，姓游名子华，本贯浙人，自祖父以来在广东发卖机布，财本巨万，即于本处讨娶一妾王氏。子华素性酗酒凶暴，若稍有一毫不中其意，遂即毒打。妾苦不胜，一夜更深人静，候子华睡去时走出，投井而死。次日，子华不知其妾投井而死，乃出招帖遍处贴之，贴过数月，并无消息。子华讨取货银已毕，即收拾回浙。

适有本府一人名林福，开一酒肉店，积得数块银两，娶妻方氏名春莲。岂知此妇性情好淫，尝与人通奸。福之父母审知其故，详以语福。福怀怒气，逐日打骂，凌辱不堪。春莲乃伪怨其父母道："当初生我丑陋，何不将我淹死？今嫁此等心狠丈夫，贪花好色，嫌我貌丑，昼夜恼恨，轻则辱骂，重则敲打，料我终是死的。"父母劝其女道："既已嫁他，只可低头忍受，过得日子也罢，不可与他争闹。"那父母虽以好言抚慰，其女实疑林福为薄幸之徒。

忽一日，春莲早起开门烧火，忽有棍徒许达汲水经过，看见春莲一人，悄无人在，乃挑之道："春莲，你今日起来这般早，你丈夫尚未起来，可到吾家吃一碗早汤。"春莲道："你家有人否？"许达道："并无一人，只我单身独处。"春莲本性淫贱，闻说家中无人，又想丈夫每日每时吵闹，遂跟许达同去。许达不胜欢喜，便开橱门取些果品与春莲吃了，又将银簪二根送与春莲，掩上柴门，二人遂即上床。云雨事散，众家俱起，不得回家，许达遂匿之于家中，将门锁上，竟出街上生意去了，直至黑晚回来，与春莲取乐。及林福起来，见妻子早起烧火开门，不见回来，意想此妇每遭打骂，必逃走矣。乃遍处寻访无踪，亦写寻人招帖贴于各处，仍报岳父方礼知之。礼大怒道："我女素来失爱，尝在我面前说你屡行打骂，痛恨失所，每欲自尽，我夫妇常常劝慰，故未即死。今日必遭你打死，你把尸首藏灭，故诈言他逃走来哄骗我。我必告之于官，为女伸冤，方消此恨。"乃具状词，赴告本县汤公。其词道：

告为伦法大变事：婚娶论财，夷虏之道；夫妇嫌丑，禽兽不如。身女春莲，凭媒嫁与林福为妻。岂料福性贪淫，嫌女貌丑，日加打骂，凌辱不堪。今月日仍触恶毒，登时殴死。惧罪难逃，匿尸埋灭；驾言逃走，是谁见证？痛思人烟辏密，私奔岂无踪影；女步艰难，数日何无信音？明明是恶杀匿。女魂遭陷黑天，父朽仰于白日。祈追尸抵偿。哀哀上告。

本县准状，即差役拘拿林福，林福亦具诉词，不在话下。

且说许达闻得方礼、林福两家告状，对春莲道：“留你数日，不想你父母告状问夫家要人，在此不便，倘或寻出，如何是好？不若与你同走他乡，又作道理。”春莲闻言，便道：“事不可迟，即宜速行。”遂收拾行李，连夜逃走。直至云南省城住脚，盘费已尽。许达道：“今日到此，举目无亲，食用欠缺，此事将何处之？”春莲本是淫妇，乃道：“你不必以衣食为虑，我若舍身，尽你足用。”许达亦不得已从之。乃妆饰为娼，趁钱度日，改名素娥，一时风流子弟，闻得新来一妓甚美，都来嫖耍，衣食果然充足。

且说当日春莲逃走之后，有耆民呈称：本坊井中有死人尸首在内。县官即命仵作检验，乃广东客人游子华之妾。方礼认为己女，遂抱尸哭道：“此系我女身尸，果被恶婿林福打死，丢匿此井。”遂禀过县官，哀求拷问。县官提林福审问：“汝将妻子打死，匿于井中，此事是实？”林福辩道：“此尸虽系女人，然衣服、相貌俱与我妻不同。我妻年长，此妇年少；我妻身长，此妇身短；我妻发多而长，此妇发少而短。安得影射以害小人？万望爷爷详情。”方礼向前哀告道：“此是林福抵饰的话，望老爷验伤便知打死情由。”县官严行刑法，林福受刑不过，只得屈招，申院未行在狱。

及至岁终，包公巡行天下，奉敕来到此府，审问林福情由，即知其被诬。叹道：“我奉旨搜检冤枉，今观林福这段事情，甚有可疑，安得不为伸理？”遂语众官道：“方春莲既系淫妇，必不肯死，虽遭打骂，亦只潜逃，其被人拐去无疑。”乃令手下遍将各处招帖收去，一一查勘。内有一帖，原系广东客人游子华寻妇帖子，与死尸衣服、状貌相同，乃拘游子华来证，子华已去。包公日夜思想林福这段冤枉，我明知之，安可不为伸雪？乃焚香告司土之神道：“春莲逃走事情，胸中狐疑不决，伏望神祇大彰报应。”告祝已毕。

次日，发遣人役往云南公干，承行吏名汤琯，竟去云南省城，投下公文，宿于公馆，候领回文，不觉延迟数日。闻得新娼素娥风情出色，资丽过人，亦往素娥家中去嫖耍。便问道：“汝系何处女子为娼于此？”其妇道：“我亦良家子女，被夫打骂，受苦不过，故尔逃出，奈衣食无措，借此度日。”汤琯道：“听你声音好似我同乡，看你相貌好似林福妻子。”其妇一惊，满面通红，不敢隐瞒，只得说出前事，如此如此。“乃是邻右许达带我来，望乡人回府切勿露出此事，小妇加倍奉承，歇钱亦不敢受。”汤琯佯应道：“你们放心，只管在此接客，我明日还要来耍。我若归家，决不露出你们机关。”乃相别而回。至公馆中叹道：“世间有此冤枉事！林福与我切近邻舍，今落重狱。”恨不得即到家中报说此事。

次日，领了回文，作速起程归家，即以春莲被许达拐在云南省城为娼告知林福，林福状告于包爷台下。包公遂即差人同林福随汤琯径往云南省城，拘拿春莲、许达两人还家，包公鞫问明白，把春莲当官嫁卖，财礼悉付林福收领；拟许达徒罪；方礼反坐诬告；林福无辜放归；仍给官银三两赏赐汤琯。即判道：

> 审得方氏，水性漂流，风流淫荡。常赴桑中之约，屡经濮上之行。其夫闻知有污行，屡屡打骂，理所宜然。夫何顿生逃走之心，不念同衾之意。清早开门，遇见许达；遂匿他家，纵行淫佚。而许达乃奔走仆夫，负贩俗子。投甘言而引尤物，贵丽色而作生涯。将谓觅得爱卿，不愿封侯之贵；哪知拐骗逃妇，安免徒流之役。方礼不咎闺门之有玷，反告女婿之不良。诬以打死，诳以匿尸。妄指他人之毙妾，认为系女之伤骸。告杀命而女犹生，控匿尸而女尚在。虚情可诳，实罪难逃。林福领财礼而另娶，汤琯受旌赏而奉公。取供存案。

包公判讫，百姓闻之，莫不醉心悦服。

夹　底　船

话说苏州府吴县船户单贵，水手叶新，即贵之妹丈，专谋客商。适有徽州商人宁龙，带仆季兴，来买缎绢千有余金，写雇单贵船只，搬货上船。次日，登舟开船，径往江西而去，五日至漳湾艄船。是夜，单贵买酒买肉，四人盘桓而饮，劝得宁龙主仆尽醉。候至二更人静，星月微明，单贵、叶新将船魆魆抽绑，潜出江心深处，将主仆二人丢入水中。季兴昏昏沉醉，不醒人事，被水淹死。宁龙幼识水性，落水时随势钻下，偶得一木缘之，跟水直下，见一只大船悠悠而上，龙高声喊叫救命。船上有一人姓张名晋，乃是宁龙两姨表兄，闻其语系同乡，速令艄子救起，两人相见，各叙亲情。晋即取衣与换，问以何故落水，龙将前事备细说了一遍，晋乃取酒与他压惊。天明，二人另讨一船，知包公巡行吴地，即写状具告：

告为谋命谋财事：肆恶害人，船户若负嵎之虎；离乡陷本，客商似涸水之鱼。身带银千两，一仆随行，来苏贩缎，往贸江西，寻牙雇船装载。不料舟子单贵、水手叶新等，揽身货载，行至漳湾，艄船设酒，苦苦劝醉，将身主仆推入江心。孤客月中来，一篙撑载菰蒲去；四顾人声静，双拳推落碧潭忙。人坠波心，命丧江鱼之腹；伊回渡口，财充饿虎之颐。无奈仆遭淹死，身幸张晋救援。恶喜夜无人知，不思天理可畏。乞准追货断填。上告。

包公接得此状，细审一番，随行牌捕捉。二人尚未回家。公差回禀，即拿单贵家小收监，又将宁龙同监。差捕快谢能、李隽二人即领批径巡水路挨访。岂知单贵二人是夜将货另载小船，将空船扬言被劫，将船寄在漳湾，二人起货往南京发卖。既到南京，将缎绢总掇上铺，得银一千三百两，掉船而回。至漳湾取船，偶遇谢、李二公差，乃问道："既然回家，可搭我船而去。"谢、李二人毫不言动，同船直回苏州城下。谢、李取出扭锁，将单贵、叶新锁起。二人魂不附体，不知风从何来，乃道："你无故将我等锁起，有何罪名？"谢、李道："去见老爷，就有分晓。"

二人捉入城中，包公正值坐堂，公差将二人犯带进道："小的领钧旨挨拿单贵一起人犯，带来投到，乞金笔销批。"包公又差四人往船上，将所有尽搬入府来。问："单贵、叶新，你二人谋死宁龙主仆二人，得银多少？"单贵道："小人并未谋人，知甚宁龙？"包公道："方有人说凭他代宁龙雇船往江西，中途谋死，何故强争？”单贵道：“宁龙写船，中途被劫，小人之命险不能保，安顾得他？”包公怒道：“以酒醉他，丢入波心，还这等口硬！可将各打四十！”叶新道：“小人纵有亏心，今无人告发，无赃可证，缘何追风捕影，不审明白，将人重责，岂肯甘心。”包公道：“今日到此，不怕你不甘心。从直招来，免受刑法；如不直招，取夹棍来夹起。”单贵二人身虽受刑，形色不变，口中争辩不一。

俄而众兵搬出船上行李，一一陈于丹墀之下。监中取出宁龙来认，中间动用之物一毫不是，银子一两没有，缎绢一匹也无——岂料其银并得宁龙的物件皆藏于船中夹底之下！单贵见陈之物无一样是的，乃道：“宁龙你好负心。是夜你被贼劫，将你二人推入水中，缘何不告贼而诬告我等？你没天理。”龙道：“是夜何尝被贼？你二人将酒劝醉，魆将船抽出江中，丢我二人下水，将货寄在人家，故自口强。”包公见二人争辩，一时狐疑，乃思：既谋宁龙，船中岂无一物？岂无银子？千两之货置于何地？乃令放刑收监。

包公次早升堂，取单贵二人，令贵站立东廊，新站立西廊。先呼新问道：“是夜贼劫你船，贼人多少？穿何衣服？面貌若何？”新道：“三更时分，四人皆在船中沉睡，忽众贼将船抽出江心，一人七长八大，穿青衣，涂脸，先上船来，忽三只小船团团围住。宁龙主仆见贼入船，惊走船尾，跳入水中。那贼将小的来打，小的再三哀告道：‘我是船户。’他才放手，尽掳其货而去。今宁龙诬告法台，此乃瞒心昧己。”包公道：“你出站西廊。”又叫单贵问道：“贼劫你船，贼人多少？穿何衣服？面貌若何？”贵道：“三更时分，贼将船抽出江心，四面小船七、八只俱来围住，有一后生身穿红衣，跳过船来，将宁龙二人丢入水中，又要把小的丢去，小的道：‘我非客商，乃是船户。’方才放手，不然同入水中，命亦休矣。”包公见口词不一，将二人夹起。皆道：“既谋他财，小的并未回家，其财货藏于何处？”并不招认，无法可施，又令收监。

亲乘轿往船上去看，船内皆空，细看其由，见船底有隙，皆无棱角，乃令左右启之。内有暗栓不能启。令取刀斧撬开，见内货物广多，衣服器具皆有，两皮箱皆是银子。验明，抬回衙来，取出宁龙认物。龙道："前物不是，不敢冒认；此物皆是，只是此新箱不是。"包公令取单贵二人道："这贼可恶不招！此物谁的？"贵道："此物皆是客人寄的，何尝是他的？"龙道："你说是他人寄的，皮箱簿账谅你废去，此旧皮箱内左旁有一鼎字号，难道没有？"包公令左右开看，果然有一鼎字号。乃将单贵二人重打六十。熬刑不过，乃招出其货皆在南京卖去，得银一千三百两，分作两箱，二人各得一箱。包公判道：

> 审得单贵、叶新，干没利源，驾扁舟而载货；贪财害客，因谋杀以成家。客人宁龙，误写其船。舟行数日，携酒频斟。杯中设饵，腹内藏刀。趁酒醉兮睡浓，一篙抽船离伴；俟更深兮人静，双手推客入江。自意主仆落江中，决定葬于鱼腹；深幸财货入私橐，得以遂其狼心。不幸暮夜无知，犹庆皇天有眼；虽然仆遭溺没，且喜主获救援。转行赴告，挨批诱捉于舟中；真赃未获，巧言争辩于公堂。船底中搜出器物银两，簧舌上招出谋命劫财。罪应大辟，以偿季兴冤命；赃还旧主，以给宁龙宁家。

判讫，拟二凶秋后斩首，余给省发。可谓民奸不终隐伏，而王法悉得其平矣。

接迹渡

话说徐隆乃剑州人，家甚贫窘，父丧母存，日食不给。有弟徐清，雇工供母。其母见隆不能任力，终日闲游，时常骂詈。隆觉羞颜，一日，奋然相约知己冯仁，同往云南生意。一去十数余年，大获其利，满载而归。归至本地接迹渡头，天色将晚，只见昔年渡子张杰将船撑接，两人笑容拱手。问道："隆官你去多年不归，想获大利。"徐隆步行负银力倦，微微答道："钱虽积些，所得不多。"遂将雨伞、包袱丢入船舱，响声颇重。张知其云南远回，其包袱内必是有银，陡起枭心，将隆一篙打落水中淹死，天晚无人看见。

杰将包袱密藏归家，一时富贵，渐渐买田创屋。有子名曰张尢，年登七岁，杰单请一师诂训，其师时常对杰称誉道：“令郎善诗善对。”杰不深信，至端阳日请先生庆赏佳节，饮至中间，杰道：“承先生常誉小儿能为对句，今乃端阳佳节，莫若将此佳节为题以试小儿，何如?”先生道：“令郎天姿隽雅，联句何难!”随口占一联与之对道：“黄丝系粽，汨罗江上吊忠魂。”张尢沉思半晌，不能答对。杰甚不悦，先生亦觉无颜。

张尢亦羞颜无地，假意厕房出恭，那冤魂就变作一老人在厕房之旁，问张尢道：“汝今日为何不悦?”张尢答道：“我被父亲叫先生在席上出对考我，甚是难对，故此不悦。”冤魂问道：“对句如何?”尢道：“黄丝系粽，汨罗江上吊忠魂。”冤魂笑道：“此对不难，我为汝对之。”尢道：“这等极好。”冤魂对道：“紫竹挑包，接迹渡头谋远客。”尢甚欢喜，慌忙奔入席间禀告先生道：“先生所出之对，我今对得。”先生不胜欢悦：“汝既对得，可速说来。”答道：“紫竹挑包，接迹渡头谋远客。”其父骇然失色。先生道：“对虽对得，不见甚美。”其父道：“此对必是汝倩人对的，好好直说出来，免受鞭笞!”其子受逼不过，将那老人代对的事说出。其父问：“这老人今还在厕房否?”尢道：“不知。”杰慌忙奔看，不见，心中自疑：此必是渡头谋死冤魂出现。骇得胆战心惊，胡言乱语，悉以谋死徐隆的事直告先生，不觉被堂侄张奔窃听。奔为昔年与杰争占有仇，次日遂具状出首。董侯准其状词，即差精兵五名，密拿张杰赴台鞫问。张杰拿至台下，面无人色，手足无措。董侯知其谋害是实，将杰三拷六问。张杰受刑不过，将谋害徐隆事情一一供招，将杰枷锁入监。次日申明上司，上司包公吊问填命，家业尽追入官，妻子逃走不究。

卷之二

黄 菜 叶

话说西京河南府，离城五里有一师家，弟兄两个，家道殷富。长的名官受，二的名马都，皆有志气。二郎现在扬州府当织造匠。师官受娶得妻刘都赛，是个美丽佳人，生下一个儿子，取名金保，年已五岁。其年正月上元佳节，西京大放花灯，刘娘子禀过婆婆，梳妆齐备，打扮得十分俊俏，与梅香、张院公入城看灯。行到鳌山寺，不觉众人喧挤，梅香、院子各自分散。娘子正看灯时，回头不见了伙伴，心下慌张。忽然刮起一阵狂风，将逍遥宝架灯吹落，看灯的人都四下散走，止有刘娘子不识路径。正在惊慌之际，忽听得一声喝道，数十军人随着一个贵侯来到，灯笼无数，却是皇亲赵王，马上看见娘子美貌，心中暗喜，便问："你是谁家女子，半夜在此为何?"娘子诈道："妾是东京人氏，随丈夫到此看灯，适因吹折逍遥宝架灯，丈夫不知哪里去了，妾身在此等候。"赵王道："如今更深，可随我入府中，明日却来寻访。"娘子无奈，只得随赵王入府中来。赵遂着使女将娘子引到睡房，赵王随后进去，笑对娘子道："我是金枝玉叶，你肯为我妃子，享不尽富贵。"那娘子吓得低头无语，寻死无路，怎当得那赵王强横之势，只得顺从，宿却一宵。赵王次日设宴，不在话下。

且说张院公与梅香回去见师婆婆，说知娘子看灯失散，不知去向，婆婆与师郎烦恼无及，即着家人入城寻访。有人传说在赵王府里，亦不知的实。

不觉将近一月。刘娘子虽在王府享富贵，朝夕思想婆婆、丈夫、儿子。忽有老鼠将刘娘子房中穿的那一套织成万象衣服咬得粉碎。娘子看见，眉头不展，面带忧容。适赵王看见，遂问道："娘子因甚烦恼?"娘子说知其故。赵王笑道："这有何难！召取西京织匠人来府中织造一件新的便了。"次日，赵王遂出告示。不想师家祖上会织此锦，师郎正要探听妻子消息，听了此语，即便辞了母亲来见赵王。赵王道："汝既会织，就在府中依样造成。"师郎承命而去。众梅香传与娘子，王爷着五个匠人在东廊下织锦。娘子自忖：西京只有师家会织，叔叔二郎现在扬州未回，此间莫非是我丈夫？即抽身来看。那师郎认得是妻子，二人相抱而哭。旁边织匠人各各惊骇，不知其故。

不道赵王酒醒，忽不见了刘都赛，因问侍女，知在看匠人织造，赵王忙来廊下看时，见刘娘子与师郎相抱不舍。赵王大怒，即令刀斧手押过五个匠人，前去法场处斩。可怜师郎与四个匠人无罪，一时死于非命。那赵王恐有后累，命五百刽子手将师家门首围了，将师家大小男女尽行杀戮，家财搬回府中，放起一把火来，将房屋烧个干净。当下只有张院公带得小主人师金保出街坊买糕，回来见杀死死尸无数，血流满地，房屋火烧尚未灭。张院公惊问邻居之人，乃知被赵王所害。张院公没奈何，抱着五岁主人，连夜逃走扬州报与二官人去了。

赵王回府思忖：我杀了师家满门，尚有师马都在扬州当匠，倘知此事，必去告御状。心生一计，修书一封，差牌军往东京见监官孙文仪，说要除师二郎一事。孙文仪要奉承赵王，即差牌军往扬州寻捉师马都。是夜师马都梦见一家人身上带血，惊疑起来，去请着先生卜卦，占道：大凶，主合家有难。师马都忧虑，即雇一匹快马，径离了扬州，回西京来。行至马陵庄，恰遇着张院公抱着小主人，见了师马都大哭，说其来因。师二郎听罢，跌倒在地，移时方苏，即同院公来开封府告状。师马都进得城来，分付院公在茶坊边伺候，自往开封府告状。正遇着孙文仪喝道而过，牌军认得是师马都，禀知文仪。文仪即着人拿入府中，责以擅冲马头之罪，不由分说，登时打死。文仪令人搜捡，身上有告赵王之状。忖道："今日若非我遇见，险些误了赵王来书。"又虑包大尹知觉，乃密令四名牌军，将死尸放在篮底，上面用黄菜叶盖之，扛去丢在河里。

正值包大尹出府来，行到西门坊，座马不进。包公唤过左右牌军道："这马有三不走：御驾上街不走，皇后、太子上街不走，有屈死冤魂不走。"便差张龙、赵虎去茶坊、酒店打听一遭。张、赵领命，回报："小巷有四个牌军抬一篮黄菜叶，在那里趋避。"包公令捉来问之。牌军禀道："适孙老爷出街，见我四人不合将黄菜叶堆在街上，每人责了十板，令我等抬去河里丢了。"包公疑有缘故，乃道："我夫人有病，正想黄菜叶吃，可抬入我府中来。"牌军惊惧，只得抬进府里。各赏牌军，分付："休使外人知道，来取笑包公买黄菜叶与夫人吃。"牌军拜谢而去。包公令揭开菜叶视之，内有一死尸，因思此人必被孙文仪所害。令狱卒且停在西牢。

且说那张院公抱着师金保等师马都不来，径往府前去寻，见开封府门首有屈鼓，张院公遂上前连打三下。守军报知包爷。包公分付："不许惊他，可领进来。"守军领命，引张院公到厅前。包公问："所诉何事？"张院公逐一从头将师家受屈事情说得明白。包公又问："这五岁孩儿如何走脱？"张院公道："因为思母啼哭，领出买糕与他吃，逃得性命。"包公问："师马都何在？"张院公道："他侵早来告状，并无消息。"包公知其故，便着张院公去西牢看验死尸，张院公看见是师马都，放声大哭。包公沉吟半晌，即令备马到城隍庙来，当神祝道："限今夜三更，要放师马都还魂。"祝罢而回。也是师马都命不该死，果是三更复苏。次日，狱卒报知包公，唤出厅前问之，师马都哭诉孙文仪打死情由，包公分付只在府里伺候。思量要赚赵王来东京，心生一计，诈病在床，不出堂数日。

那日，仁宗知道了，即差御院医官来诊视。李夫人道："大尹病得昏沉，怕生人气，免见罢。"医官道："可将金针插在臂膊上，我在外面诊视，即知其症。"夫人将针插在屏风上，医官诊之，脉全不动，急离府奏知去了。包公与夫人议道："我便诈死了，待圣上问我临死时曾有甚事分付，只道：惟荐西京赵王为官清正，可任开封府之职。”

次日，夫人将印绶入朝，哭奏其事，文武尽皆叹息。仁宗道：“既临死时荐御弟可任开封府之职，当遣使臣前往迎取赵王。”一面降敕差韩、王二大臣御祭包大尹。

是时使命领敕旨前往河南，进赵王府宣读圣旨已毕，赵王听了，甚是欢喜，即点起船只，收拾上任。不觉数日，到东京入朝。仁宗道：“包文拯临死荐汝，今朕重封官职，照依他的行事。”赵王谢恩而出。次日，与孙文仪摆列銮驾，十分整齐，进开封府上任。行过南街，百姓惧怕，各各关门。赵王在马上发怒道：“汝这百姓好没道理，今随我来的牌军在路上日久，欠缺盘缠，人家各要出绫锦一匹。”家家户户抢夺一空。

赵王到府，看见堂上立着长幡。左右禀道：“是包大尹棺木尚未出殡。”赵王怒道：“我选吉日上任，如何不出殡?”张龙、赵虎报与包公，包公分付二人准备刑具伺候，乃令夫人出堂见赵王说知，尚有半个月方出殡。赵王听了，怒骂包夫人不识方便。骂未绝口，旁边转过包公，大喝一声：“认得包呆子否?”赵王愕然。包公即唤过张龙、赵虎，将府门关上，把赵王拿下，监于西牢，孙文仪监于东牢。次日升堂，将棺木抬出焚了，东西牢取出赵王、孙文仪两个跪在阶下，两边列着二十四名无情汉，将出三十六般法物，挂起圣旨牌，当厅取过师马都来证，将状念与赵王听了。赵王尚不肯招，包公喝令极刑拷问，赵王受刑不过，只得招出谋夺刘都赛杀害师家满门情由。次及孙文仪，亦难抵讳，招出打死师马都情弊。包公叠成文案，拟定罪名，亲领刽子手押出赵王、孙文仪到法场处斩。次日，上朝奏知。仁宗抚慰之道：“朕闻卿死，忧闷累日。今知卿盖为此事诈死，御弟及孙文仪拟罪允当，朕何疑焉。”包公既退，发遣师马都宁家；刘都赛仍转师家守服；将赵王家属发遣为民，金银器物，一半入库，一半给赏张院公，以其有义能报主冤也。

石 狮 子

话说登州管下一个地名市头镇，居民稠密，人家并靠河岸筑室。为恶者多，行善者少。惟有镇东崔长者好善布施，不与人争。娶妻张氏，性情温柔，治家勤俭。所生一子名崔庆，年十八岁，聪明颖达，父母惜如掌上之珠。

忽一日，有个老僧来家抄化道："贫僧是五台山云游僧家，闻府中长者好善，特来化斋饭一餐。"崔长者整衣冠出，延那僧人入中堂坐定，崔长者纳头便拜道："有失款迎，万勿见罪。"那僧人连忙扶起道："贫僧不识进退，特候员外见一面。"长者大悦，便令作斋款待僧人，极其丰厚。长者席上问其所来，僧人答以"云游到此，要见员外有一事禀知"。长者举手请道："上人若要化缘或化斋，老拙不敢推阻。"僧人道："足见长者善心。贫僧不为化缘而来，即日本处当有洪水之灾，员外可预备船只伺候走路。敬以此事告知，余无所言。"长者听罢，连连应诺，便问道："洪水之灾何时当见?"僧人道："但见东街宝积坊下那石狮子眼中流血，便要收拾走路。"长者道："既有此大灾，当与乡里说知。"僧人道："你乡皆为恶之徒，岂信此言？就是长者信我逃得此难，亦不免有苦厄累及。"长者问道："苦厄能丧命否?"僧人道："无妨。将纸笔来，我写几句与长者，牢记之：

天行洪水浪滔滔，遇物相援报亦饶；

只有人来休顾问，恩成冤债苦监牢。"

长者看了，不解其意。僧人道："后当知之。"斋罢辞去，长者取过十两花银相赠。和尚道："贫僧云游之人，纵有银两，亦无用处。"竟不受而去。

长者对张氏说知，即令匠人于河边造十数只大船。人问其故，长者说有洪水之灾，造船逃避。众人大笑。长者任众人讥笑，每日令老妪前往东街探石狮子有血流出否。老妪看探日久，往来频数，坊下有二屠夫问其缘故，老妪直告其故。二屠待妪去，自相笑道：“世上有此等痴人！天旱若是，有甚么水灾？况那石狮子眼孔里哪讨血出！”一屠相约戏之，明日宰猪，用血洒在石狮眼中。是日，老妪看见，连忙走回报知，长者即分付家人，收拾动用器物，一齐搬上船。当下太阳正酷，日气蒸人。等待长者携得一家老幼登船已毕，黄昏左侧，黑云并集，大雨滂沱，三昼夜不息，河水拥入市头镇。一时间那人民居屋流荡无遗，溺死二万余人。正因乡民作孽太过，天以此劫数灭之，止有崔长者夫妇好善，预得神人救之。

那日长者数十大船随洪水流出河口，忽见山岩崩下，有一初养黑猿被溺不能起，长者即令家人取竹竿接之，那猿及岸得生而去。船正行间，又见一树木流来，有鸦巢在上，新乳数鸦飞不起，长者又令家僮取船板托之，那鸦展开两翼，各飞将去了。适有湾处，见一人被浪激流下来，口叫救命，长者令人接之。张氏道：“员外岂不记僧人所言遇人休顾之嘱？”长者道：“物类尚且救之，况人而不恤哉？”竟令家僮取竹竿援之上船，遂取衣服与换。

至次日雨止，长者乃令家僮回去看时，只见洪水过去，尽成沙丘，惟有崔长者房屋，虽被浸损，未曾流荡。家僮报知，长者令工人修整完备如前，携老幼回家。同乡邻里后归者，十有一二而已。长者问那所救之人愿回去否，那人哭道：“小人是宝积坊下刘屠之子，名刘英，今被水冲，父母不知存亡，家计尽空，情愿为长者随行执鞭之人，以报救命之恩。”长者道：“你既肯留我家下，就作养子看待。”刘英拜谢。

时光似箭，日月如梭，长者回家不觉又有半载。时东京国母张娘娘失去一玉印，不知下落。仁宗皇帝出下榜文，张挂诸州，但有知玉印下落者，官封高职。忽一夜崔长者梦见神人说：“今国母张娘娘失落玉印，在后宫八角琉璃井中。上帝以君有阴德，特来说与你，可着亲儿子去报知，以受高官。”长者醒来，将梦与妻子说知。忽家人来报，登州衙门首有榜文张挂，所说与长者梦中之言相同。长者甚喜，欲令崔庆前去奏知受职。张氏道：“只有一子，岂肯与他远离。富贵有命，员外莫望此事。”刘英近前见父母道：“小儿无恩报答，既是神人报说，我情愿代弟一行，前往京都报知，倘得一官半职，回来与弟承受。”长者欢然，准备银两，打点刘英起程。

次日，刘英相辞，长者再三叮咛：“若有好事，休得负心。”刘英领诺而别，上路往东京进发。不一日来到京城，径来朝门外揭了榜文。守军捉见王丞相，刘英先通乡贯姓名，后以玉印下落说知，王丞相即令牌军送刘英于馆驿中伺候。次日，王丞相入朝奏知，仁宗召宫中嫔妃问之，娘娘方记得，因中秋赏月，夜阑，同宫女八角琉璃井边探手取水，误落井中。遂令宫监下井看取，果有之。仁宗宣刘英上殿，问其何知玉印之由。刘英不隐，直以神人梦中所报奏知。仁宗道：“想是你家积有阴德。”遂降敕封英为西厅驸马，以偏后黄娘娘第二公主招之。刘英谢恩，不胜欢喜。过数日，朝廷设立驸马府与刘英居住。当下刘英一时显达，权势无比，就不思量旧恩了。

却说崔长者，自刘英去后将两个月，日夜悬望消息。忽有人自东京来，传说刘英已招为驸马，极其贵显。长者遂分付家人小二同崔庆赴京。崔庆拜辞父母，往东京进发，不一日来到东京，寻店歇下。次日，正访问驸马府，那人道：“前面喝道，驸马来矣。”崔庆立在一边候过了道，恰好刘英在马上端坐，昂昂然来到。崔庆故意近前要与相认，刘英一见崔庆，喝声：“谁人冲我马头?”便令牌军捉下。崔庆惊道：“哥哥缘何见疏?”刘英怒道：“我有什么兄弟!”不由分说，拿进府中，重责三十棍。可怜崔庆，打得皮开肉绽，两腿血流，监入狱中。

此时小二在店中得知主人被难，要来看时，不得进去。崔庆将其情哀告狱卒，狱卒怜而济之。崔庆原是富家，每日肉食不绝，一旦受此苦楚，怎生忍得。正在饥渴之际，思想肉食，忽墙外一猿攀树而入，手持一片熟羊肉来献。崔庆俄然记得，此猿好似我父昔日洪水中所救者，接而食之。猿去，过了数日，又将物食送进来，如此者不绝。狱卒见了，知其由来，叹道：“物类尚有恩义，人反不如。”自是随其来往。

又一日，墙外有十数乌鸦集于狱中，哀鸣不已。崔庆亦疑莫非是父所救者，乃对鸦道：“尔若怜念我，当代我带书一封寄回吾父。”那鸦识其意，都飞向前。庆即向狱卒借纸笔修了书，系于鸦足上，即飞去，不数日，已飞到其家。正值崔长者与张氏正在说儿子没音信之事，忽鸦飞下，立于身边。长者惊疑，看鸦足上系一封书，长者解下看之，却是崔庆笔迹，内具刘英失义及狱中受苦情由。长者看罢大哭。张氏问知其故，遂痛哭道：“当初叫汝莫收留他人，果然恩将仇报，陷我儿子于缧绁之中，怎能得出？”长者道：“鸟兽尚知仁义，彼有人心，岂得如此负恩之甚？我只得自往东京走一遭，探其虚实。”张氏道：“儿受苦，作急而行。”

次日，崔长者准备行李，辞妻赴京。数日，已到东京，寻店安下。侵早，正值出街访问消息，忽见家人小二，身穿破衣，乞食廊下，一见长者，遂抱之而哭。长者亦悲，问其备细，小二将前情诉了一遍。长者不信，要进府里见刘英一面。小二紧紧抱住，不放他去，恐遭毒手。忽报驸马来了，众人都回避，长者立廊下候之。刘英近前，长者叫道：“刘英我儿，今日富贵不念我哉！”刘英看见，认得是崔长者，哪里肯顾盼他，只做不见。长者不肯休，一直随马后赶去，不料已闭上府门，不得进去。长者大恨道：“不认我父子且由则可，又将吾儿监禁狱中受苦！”即投开封府告状。

正值包公行香转衙，长者跪马头下告状，包公带入府中审问，长者哀诉前情，不胜悲感。包公令长者只在府廊下居止，即差公牌去狱中唤狱卒来问：“有崔庆否？”狱卒复道：“某月日监下，狱里饮食不给，极是狼狈。”包公遂令狱卒散诞拘之。

次日，即差人请刘驸马到府中饮酒。刘英闻包公请，即来赴席。包公延入后堂相待，分付牌军闭上府门，不许闲杂人走动。牌军领命，便将府门闭止，然后排过筵席。酒至半酣，包公怒道：“缘何不添酒来？”厨下报道：“酒已尽了。”包公笑道：“酒既完了，就将水来斟亦好。”侍吏应诺，即提过一桶水来。包公令将大瓯先斟一瓯与刘英道：“驸马大人权饮一瓯。”刘英只道包公轻慢他，怒道：“包大尹好欺人！朝廷官员谁敢不敬我？哪有相请用水当酒！”包公道：“休怪休怪，众官要敬驸马，偏包某不敬。今年六月间尚饮一河之水，一瓯水难道就饮不得?”刘英听了，毛发悚然。忽崔长者走近前来，指定刘英骂道：“负义之贼！今日负我，久后必负朝廷。望大人作主。”包公便令拿下，去了冠带，拖倒阶下，重责四十棍，令其供招。刘英自知不是，吐出实情，招认明白。包公命取长枷系于狱中。次日，具疏奏知。仁宗宣召崔长者至殿前审问，长者将前事奏知一遍。仁宗称羡道：“君之重义如此，亲子当受爵禄，朕明日有旨下。”长者谢恩而退。次日，旨下：刘英冒功忘义，残虐不仁，合问死罪；崔庆授武城县尉，即日走马赴任；崔长者平素好善，敕令有司起义坊旌之。包公依旨判讫，请出崔庆，换以冠带，领文凭赴任而去，长者同去任所。是冬将刘英处决。

偷　鞋

话说江州城东永宁寺有一和尚，俗姓吴名员城，其性风骚。因为檀越张德化娶南乡韩应宿之女兰英为妻，多年无子情切，恳请求嗣续后，每遇三元圣诞，建设醮祠；凡朔望之日，专请员城在家里诵经。员城见兰英貌美，欲心常动，意图淫奸。晚转寺中，心生一计。次日，瞰德化往外，假讨斋粮为由，来至张家，贿托婢女小梅，求韩氏睡鞋一双，小梅悄然窃出与之。员城得鞋，喜不自胜，回到寺中，每日捧着鞋沉吟无奈。适次日张檀越来寺议设醮事，员城故将睡鞋一只丢在寺门，德化拾起，心甚惊疑。既与员城话毕，归家大怒，狠究睡鞋，遂将韩氏逐回母家，经官休退。员城闻知计就，潜迹逃回西乡太平原，改姓名为冯仁，蓄发二年，值应宿将兰英改嫁，仁买求邻居汪钦，径往韩宅求姻。宿与钦素交好，遂允其姻，令择吉日过聘，刻期毕姻。钦回复冯仁，即纳彩亲迎，竟成婚配。

倏忽韶光掣电，时光正值中秋佳节，月色腾辉，乐声鼎沸，夫妇对饮于亭，两情交畅，仁乐饮沉醉，携妻而笑道："昔非小梅之功，安有今日之乐!"韩氏心疑，询其故，仁将前情一一说出。韩氏听了，敢怒而不敢言。身虽遭仁计袭，心恨冯仁刻骨，酒罢仁睡，时至三更，自缢而亡。次日，韩应宿闻知，正欲赴县伸冤告状，适遇包公出巡江州，应宿便写状呈告：

> 呈为灭节杀命事：痛女兰英嫁婿张德化为妻，久调琴瑟，无愧唱随。祸遭恶僧吴员城即今更名冯仁者，窥女艾色，买婢窃鞋，陷女私情。致婿坚执七出之条，念女实无一生之路。特原其素抱贞节，又见其事无实据，姑自狐疑，权为收养。岂恶蓄发改名，托邻求配；身实不知，误遭奸计。忽于昨夜威逼身亡，而冤不白。上祈秉三尺之威严，天网不漏，恶必万斩始甘心。哀哀上告。

那时冯仁亦捏虚情抵诉，包公即将两人收监。其夜，坐在后堂，忽然一阵黑风侵人。包公道："是何怨气?"既而有一女子跪在堂下，包公问道："汝是何处人氏？有甚冤屈？直对我说。"那女子即将前情诉说一遍，忽然不见。

次日，包公坐堂，差张龙、薛霸去禁中取出韩、冯二人审问，即将冯仁捆打，追究睡鞋之事，冯仁心惊色变，俯首无词，只得直招。包公将冯仁家产入官，判断冯仁抵命。自此韩氏之冤得伸，远近快之。

烘　衣

话说东京离城二十里，地名新桥，有一富人姓秦名得，娶南村宋泽之女秀娘为妻。那秀娘性格温柔，幼年知书，年十九岁嫁到秦门，待人御下，调和中馈，甚称夫意。一日，秦得表兄有婚姻之期，着人来请秦得，秦得对宋氏道知，径赴约而去，一连留住数日。宋氏悬望不回，因出门首探望。忽见一僧人远远而来，行过秦宅门首，见宋氏立在帘子下，僧人只顾偷眼视之，不提防石路冻滑，一交跌落于沼中。时冬月寒冻，僧人爬得起来，浑身是水，战栗不能当。秀娘见而怜之，叫他入来在外舍坐定，连忙到厨下烧着一盆火出来与僧人烘着。那僧人满口称谢，就将火烘焙衣服。秀娘又持一瓯热汤与僧人饮。秀娘问其从何而来，和尚道："贫僧居住城里西灵寺，日前师父往东院未回，特着小僧去接，行过娘子门首，不觉路上冰冻石滑，遭跌沼中。今日不是娘子施德，几丧性命。"秀娘道："你衣服既干，可就前去。倘夫主回来见了不便。"僧人允诺，正待辞别而行，恰遇秦得回来，见一和尚坐舍外向火，其妻亦在一边，心下大不乐。僧人怀惧，径抽身走去。秦得入问秀娘："僧人从何而来?"宋氏不隐其故，秦得听了怒道："妇人女子不出闺门，邻里间有许多人，若知尔取火与僧人，岂无议论?我秦得是个清白丈夫，如何容得汝不正之妇?"即令速回母家："不许再入吾门!"宋氏低头不语，不能辩论，见夫决意要逐他，没奈何只得回归母家。母氏得知弃女之由，埋怨女身不谨，惹出丑声，甚轻贱之。虽是邻里亲族，亦疑其事。秀娘不能自明，悔之莫及，累日忧闷，静守闺门不出。

不觉光阴似箭，日月如梭，在母家有一年余。那僧人闻知宋氏被夫逐出，便生计较，离了西灵寺，还俗蓄发，改名刘意，要图娶宋氏。比发齐，遂投里妪来宋家议亲。里妪先见秀娘之父说道："小娘子与秦官人不睦，故以丑事压之，弃逐离门，未过两月，便娶刘宅女为室。如此背恩负义之人，顾恋他甚么?老妾特来议亲，要与娘子再成一段好姻缘，未知尊意允否?"其父笑道："小女不守名节，遭夫逐弃，今留我家也得安静，嫁与不嫁由他心意，我不做主张。"里妪遂入见其母亲，说知与小娘子议婚的事。其母欢悦，谓妪道："我女儿被逐来家有一年余，闻得前夫已婚，往日嫌疑未息，既有人议婚，情愿劝我女出嫁，免得人再议论。"里妪见允，即回报刘意，刘意暗喜，次日，备重聘于宋家纳姻。秀娘闻知此事，悲哀终日，饮食俱废。争奈被母所逼，推托不过，只得顺从。花烛之夜，刘意不胜欢喜。亲戚都来作贺，待客数日，刘意重谢里妪不提。

却说秀娘虽则被前夫所逐，自谓实无亏行，亦望久后仍得团圆，谁想已失身他人。刘意虽则爱恋秀娘，秀娘终日还思念前夫不忘。将有半载，一日，刘意为知己邀饮，甚醉而归，正值秀娘在窗下对镜而坐，刘意原是个僧人，淫心狂荡，一见秀娘，乘醉兴抱住，遂戏道："汝能认得我否?"秀娘答道："不能认。"刘意道："独不记得被跌沼中，多得娘子取火来与之烘衣那个僧人乎?"秀娘惊问："缘何却是俗家?"刘意道："汝虽聪明，不料吾计。当日闻汝被夫弃归母家，我遂蓄发，遣里妪议亲，不意娘子已得在我枕边。"秀娘听了，大恨于心。过了数日，逃归见父，说知此情。其父怒恨道："我女儿施德于你，你反生不良!"遂具状径赴开封府衙呈告。包公差公牌拘得刘意、宋氏来证。刘意强辩不认，再拘西灵寺僧人勘问，的是寺中逃离之徒还俗是真。包公令取长枷监于狱中，遂判道：

失脚遭跌，已出有心；蓄发求亲，真大不法。

遂将刘意决杖刺配千里，宋氏断回母家。秦得知其事，再遣人议续前姻，秀娘亦绝念，不思归家。于是宋氏之名节方雪。

龟入废井

话说浙西有一人姓葛名洪，家世富贵，葛洪为人最是行善。一日，忽有田翁携得一篮生龟来卖，葛洪问田翁道："此龟从何得来?"田翁道："今日行过龙王庙前窟中，遇此龟在彼饮水，被我罩得来送与官人。"葛洪道："难得你送来卖与我。"便将钱打发田翁走去，令安童将龟蓄养厨下，明日待客。是夜，葛洪持灯入厨下，忽听似有众人喧闹之声。葛洪怪疑道："家人各已出外房安歇去了，如何有喧闹之声不息?”遂向水缸边听之，其声出自缸中。洪揭开视之，却是一缸生龟在内喧闹。葛洪不忍烹煮，次日侵早，令安童将此龟放在龙王庙潭中去了。

不两月间，有葛洪之友，乃邑东陶兴，为人狠毒奸诈，独知奉承葛洪，以此葛洪亦不疏他。一日，葛洪令人请陶兴来家，设酒待之，饮至半酣，葛洪于席中对陶兴道：“我承祖上之业，颇积余财，欲待收些货物前往西京走一遭，又虑程途险阻，当令贤弟相陪。”兴闻其言，便欲起意，故作笑容答道：“兄要往西京，水火之中亦所不避，即当奉陪。”洪道：“如此甚好。但此去卢家渡有七日旱路，方下船往水程而去，汝先于卢家渡等候，某日我装载便来。”陶兴应承而去。比及葛洪妻孙氏知其事，欲坚阻之，而洪行货已发离本地了。临起身，孙氏以子年幼，犹欲劝之，葛洪道：“吾意已决，多则一年，少则半载便回。汝只要谨慎门户，看顾幼子，别无所嘱。”言罢，径登程而别。

那陶兴先在卢家渡等了七日，方见葛洪来到，陶兴不胜之喜，将货物装于船上，对葛洪道：“今天色渐晚，与长兄前往前村少饮几杯，再回渡口投宿，明早开船。”洪依其言，即随兴向前村黄家店买酒而饮。陶兴连劝几杯，不觉醉去。时已黄昏左侧，兴促回船中宿歇。葛洪饮得甚醉，同陶兴回至新兴驿，路旁有一口古井，深不见底，陶兴探视，四顾无人，用手一推，葛洪措手不及，跌落井中。可怜平素良善，今日死于非命。

陶兴既谋了葛洪，连忙回至船中，唤觅艄子，次日侵早开船去了。及兴到得西京，转卖其货时，价值腾涌，倍得利息而还，将银两留起一半，一半径送到葛家见嫂孙氏。孙氏一见陶兴回来，就问：“叔叔，你兄为何不同回来?”陶兴道：“葛兄且是好事，逢店饮酒，但闻胜境便去游玩。已同归至汴河，遇着相知，携之登临某寺，我不耐烦，着先令带银两回交尊嫂收之，不多日便回。”孙氏信之，遂备酒待之而去。

过二日，陶兴要遮掩其事，生一计较，密令土工死人坑内拾一死不多时之尸，丢在汴河口，将葛洪往常所系锦囊缚在腰间，自往葛宅见孙氏报知：“尊兄连日不到，昨听得过来者道，汴河口有一人渡水溺死，暴尸沙上，莫非葛兄？可令人往视之。”孙氏听了大惊，忙令安童去看时，认其面貌不似，及见腰间系一锦囊，遂解下回报孙氏道：“主人面貌腐烂难辨，惟腰间系一物，特解来与主母看。”孙氏一见锦囊，悲泣道：“此物吾母所制，夫出入常带不离。死者的是我夫无疑了。”举家哀伤，乃令亲人前去用棺木盛贮讫。陶兴看得葛家作超度功果完满后，径来见孙氏抚慰道：“死者不复生，尊嫂只小心看顾侄儿长大罢了。”孙氏深感其言。

将近一年余，陶兴谋得葛洪资本，置成大家，自料其事再无人知。不意包公因省风谣，经过浙西，到新兴驿歇马，正坐公厅，见一生龟两目睁视，似有告状之意。包公疑怪，遂唤军牌随龟行去，离公厅一里许，那龟遂跳入井中，军牌回报包公。包公道：“井里必有缘故。”即唤里社命工人下井探取，见一死尸，吊上来验之，颜色未变。及勘问里人可认得此尸是哪里人，皆不能识。包公谅是枉死，令搜身上，有一纸新给路引，上写乡贯姓名明白。包公记之，即差李超、张昭二人径到其县拘得亲人来问，云是某日因过汴河口被水溺死。包公审问愈疑，道：“彼既溺于河，却又在井里，安得一人有两处死之理！”再唤其妻来问之，孙氏诉与前同。包公令认其尸，孙氏见之，抱而痛哭：“这正是妾的真夫！”包公云：“彼溺死者何人说是汝夫？”孙氏道：“得夫锦囊认之，故不疑也。”包公令看身上有锦囊否？及孙氏寻取，不见锦囊。包公细询其来历，孙氏将那日同陶兴往西京买卖之情诉明。包公道：“此必是陶兴谋杀，解锦囊系他人之尸，取信于汝，瞒了此事。”复差李、张前去拘得陶兴到公厅根勘。陶兴初不肯招，包公令取死尸来证，兴惊惧难抵，只得供出谋杀之情。叠成文案，将陶兴偿命，追家财给还孙氏。将那龟代夫伸冤之事说知孙氏，孙氏乃告以其夫在日放龟之由。包公叹道：“一念之善，得以报冤。”乃遣孙氏将夫骸骨安葬。后来葛洪之子登第，官至节度使。

鸟唤孤客

话说江阴有一布客，姓谢名思泉，从巴州发布回家，打从捷路苦株地经过，一路崎岖，五里无人，山大无比。其山凹中有一人家姓谭，兄弟二人，假以讨柴营生。兄名贵一，弟名贵二，二人人面兽心，凡遇孤客经过，常常谋劫。思泉正欲借问路程，望见二人远远而来，忙近前唱个喏道："大哥休怪。此去江阴还有几日路程?"贵一答道："只有三日之遥。"贵二便问："客官从何处来?"泉答道："小弟巴州发布回，到此失路，望二兄相引。"二人指道："那山凹小路可去。"泉只道二人是樵子，不在意下。来到前途，又是峻岭难攀，只得等人问路。不觉贵一兄弟赶到，将刀挥中思泉后脑，鲜血淋漓，气绝而死。二人将尸埋在山旁，当得银千两，兄弟归家将银均分，半年未露。

包公出巡巴州，从苦株地经过，行至半路间，忽听鸟音连唤："孤客孤客，苦株林中被人侵克!"包公遂转镇抚司安歇，差张龙、李虎寻到鸟叫之去所，看是甚么冤枉。张、李领命去苦株林，仍见那鸟叫声如前，即看那鸟所在寻个踪迹，只见山凹土穴露出死人尸首。张、李回报，包公大惊。是夜，凭几而卧，梦见一人散发泣于案前，歌绝句云：

言身寸号是咱门，田心白水出江阴。
流出巴州浪漂泊，砥柱中流见山凹。
桂花有意逐流水，潭涯绝地起萧墙。
若非文曲星台照，怎得鳌鱼上钓钩。

歌罢又诉道："小人银两俱编千字文号，大人可差人去他床下搜取，便见明白。"诉讫，乃含泪而去。包公遂会其意，待天明升堂，差张、李二人径往苦株林，牌拘贵一、贵二到堂审究，喝道："你兄弟假以砍柴为由，惯恶谋人。好生细招，免受重刑!"二人强辩不认。又差赵虎、李万往他家床下搜出白银若干，包公将银细看，果编得有字号。遂骂道："劫银在此，还不直招！"令左右将兄弟捆打一番。二人受刑不过，只得从实招认。于是唤张龙、李虎押贵一兄弟二人去法场，斩首悬挂巴州门，晓喻示众，其家抄洗，银物入官。

临 江 亭

话说开封府有一富家吴十二，为人好交结名士。娶妻谢氏，容貌风情极侈。吴十二有个知己韩满，是个轩昂丈夫，往来其家甚密。谢氏常以言挑之，韩满以与吴友交厚，敬之如嫂，不及于乱。一日冬残，雪花飘扬，韩满来寻吴友赏雪。适吴十二庄上未回，谢氏闻知韩满来到，即出见之，笑容可掬，便邀入房中坐定，抽身入厨下，整备酒食进来与韩满吃，坐在下边相陪。酒至半酣，谢氏道："叔叔，今日天气甚寒，婶婶在家亦等候叔回去同饮酒否?"韩满道："贱叔家贫，薄酌虽有，不能够如此丰美。"谢氏有意劝他，饮了数杯，淫心勃然，斟起一杯，起身送与韩满道："叔叔先饮一口，看滋味好否?"韩满大惊道："贤嫂休得如此。倘家人知之，则朋友伦义绝矣。从今休要这等。"说罢推席而起。走出门，正遇吴十二冒雪回来，见韩满就欲留住。韩满道："今日有事，不得与兄长叙话。"径辞而去。

吴十二入见谢氏，问："韩故人来家，如何不留待之?"谢氏怒道："汝结识得好朋友，知汝不在家故来相约，妾以其往日好意，备酒待之，反将言语戏妾，被我叱几句，没意思走去。问他则甚?"吴十二半信半疑，不敢出口。

过了数日，雪霁天晴，韩满入城来，恰遇吴友在街头过来，韩满近前邀入店中饮酒。满乃道："兄之尊嫂是个不良之妇，从今与兄不能相会于家，恐遭人有嫌疑之诮。"吴十二道："贤弟何出此言？就是嫂有不周之言，当看我往日情分，休要见外。”韩满道：“兄长门户自宜谨密。只此一言，余无所嘱。”饮罢，各散而去。次年春，韩满有舅吴兰在苏州贩货，有书来约他，满要去，欲见吴十二相辞，不遇径行，比及吴友知之，已离家四日矣。

吴十二有家人汪吉，人才出众，言语捷利，谢氏爱他，与之通奸，情意甚密。一日，吴十二着汪吉同往河口收讨账目，汪吉因恋谢氏之故，推不肯去，被吴十二痛责一番，只得准备行李。临起身，入房中见谢氏商议其事。谢氏道：“但只要你有计较谋害了他回来，我自有主张。”汪吉欢喜领诺，同主人离家。在路行了数日，来到九江镇，问往日相识李二艄讨船，渡过黑龙潭，靠晚泊船龙王庙前，买香纸做了神福。汪吉于船上小心服侍，吴十二饮得甚醉，李艄都去歇息。半夜时，吴十二要起来小便，汪吉扶出船头，乘他宿酒未醒，一声响，推落在江中，故意惊叫道：“主人落水！”比及李艄起来看时，那江水深不见底，又是夜里，如何救得！挨到天明，汪吉对李艄道：“没奈何，只得回去报知。”李艄心中生疑，吴某死必不明，撑回渡船自去。汪吉忙走回家，见谢氏密道其事。谢氏大喜，虚设下灵席，日夜与汪吉饮酒取乐。邻里颇有知者，隐而不言。

话分两头。再说韩满因暮春时景，偶出镇口闲行，正过临江亭，远远望见吴十二来到，韩满认得，连忙近前携住手道：“贤兄因何来此？”吴十二形容枯槁，皱了双眉，对韩满道：“自贤弟别后，一向思慕。今有一事投托，万望勿阻。”韩满道：“前面亭上少坐片时。”遂邀到亭上坐定，乃道：“日前小弟因母舅书来相约，正待要见兄长一辞，不遇径行。今幸此会，为何沉闷不乐？”吴十二泣下道：“当日不听贤弟之言，惹下终天之别，一言难尽。”韩满不知其死，乃道：“兄长烈烈丈夫，为何出此言？”吴十二道：“贤弟休惊。自那日相别之后，如此如此。”韩满听了，毛骨悚然，抱住吴十二道：“贤兄此言是梦中耶？如果有此事情，必不敢负。且问，当夜落水之时，可有人知否？”吴十二道：“镇江口李艄颇知。吾与贤弟幽明之隔，再难会面，今且从此别矣。”道罢，韩满忽身便倒，昏迷半晌方醒。比寻故人，不见所在，连忙转苏州店中见母舅道："家下有信来催促，特来辞别，回去无事便来。"吴兰挽留不住。比及回到乡里访问，吴友已死过六十日矣。韩满备了香纸至灵前哭奠一番。谢氏恨之，不肯出见。

韩满回家，思量要去告状，又没有头绪，复来苏州见母舅，道知故人冤枉之事。吴兰道："此他人事，又无对证，莫惹连累。"韩满笑道："愚甥与吴友结交，有生死之誓。只因不良嫂在，以此疏阔。近日曾以幽灵托我，岂可负之！"吴兰道："既如此，即日包大尹往边关赏劳，才回东京，具状申诉，或能伸雪。"

满依其言，连夜来东京，侵早入府告状。包公审问的实，即差公牌拿得汪吉及谢氏当厅勘问。汪吉、谢氏争辩，不肯招认，究问数日，未能断决。包公思量通奸之弊的有，谋死主人未得证见，他如何肯招？乃密召韩满问道："汝故人既有所托，曾言当日渡艄是谁？"韩满道："镇江口李二艄也。"包公次日差黄兴到镇江口拘得李二艄来衙，问其情由。李艄道："某日夜深，落水之后，彼家人叫知，待起来时，救不及矣。"包公遂取出人犯当厅审究。汪吉见李艄在旁边，便有惧色，不用重刑拷究，只得从直招出。叠成案卷，将汪吉、谢氏押赴法场处斩；给了赏钱与李艄回去；韩满有故人之义，能代申冤枉，访得吴十二有女年十四岁，嫁与韩满之子为妻，将家赀器物尽与女儿承其家业，以不负异姓而骨肉云。

白　塔　巷

话说包公守东京之日，治下宁静，奸宄敛迹，每以判断为心，案牍不致留滞。皇祐元年正月十五日，包公同胥吏去城隍庙行香毕，回到白塔前巷口经过，闻有妇人哭丈夫声，其声半悲半喜，并无哀痛之情。包公暗记在心，回衙，即唤值堂公差郑强问道："适来白塔前巷口有一妇人哭着甚么人？"强告道："是谢家巷口刘十二日前死了，他妻吴氏在家中哭。”包公心上忖道：这人定死得不明。莫是吴氏谋了丈夫性命？不然哭声如何半悲半喜？便差人去拘吴氏来，问其夫因何身死。吴氏供道：“妾身夫主刘十二以卖小菜为生，忽于前月气疾身死，埋在南门外五里牌后。因家中有小儿子全无倚赖，以此悲哭。”

包公听了，看那妇人脸上似搽脂粉，想：她守服如何还整容颜？随唤着土工陈尚押吴氏同去坟所，启棺检验丈夫有无伤痕。土工回报：“刘十二身上并无伤痕，病死是实。”包公拍案怒道：“陈尚隐匿情弊，故来我跟前遮掩！限三日内若不明白，决不轻恕。”陈尚回家忧愁，双眉不展。其妻杨氏问尚有何事忧愁，尚以此事告知。杨氏道：“曾看死人鼻中否？”尚道：“此人原是我收殓，鼻中未看。”杨氏道：“闻得人曾用铁钉插入鼻中，坏了人性命。何不勘视此处？”尚亦狐疑，即依妻言再去看验，刘十二鼻中果有铁钉二个，从后脑发中插入。遂取钉来呈知。包公便将吴氏勘审。吴氏初不肯招，及上起刑具，只得招认为与张屠户通奸，恐丈夫知觉，不合谋害身死情由。案卷既成，遂判吴氏谋害亲夫，押赴市曹处斩；张屠奸人妻小，因致人死，发问军罪。判断已定，司吏依令施行。

再说包公当下又究问陈尚：“是谁人教你如此检验？”尚禀道：“当日小人领命前去检看，刘十二尸身并无伤痕。台前定要在小人身上根究，回家忧闷，不料小人妻子倒有见识，教我如此检验，果得明白。”包公道：“汝妻有如此见识，不是个等闲妇人，可唤来给赏。”

不多时，唤杨氏来到，赐以钱五贯，酒一瓶，杨氏欢喜拜受。方欲出衙，包公唤转问道：“当初陈尚与你是结发夫妻，还是半路夫妻？”杨氏道：“妾身前夫早亡，再嫁与陈尚为妻。”包公又问：“前夫姓甚名谁？”答道：“姓梅名小九。”包公道：“得何病身死？”杨氏见包公问得情切，不觉失色，勉强对道：“他染疯癫病而死，埋在南门外乱葬冈上。”包公道：“你前夫也死得不明。”便差王亮押杨氏同去坟所，检验梅小九尸骨。杨氏思量道：乱葬冈有多少坟墓，终不然个个人鼻中有钉。遂乃胡乱指一个别人的坟墓与差人，掘开视之，并无伤痕，检验鼻中，又无缘故。杨氏道："人称包老爷如秋月之明，今日此事直欲逼人于死地。"

王亮正没奈何之际，忽见一个老人，年七十余岁，扶杖而行，前来问亮在此何事。亮告道，如此如此。老人听了，指着杨氏道："你休要胡指他人坟墓，枉抛了别人骸骨，教你一干人受罪。"便指着王亮道："这便是梅小九坟墓。"言讫，化阵清风而去。亮遂掘开取棺检验，果见鼻中有两个钉。亮便押了杨氏回报。包公遂勘得杨氏亦曾谋杀前夫是实，将杨氏押赴市曹处斩，闻者无不称奇。

血衫叫街

话说包公守肇庆之日，离城三十里有个地名宝石村，村中黄长老家颇富足，祖上惟事农业。生有二子，长曰黄善，次曰黄慈。善娶城中陈许之女琼娘为妻，琼娘性格温柔，自过黄家门后，奉事舅姑，极尽孝道。未及一年，忽一日，陈家着小仆进安来报琼娘道："老官人因往庄中回来，偶染重疾，叫你回来看他几日。"琼娘听说是父亲染病，如何放心得下，分付进安入厨下酒饭，即与丈夫说知："吾父有疾，着人叫我看视，可对公婆说，我就要一行。"黄善道："目下正值收割时候，工人不暇，且停待数日去未迟！"琼娘道："吾父卧病在床，望我归去，以日为岁，如何等得！"善因意要阻他，不肯放他去。琼娘见丈夫阻他，遂闷闷不悦，至夜间思忖：吾父只生得我一人，又无兄弟倚靠，倘有差失，悔之晚矣。不如莫与他知，悄悄同进安回去。

次日侵早，黄善径起去赶人收稻子，琼娘起来，梳妆齐备，分付进安开后门而出。琼娘前行，进安后随。其时天色尚早，二人行上数里，来到芝林，雾气漫漫，对面不相见。进安道："日还未出，雾又下得浓，不如入村子里躲着，待雾露散而行。"琼娘是个机警女子，乃道：“此处险僻，恐人撞见不便，可往前面亭子上去歇。”进安依其言。

正行间，忽前面有三屠夫要去买猪，亦赶早来到，恰遇见琼娘，见他头上插戴金银首饰极多。内有姓张的最凶狠，与二伙伴私道：“此娘子想是要入城去探亲，只有一小厮跟行，不如劫了她的首饰来分，胜做几日生意。”一姓刘的道：“此言极是。我前去将那小厮拿住，张兄将女子眼口扪了，吴兄去夺首饰。”琼娘见三人来的势头不好，便将首饰拔下，要藏在袖中，径被吴屠用手抢入袖中去，琼娘紧紧抱住，哪肯放手。姓张的恐遇着人来不便，抽出一把屠刀，将女子左手砍了一刀，女子忍痛跌倒在地，被三人将首饰尽行夺去。进安近前来看时，琼娘不省人事，满身是血，连忙奔回黄家报知。正值黄善与工人吃饭，听得此消息，大惊道：“不听我言，遭此毒手。”慌忙叫三四人取轿来到芝林，琼娘略醒，黄善便抱入轿中，抬回家下看时，左手被刀伤，分付家人请医调治，一面具状领进安入府哭诉包公。

包公看状没有姓名，乃问进安：“汝可认得劫贼人否?”进安道：“面貌认他众人不着，像是伙买猪屠夫模样。”包公道：“想贼人不在远处，料尚未入城。”分付黄善去取他妻子那一件血染短衫来到，并不与外人扬知，乃唤过值堂公皂黄胜，带着生面人，教他将此短衫穿着，可往城中遍街去喊叫，称道，今早过芝林，遇见三个屠夫被劫，一屠夫因为贼斗，杀死在林中，其二伴各自走去了。胜依教，领着一生面人穿着血染短衫，满城去叫。行到东巷口张蛮门首，其妻朱氏闻说，连忙走出门来问道：“我丈夫侵早出去买猪，不知同哪个伙伴去，又没人问个的实。”胜听见，就坐在对门酒店中等着。张屠至午后恰回来，被胜走近前一把抓住，押来见包公，随即搜出金银首饰数件。包公道：“汝快报出同伙伴来，饶汝的罪。”张蛮只得报出吴、刘二屠夫。包公即时差黄胜、李宝分头去捉。不多时，拿得吴、刘二屠夫解来。吴、刘初则不知官府捉他根由，及见张蛮跪于厅下，惊得哑口无言，亦搜出首饰各数件。三人抵赖不过，只得从直招供谋夺之情。着司吏叠成案卷，拟判张蛮三人皆问斩罪；给还首饰与黄善收讫去。后来琼娘亦得名医医好，仍与黄善夫妇团圆。

青靛记谷

话说许州有光棍，一名王虚一，一名刘化二，专一诈骗人家，又学得撮抟之术。二人探得南乡富户蒋钦谷积千仓，遂设一计，将银十两，径往他家籴谷。来到蒋家，见了蒋钦道："在下特来向翁籴些谷子。"蒋钦道："将银来看。"虚一递过银十两，蒋钦收了，即唤来保开仓发谷二十担付二位客人去。二人得谷暗喜，遂用摄法将谷撮将去了。又假行了半里，将谷推回还钦，说是吃了亏，要退银别买。蒋钦看谷入仓，付还原银。那二人得了原银，遂将钦谷一仓尽行撮去。忽有佃夫张小一在路遇见，来到蒋家道："恭喜官人，粜了许多谷，得了若干银两。"蒋钦回说："没有粜得。"小一道："我明明遇见推去许多车子，官人何故瞒我？我闻得有一起撮抟的，休要被他撮了去！"钦大惊疑，忙唤来保开仓来看，只见一仓之谷全无半粒。蒋钦大惊，遂具状投告开封府，包公准状，发钦且回。

次日，乃发义仓谷二百担，内放青靛为记，装载船上，扮作湖广客人，径往许州来粜。到了许州河下，那虚一、化二闻知，径来船上拜访，动问客官何处来的。包公道："在下湖广姓尤名喜。敢问二籴户尊姓名？"二人直答道："在下王虚一、刘化二，特来与尊客籴些谷子。"包公道："借银来看。"当时虚一递出银子，议定价钱，发谷二十余车布在岸上。那二人见了谷，先撮将去了。少顷，那二人假相埋怨，说是籴亏了，将谷退回还尤客人，取银另买。包公遂付还原银，看将原谷搬入船仓。等待那二人去后，开舱板验看，一船之谷并无一粒。

包公回衙，心生一计，出示晓谕百姓，建立兴贤祠缺少钱粮，有民出粮一百担者，给冠带荣身，出谷三百担者，给下帖免差。令耆老各报乡村富户。当时王虚一、刘化二抟得谷上千余担，有耆老不忿他家谷多，即报他在官。他二人欲图免差，虽被耆老报作富户，自以为庆。包公见报王虚一等名，即差薛霸牌唤他到厅领取下帖。那二人见了牌上领帖二字，遂集人运谷来府交割。包公见谷内有靛子，果然是我原谷，喝问："王虚一、刘化二，你乃是有名光棍，今日这多谷从何而来？"王、刘二人道："是小人收租来的。"初不肯认。包公骂道："这贼好胆大！你前次抟去蒋钦谷，后又抟我的谷，还要硬争！这谷我原日放有靛子作记，你看是不是？"便令左右将虚一、化二捆打一百，二人受刑不过，一款招认。包公便将二人拟徒，追还义仓原谷，并追还蒋钦之谷，人共称快。

卷之三

裁缝选官

话说山东有一监生，姓彭名应凤，同妻许氏上京听选，来到西华门，寓王婆店安歇。不觉选期还有半年，欲要归家，路途遥远，手中空乏，只得在此听候。许氏终日在楼上刺绣枕头、花鞋，出卖供馔。时有浙江举人姚弘禹，寓褚家楼，与王婆楼相对，看见许氏貌赛桃花，径访王婆问道："那娘子何州人氏？"王婆答道："是彭监生妻室。"禹道："小生欲得一叙，未知王婆能方便否？"王婆知禹心事，遂萌一计，答道："不但可以相通，今监生无钱使用，肯把出卖。"禹道："若如此，随王婆区处，小生听命。"话毕相别。

王婆思量那彭监生今无盘费，又欠房银，遂上楼看许氏。见他夫妇并坐，王婆道："彭官人，你也去午门外写些榜文，寻些活计。"许氏道："婆婆说得是，你可就去。"应凤听了，随即带了一枝笔，前往午门讨些字写。只见钦天监走出一校尉，扯住应凤问道："你这人会写字么？"遂引应凤进钦天监见了李公公，李公公唤他在东廊抄写表章。至晚，回店中与王婆、许氏道："承王婆教，果然得入钦天监李公公衙门写字。"许氏道："如今好了，你要用心。"王婆听了此言，喜不自胜，遂道："彭官人，那李公公爱人勤谨，你明日到他家去写，一个月不要出来，他自敬重你，日后选官他亦扶持。娘子在我家中，不必挂念。"应凤果依其言，带儿子同去了，再不出来。

王婆遂往姚举人下处说监生卖亲一事，禹听了此言大悦，遂问王婆几多聘礼。王婆道："一百两。"禹遂将银七十，又谢银十两，俱与王婆收下。王婆道："姚相公如今受了何处官了？"禹道："陈留知县。"王婆道："彭官人说叫相公行李发船之时，他着轿子送到船边。"禹道："我即起程，去到张家湾船上等候。"王婆雇了轿子回见许氏道："娘子，彭官人在李公公衙内住得好了，今着轿子在门外，接你一同居住。"许氏遂收拾行李上轿，王婆送至张家湾上船。许氏下轿，见是官船俟候迎接他，对王婆道："彭官人接我到钦天监去，缘何到此？"王婆道："好叫娘子得知，彭官人因他穷了，怕误了你，故此把你出嫁于姚相公，相公今任陈留知县，又无前妻，你今日便做奶奶，可不是好？彭官人现有八十两婚书在此，你看是不是？"许氏见了，低头无语，只得随那姚知县上任去了。

彭监生过了一月出来，不见许氏，遂问王婆。王婆连声叫屈："你那日叫轿子来接了他去，今要骗我家银，假捏不见娘子诓我。"遂要去投五城兵马。那应凤因身无钱财，只得小心别过王婆，含泪而去。又过半年，身无所倚，遂学裁缝。

一日，吏部邓郎中衙内叫裁缝做衣，遇着彭应凤，遂入衙，做了半日衣服，适衙内小仆进才递出二馒首来与裁缝当点心，应凤因儿子睡浓，留下馒头与他醒来吃。进才问道："师傅你怎么不用馒头？"应凤将前情一一对进才泣告，我今不吃，留下与儿子充饥。进才入衙报知夫人。彼时那邓郎中也是山东人氏，夫人闻得此言，遂叫进才唤裁缝到屏帘外问个详细，应凤仍将被拐苦情泣诉一番。夫人道："监生你不必做衣，就在衙内住，俟候相公回，我对他讲你的情由，叫他选你的官。"

不多时，邓郎中回府，夫人就道："相公，今日裁缝非是等闲之人，乃山东听选监生，因妻子被拐，身无盘费，故此学艺度日。老爷可念乡里情分，扶持他一二。"郎中唤应凤问道："你既是监生，将文引来看。"应凤在胸前袋内取出文引，郎中看了，果然是实，道："你选期在明年四月方到。你明日可具告远方词一纸，我就好选你。"应凤大喜，写词上吏部具告远方。邓郎中径除他做陈留县县丞。应凤领了凭往王婆家辞行。王婆问："彭相公恭喜，今选哪里官职?"应凤道："陈留县县丞。"王婆忽然心中惶惶无计，遂道："相公，你大官在我家数年，怠慢了他。今取得一件青布衣与大官穿，我把五色绢片子代他编了头上髻子。相公几时启程?"应凤道："明日就行。"应凤相别而去。

王婆唤亲弟王明一道："前日彭监生今得官，邓郎中把五百两金子托他寄回家里，你可赶去杀了他头来我看。劫来银子，你拿二分，我受一分。"明一依了言语，星夜赶到临清，喝道："汉子休走!"拔刀就砍，只见刀望后去。明一道："此何冤枉?"遂问那汉子，曾在京师触怒了何人？应凤泣告王婆事情，明一亦将王婆要害之事说了一番，遂将孩儿头发编割下，应凤又把前日王婆送的衣服与之而去。明一回来见王婆道："彭监生是我杀了，今有发编、衣服为证。"王婆见了，心中大喜，道："祸根绝矣!"

应凤到了陈留上任数月，孩儿游入姚知县衙内，夫人见了：这儿子是我生的，如何到此？又值弘禹安排筵席，请二官长相叙，许氏屏风后觑看，果是丈夫彭生，遂抢将出来。应凤见是许氏，相抱大哭一场，各叙原因。时姚知县吓得哑口无言。夫妇二人归衙去了，母子团圆。应凤告到开封府，包公大怒，遂表奏朝廷，将姚知县判武林卫充军；差张龙、赵虎往京城西华门速拿王婆到来，先打一百，然后拷问，从直招了，押往法场处斩，大为痛快。

厨子做酒

话说包公在陈州赈济饥民，事毕，忽把门公吏入报，外面有一妇人，左手抱着一个小孩子，右手执着一张纸状，悲悲切切称道含冤。包公听了道："吾今到此，非只因赈济一事，正待要体察民情，休得阻挡，叫她进来。"公人即出，领那妇人跪在阶下。包公遂出案看那妇人，虽是面带惨色，其实是个美丽佳人。问："汝有何事来告?”妇人道:“妾家离城五里,地名莲塘。妾姓吴,嫁张家。丈夫名虚,颇识诗书。近因交结城中孙都监之子名仰,来往日久,以为知己之交。一日,妾夫因往远处探亲,彼来吾家,妾念夫蒙他提携,自出接待。不意孙氏子起不良之意,将言调戏妾身,当时被妾叱之而去。过一二日,丈夫回来,妾将孙某不善之意告知丈夫,因劝他绝交。丈夫是读书人,听了妾言,发怒欲见孙氏子,要与他定夺。妾又虑彼官家之子,又有势力,没奈何他,自今只是不睬他便了。那时丈夫遂绝不与他来往。将一个月,至九月重阳日,孙某着家人请我丈夫在开元寺中饮酒,哄说有甚么事商议。到晚丈夫方归,才入得门便叫腹痛,妾扶入房中,面色变青,鼻孔流血。乃与妾道:‘今日孙某请我,必是中毒。’延至三更,丈夫已死。未过一月,孙某遣媒重赂妾之叔父,要强娶妾。妾要投告本府,彼又叫人四路拦截,道妾若不肯嫁他,要妾死无葬身之地。昨日听得大人来此赈济,特来诉知。”包公听了,问道:“汝家还有甚人?”吴氏道:“尚有七十二岁婆婆在家,妾只生下这两岁孩儿。”

包公收了状子,发遣吴氏在外亲处伺候。密召当坊里甲问道:“孙都监为人如何?”里甲回道:“大人不问,小里甲也不敢说起。孙都监专一害人,但有他爱的便被他夺去。就是本处官府亦让他三分。”包公又问:“其子行事若何?”里甲道:“孙某恃父势要,近日侵占开元寺腴田一顷,不时带领娼妓到寺中取乐饮酒,横行乡村,奸宿庄家妇女,哪一个敢不从他!寺中僧人恨入骨髓,只是没奈何他。”

包公闻言,嗟叹良久,退入后堂,心生一计。次日,扮作一个公差模样,后门出去,密往开元寺游玩。正走至方丈,忽报孙公子要来饮酒,各人回避。包公听了暗喜:正待根究此人,却好来此。即躲向佛殿后,在窗缝里看时,见孙某骑一匹白马,带有小厮数人,数个军人,两个城中出名妓女,又有个心腹随侍厨子。孙某行到廊下,下了马,与众人一齐入到方丈,坐于圆椅上,寺中几个老僧都拜见了。霎时间军人抬过一席酒,排列食味甚丰,二妓女侍坐歌唱服侍,那孙某昂昂得意,料西京势要惟我一人。包公看见,性如火急，怎忍得住！忽一老僧从廊下经过，见包公在佛殿后，便问："客是谁?"包公道："某乃本府听候的，明日府中要请包大尹，着我来叫厨子去做酒。正不知厨子名姓，住在哪里。"僧人道："此厨子姓谢，住居孙都监门首。今府中着此人做酒，好没分晓。"包公问："此厨子有何缘故?"老僧道："我不说，尔怎得知！前日孙公子同张秀才在本寺饮酒，是此厨子服侍，待回去后，闻说张秀才次日已死。包老爷是个好官，若叫此人去，倘服侍未周，有些失误，本府怎了?"包公听了，即抽身出开元寺，回到衙中。

次日，差李虎径往孙都监门首提那谢厨子到阶下。包公道："有人告你用毒药害了张秀才，从直招来，饶你的罪！"谢厨初则不肯认，及待用长枷收下狱中，狱卒勘问，谢厨欲洗己罪，只得招认用毒害死张某情由，皆由于孙某使令。包公审明，就差人持一请帖去请孙公子赴席，预先分付二十四名无情汉严整刑具伺候。

不移时，报公子来到。包公出座接入后堂，分宾主坐定，便令抬过酒席。孙仰道："大尹来此，家尊尚未奉拜，今日何敢当大尹盛设!"包公笑道："此不为礼，特为公子决一事耳。"酒至二巡，包公袖中取出状一纸递与孙某道："下官初然到此，未知公子果有此事否?"孙仰看见是吴氏告他毒死他丈夫状子，勃然变色，出席道："岂有谋害人而无佐证?"包公道："佐证已在。"即令狱中取出谢厨子跪在阶下。孙仰吓得浑身水淋，哑口无言。包公着司吏将谢厨招认情由念与孙仰听了。孙仰道："学生有罪，万望看家尊分上。"包公怒道："汝父子害民，朝廷法度，我决不饶!"即唤过二十四名狠汉，将孙仰冠带去了，登时揪于堂下打了五十，孙仰受痛不过，气绝身死。包公令将尸首曳出衙门，遂即录案卷奏知仁宗，圣旨颁下：孙都监残虐不法，追回官诰，罢职为民；谢厨受雇工人用毒谋害人命，随发极恶郡充军；吴氏为夫伸冤已得明白，本处有司每月给库钱赡养其家；包卿赈民公道，于国有光，就领西京河南府到任。敕旨到日，包公依拟判讫。自是势宦皆为心寒。

杀 假 僧

话说东京城三十里有一董长者，生一子名董顺，住居东京城之马站头，造起数间店宇，招接四方往来客商，日获进益甚多，长者遂成一富翁。董顺因娶得城东茶肆杨家女为妻，颇有姿色，每日事公姑甚是恭敬，只是嫌其有些风情，顺又常出外买卖，或一个月一归，或两个月一归。城东十里外有个船艄名孙宽，每日往来董家店最熟，与杨氏笑语，绝无疑忌，年久月深，两下情密，遂成欢娱，相聚如同夫妇。宽伺董顺出外经商，遂与杨氏私约道："吾与娘子情好非一日，然欢娱有限，思恋无奈。娘子不若收拾所有金银物件，随我奔走他方，庶得永为夫妇。"杨氏许之，乃择十一月二十一日良辰，相约同去。

是日杨氏收拾房中所有，专等孙宽来。黄昏时，忽有一和尚称是洛州翠玉峰大悲寺僧道隆，因来此方抄化，天晚投宿一宵。董翁平日是个好善之人，便开店房，铺好床席款待，和尚饭罢便睡。时正天寒欲雪，董翁夫妇闭门而睡。二更时候，宽叩门来，杨氏遂携所有物色与宽同去。出得门外，但见天阻雨湿，路滑难行。杨氏苦不能走，密告孙宽道："路滑去不得，另约一宵。"宽思忖道：万一迟留，恐漏泄此事。又见其所有物色颇富，遂拔刀杀死杨氏，却将金宝财帛夺去，置其尸于古井中而去。未几，和尚起来出外登厕，忽跌下古井中，井深数丈，无路可上。至天明，和尚小伴童起来，遍寻和尚不见，遂唤问店主。董翁起来，遍寻至饭时，亦不见杨氏，径入房中看时，四壁皆空，财帛一无所留。董翁思量，杨氏定是与和尚走了。上下山中直寻至厕屋古井边，但见芦草交加，微露鲜血，忽闻井中人声，董翁遂请东舍王三将长梯及绳索直下井中，但见下边有一和尚连声叫屈，杨氏已杀死在井中。王三将绳缚了和尚，吊上井来，众人将和尚乱拳殴打，不由分说，乡邻里保具状解入县衙。知县将和尚根勘拷打，要他招认。和尚受苦难禁，只得招认，知县遂申解府衙。

包公唤和尚问及缘由，和尚长叹道："前生负此妇死债矣。"从直实招。包公思之：他是洛州和尚，与董家店相去七百余里，岂有一时到店能与妇人相通期约？必有冤屈。遂将和尚散禁在狱。日夕根探，竟无明白。偶得一计，唤狱司就狱中所有大辟该死之囚，将他密地剃了头发，假作僧人，押赴市曹斩首，称是洛州大悲寺僧，为谋杀董家妇事今已处决。又密遣公吏数人出城外探听，或有众人拟议此事是非，即来通报。诸吏行至城外三十里，因到一店中买茶，见一婆子，因问："前日董翁家杀了杨氏，公事可曾结断否？"诸吏道："和尚已偿命了。"婆子听了，捶胸叫屈："可惜这和尚枉了性命。"诸吏细问因由，婆子道："是此去十里头有一船艄孙宽，往来董家最熟，与杨氏私通，因谋她财物，故杀了杨氏，与和尚何干？"诸吏即忙回报包公。

包公便差公吏数人密缉孙宽，枷送入狱根勘，宽苦不招认，令取孙宽当堂，笑对之曰："杀一人不过一人偿命，和尚既偿了命，安得有二人偿命之理？但是董翁所诉失了金银四百余两，你莫非捡得，便将还他，你可脱其罪名。"宽甚喜，供说："是旧日董家曾寄下金银一袱，至今收藏柜中。"包公差人押孙宽回家取金银来到，就唤董翁前来证认。董翁一见物色，认得金银器皿及锦被一条："果是我家物色。"包公再问董家，昔日并无有寄金银之事。又唤王婆来证，孙宽仍抵赖，不肯招认。包公道："杨氏之夫经商在外，汝以淫心戏之成奸，因利其财物，遂致谋害，现有董家物色在此证验，何得强辩不招？"孙宽难以遮掩，只得一笔招成，遂押赴市曹处斩；和尚释放还山，得不至死于非命。

卖皂靴

话说包公为开封府尹，按视治下，休息风谣。行到济南府，升堂坐定，司吏各呈进案卷与包公审视，检察内中有事体轻可者，即当堂发放回去，使各安生业。正决事间，忽阶前起阵旋风，尘埃荡起，日色苍黄，堂下侍立公吏，一时间开不得眼。怪风过后，了无动静，惟包公案上吹落一树叶，大如手掌，正不知是何树叶。包公拾起，视之良久，乃遍示左右，问："此叶亦有名否？"内有公人柳辛认得，近前道："城中各处无此树，亦不知树之何名。离城二十五里有所白鹤寺，山门里有此树二株，又高又大，条干茂盛，此叶乃是白鹤寺所吹来的。"包公道："汝果认得不错么？"柳辛道："小人居住寺旁，朝夕见之，如何会认差了？"

包公知有不明之事，即令乘轿去白鹤寺行香。寺中僧行连忙出迎，接入方丈坐定，茶罢，座下风生。包公忆昨日旋风又起，即差柳辛随之而去。柳辛领诺，那一阵风从地下滚出方丈，直至其树下而息，柳辛回复包公。包公道："此中必有缘故。"乃令柳辛锄开看之，见一条破席包卷着一个十八九岁的妇人在内，看验身上并无伤痕，只唇皮迸裂，眼目微露，撬开口视之，乃一根竹签直透咽喉。将尸掩了，再入方丈，召集众僧行问之。众僧各道："不知其故。"一时根究不出，转归府中，退入私衙后，近夜，秉烛默坐，自忖：寺门里缘何有妇人死尸？就是外人有不明之事，亦当埋向别处。自然是僧行中有不良者谋杀此妇，无处掩藏，故埋树下。思忖良久，将近一更，不觉困倦，隐几而卧。忽梦见一青年妇人哭拜阶下道："妾乃城外五里村人氏，父亲姓索名隆，曾做本府狱卒。妾名云娘，今年正月十五元宵夜，与家人入城看灯，夜半更深，偶失伙伴，行过西桥，遇着一个后生，说是与妾同村，指引妾身回去。行至半路，又一个来，却是一个和尚。妾月下看见，即欲走转城中，被那后生在袖中取出毒药来，扑入妾口中，即不能言语，径被二人拖入寺中。妾知其欲行污辱，思量无计，适见倒篱竹签，被妾拔下，插入喉中而死。将妾随行首饰尽搜捡去，把尸埋于树下。冤魂不散，乞为伸理。"

包公正待细问，不觉醒来，残烛犹明，起行徘徊之间，见窗前遗下新皂靴一只，包公计上心来。次日升堂，并不与人说知，即唤过亲随黄胜，分付："汝可装作一皮匠，密密将此皂靴挑在担上，往白鹤寺各僧房出卖，有人来认，即来报我。"胜依言来到寺中，口称叫卖僧靴。正值各僧行都闲在舍里，齐来看买。内一少年行者提起那新靴来看，良久道："此靴是我日前新做的，藏在房舍中，你如何偷在此来？"黄胜初则与之争辩，及行者取出原只来对，果是一样。黄胜故意大闹一场，被行者众和尚夺得去了。胜忙走回报，包公即差集公人围绕白鹤寺，捉拿僧行，当下没一个走脱，都被解入衙中。先拘过认靴的行者来，审问谋杀妇人根由。行者心惊胆落，不待用刑，从实一一招出逼杀索氏情由。包公将其口词叠成案卷，当堂判拟行者与同谋和尚二人为用毒药以致逼死索氏，押上街心斩首示众；其同寺僧知情不报者，发配充军。后包公回京奏知，仁宗大加钦奖，下敕有司为索氏茔其坟而旌表之。

忠节隐匿

却说常言道，"朝里无人莫做官。"这句话深为有理；还有一句话，"家里无银莫做官"，这句话更为有理。怎见得？如今糊涂世界，好官不过多得钱而已；你若朝里无人，家里无银，凭你做得上好的官，也没有人与你辨得皂白。就如那守节的女子，若不是官宦人家，又没有银子送与官吏，也不见有什么名色在那里。如今说河南有个县丞潘宾，居官时一文不要，复反御边有功。这样一个好官，职分虽小，难得如此，做上司的原应该奏过朝廷，加升他的官职才是，竟索他银千两才许他保奏。可怜他这样一个清正官员，哪里来的银子？怎不教人气死！

一日，包公坐赴阴床断事，接得一纸状词，正是潘宾的：

告为匿忠事：居官不要一文，难道一文不值？御边自守百雉，难道百雉无灵？风闻的每诈聋耳，保奏的只伸长手。阳世叩阍无路，阴间号天自鸣。上告。

包公看罢道："可怜可怜。潘宾果若为官清正，御边有功，满朝文武官员多多少少总不如你了。你在生时何不自鸣，死后却对谁说？"潘宾道："在生时就如哑子吃苦瓜一样，没有银子送他，任你说得口酸，哪个管你三七二十一！可怜潘某生前既不得一个好名，死后如何肯服！"包公道："待我回阳奏过朝廷，当赠你一个美名，留芳青史，岂不美乎？"潘宾道："生前荣与死后名，总是虚空。但恨那要银子的官，在生不能与我保荐，如今没处出气。"包公道："有我老包在这里，任他阴阳人等，哪有没处出气的！你但把要银子的官写下姓名与我，我自有处。"潘宾写罢将上呈时，忽报门外有一个女子，口称冤枉。包公道："着他进来。"那女子进来跪下，呈上状词：

告为匿节事：夫作沙场鬼，从来未睹洞房花烛；妾作剑锋魂，终身只想万里长城。男未婚，女不嫁，四十岁自刎而死；节不施，坊未建，微魂何所倚托？红颜之薄命难甘，污吏之不法宜正。合行自呈，不嫌露体。上告。

包公看毕，道："好个节女，如何官府不旌奖她？"女子道："妾姓方氏，因丈夫死于边疆，未曾婚嫁。妾不愿改嫁二夫，直到四十二岁，无以度日，自刎身亡。府县官贪贿，无奈妾家贫，默默而死，不与我标一个好名，故此含冤求伸。"包公道："你且说府县官的名姓来，我自有处。"女子说罢，包公援笔批道：

审得：立忠立节，乃人生大行；表忠表节，尤朝廷大典。职系本处正官，为之举奏可也。乃一匿其忠，清操之孤魂何忍？一匿其节，红颜之薄命堪怜。风渺渺兮含哀，月皎皎兮在天。忠节合行旌赏，贪污俟用刑法。

批完道："你们二人且出去，待我启奏阳间天子、阴府玉皇上帝，叫你们忠臣节女，自有享福之处，那些贪污的官员，叫他们有一日自然有吃苦的所在。"

巧拙颠倒

话说包公一日从赴阴床理事，查得一宗文案：

告为巧拙颠倒事：夫妻相配，莫道红丝无据；彼此适当，方见皇天有眼。巧女子，拙丈夫，鸳鸯绣出难与语，脂粉施来徒自憎。世上岂无拙女子，何不将来配我夫？在彼无恶，在此无射。颠之倒之，得此戚施。上告。

包公看罢，大笑道："可笑人心不足，夫妻分上不睦。巧者原是拙之奴，何曾颠倒相陪宿。"说罢，将数语批在原状子上，粘在大门外。

须臾，那告状女子见了，连声叫苦叫屈，求见包公。包公道："女子好没分晓，如何连连叫屈？"女子道："还是阴司没有分晓，如何使人不叫屈？"包公道："怎见得没分晓？"女子道："大凡人生世上，富贵功名件件都假，只有夫妻情分极是真的。但做男子的原有巧拙不同，做女子的亦有巧拙两样；若巧妻原配巧夫，岂不两美？每见貌类嫫母行若桑间者，反配风流丈夫；以妾之貌，不在中女下，以妾之才，颇在中女上，奈何配着一个痴不痴、憨不憨、聋不聋、哑不哑这样一个无赖子，岂不是注姻缘的全没分晓？"包公道："天下原无全美之事，国家亦自有兴衰，人生岂能无美恶？都像你要拣好丈夫，那丑男子就该没有老婆了。那掌婚司的各人定一个缘法在那里，强求不得的。"再批道：

审得：夫妇乃天作之合，不可加以人力。巧拙正相济之妙，那得间以私意。巧妻若要拣夫，拙夫何从得妻？家有贤妻，夫不吃淡饭，匹配之善，正在如此。这样老婆舌，休得再安缠。

批完又道："你今既有才貌不能配一个好丈夫，来世定发你一个好处托生了。你且去且去。"

试假反试真

却说临安府民支弘度，痴心多疑，娶妻经正姑，刚毅贞烈。弘度尝问妻道："你这等刚烈，倘有人调戏你，你肯从否？"妻子道："吾必正言斥骂之，人安敢近？"弘度道："倘有人持刀来要强奸，不从便杀，将如何？"妻道："吾任从他杀，决不受辱。"弘度道："倘有几人来捉住成奸，不由你不肯，却又如何？"妻道："吾见人多，便先自刎以洁身明志，此为上策；或被其污，断然自死，无颜见你。"

弘度不信，过数日，故令一人来戏其妻以试之，果被正姑骂去。弘度回家，正姑道："今日有一光棍来戏我，被我斥骂而去。"再过月余，弘度令知友于谟、应信、莫誉试之。于谟等皆轻狂浪子，听了弘度之言，突入房去，于谟、应信二人各捉住左右手，正姑不胜发怒，求死无地。莫誉乃是轻薄之辈，即解脱其下身衣裙。于谟、应信见污辱太甚，遂放手远站。正姑两手得脱，即挥起刀来，杀死莫誉。吓得于谟、应信走去。正姑是妇人无胆略，恐杀人有祸，又性暴怒，不忍其耻，遂一刀自刎而亡。

于谟驰告弘度，此时弘度方悔是错，又恐外家及莫誉二家父母知道，必有后患，乃先去呈告莫誉强奸杀命，于谟、应信明证。包公即拘来问，先审干证道："莫誉强奸，你二人何得知见？"于谟道："我与应信去拜访弘度，闻其妻在房内喊骂，因此知之。"包公道："可曾成奸否？"应信道："莫誉才入即被斥骂，持刀杀死，并未成奸。"包公对支弘度道："你妻幸未污辱，莫誉已死，这也罢了。"弘度道："虽一命抵一命，然彼罪该死，我妻为彼误死，乞法外情断，量给殡银。”包公道：“此亦使得。着令莫誉家出一棺木来贴你。但二命非小，我须要亲去验过。”及去相验，见经氏刎死房门内，下体无衣；莫誉杀死床前，衣服却全。包公即诘于谟、应信道：“你二人说莫誉才入便被杀，何以尸近床前？你说并未成奸，何以经氏下身无衣？必是你三人同入强奸已毕后，经氏杀死莫誉，因害耻羞，故以自刎。”将二人夹起，令从直招认。二人并不肯认。包公就写审单，将二人俱以强奸拟下死罪。于谟从实诉道：“非是我二人强奸，亦非莫誉强奸，乃弘度以他妻常自夸贞烈，故令我等三人去试他。我二人只在房门口，莫誉去强抱，剥其衣服，被经氏闪开，持刀杀之，我二人走出。那经氏真是烈女，怒想气激，因而自刎。支弘度恐经氏及莫誉两家父母知情，告他误命，故抢先呈告，其实意不在求殡银也。”弘度哑口无辩。包公听了，即责打三十。又对于谟等道：“莫誉一人，岂能剥经氏衣裙？必汝二人帮助之后，见莫誉有恶意，你二人站开，经氏因刺死莫誉，又恐你二人再来，故先行自刎。经氏该旌奖，汝二人亦并有罪。”于谟、应信见包公察断如神，不敢再辩半句。包公将此案申拟，支弘度秋后处斩，又旌奖经氏，赐之匾牌，表扬贞烈贤名。

死酒实死色

话说有张英者，赴任做官，夫人莫氏在家，常与侍婢爱莲同游华严寺。广东有一珠客邱继修，寓居在寺，见莫氏花容绝美，心贪爱之。次日，乃妆作奶婆，带上好珍珠，送到张府去卖。莫氏与他买了几粒，邱奶婆故在张府讲话，久坐不出。时近晚来，莫夫人道：“天色将晚，你可去得。”邱奶婆乃去，出到门首，复回来道：“妾店去此尚远，妾一孤身妇人，手执许多珍珠，恐遇强人暗中夺去不便，愿在夫人家借宿一夜，明日早去。”莫氏允之，令与婢爱莲在下床睡。一更后，邱奶婆爬上莫夫人床上去道：“我是广东珠客，见夫人美貌，故假妆奶婆借宿，今日之事乃前生宿缘。”莫夫人以丈夫去久，心亦甚喜。自此以后，时常往来与之奸宿，惟爱莲知之。

过半载后，张英升任回家。一日，昼寝，见床顶上有一块唾干，问夫人道：“我床曾与谁人睡？”夫人道：“我床安有他人睡！”张英道：“为何床上有块唾干？”夫人道：“是我自唾的。”张英道：“只有男子唾可自下而上，妇人安能唾得高？我且与你同此睡着，仰唾试之。”张英的唾得上去，夫人的唾不得上。张英再三追问，终不肯言，乃往鱼池边呼婢爱莲问之。爱莲被夫人所嘱，答道：“没有此事。”张英道：“有刀在此，你说了则罪在夫人，不说便杀了你，丢在鱼池中去！”爱莲吃惊，乃从直说知。张英听了，便想要害死其妻，又恐爱莲后露丑言，乃推入池中浸死。

本夜，张英睡至二更，谓妻道：“我睡不着，要想些酒吃。”莫氏道：“如此便叫婢去暖来。”张英道：“半夜叫人暖酒，也被婢女所议。夫人你自去大埕中取些新红酒来，我只爱吃冷的。”莫氏信之而起。张英潜蹑其后，见莫氏以杌子衬脚向埕中取酒，即从后提起双脚推入酒埕中去，英复入房中睡。有顷，谅已浸死，故呼夫人不应，又呼婢道：“夫人说她爱吃酒，自去取酒，何许多时不来，叫又不应，可去看来。”众婢起来，寻之不见，及照酒埕中，婢惊呼道：“夫人浸死酒埕中了。”张英故作慌张之状，揽衣而起，惊讶痛悼。

次日，请莫氏的兄弟来看入殓，将金珠首饰锦绣衣服满棺收贮。因寄灵柩于华严寺，夜令二亲随家人开棺，将金珠首饰锦绣衣服尽数剥起。次日，寺僧来报说，夫人灵柩被贼开了，劫去衣财。张英故意大怒，同诸舅往看，棺木果开，衣财一空，乃抚棺大哭不已，再取些铜首饰及布衣服来殓之。因穷究寺中藏有外贼，以致开棺劫财。僧等皆惊惧无措，尽来磕头道：“小僧皆是出家人，不敢作犯法事。”张英道：“你寺中更有何人？”僧道：“只有一广东珠客在此寄居。”英道：“盗贼多是此辈。”即锁去送县，再补状呈进。知县将继修严刑拷打一番，勒其供状。邱继修道：“开棺劫财，本不是我；但此乃前生冤债，甘愿一死。”即写供招承认。

那时包公为大巡，张英即去面诉其情，嘱令即决继修以完其事，便好赴任。包公乃取邱继修案卷夜间看之，忽阴风飒飒，不寒而栗。自忖道：莫非邱犯此事有冤？反复看了数次，不觉打困，即梦见一丫头道：“小婢无辜，白昼横推鱼沼而死；夫人养汉，清宵打落酒埕而亡。”包公醒来，乃是一梦。心忖道：此梦甚怪。但小婢、夫人与开棺事无干，只此棺乃莫夫人的。明日且看何如。

次日，吊邱继修审道：“你开棺必有伙伴，可报来。”继修道：“开棺事实不是我；但此是前生注定，死亦甘心。”包公想那夜所梦夫人酒埕亡之联，便问道：“那莫夫人因何身亡？”继修道：“闻得夜间在酒埕中浸死。”包公惊异与梦中言语相合，但夫人养汉这一句未明，乃问道：“我已访得夫人因养汉被张英知觉，推入酒埕浸死。今要杀你甚急，莫非与你有奸么？”继修道：“此事并无人知，惟小婢爱莲知之。闻爱莲在鱼池浸死，夫人又已死。我谓无人知，故为夫人隐讳，岂知夫人因此而死！必小婢露言，张英杀之灭口。”包公听了此言，全与梦中相符，知是小婢无故屈死，故阴灵来告。

少顷，张英来相辞，要去赴任。包公写梦中的话递与张英看，英接看了，不觉失色。包公道：“你闺门不肃，一当去官；无故杀婢，二当去官；开棺赖人，三当去官。更赴任何为？”张英跪道：“此事并无人知，望大人遮庇。”包公道：“你自干事，人岂能知！但天知地知你知鬼知，鬼不告我，我岂能知？你夫人失节该死，邱继修奸命妇该死，只爱莲不该死。若不淹死小婢，则无冤魂来告你，官亦有得做，丑声亦不露出，继修自合就死，岂不全美！”说得张英羞脸无言。是秋将邱继修斩首，即上本章奏知朝廷，张英治家不正，杀婢不仁，罢职不叙。

毡 套 客

话说江西南昌府有一客人，姓宋名乔，负白金万余两往河南开封府贩卖红花，过沈丘县，寓曹德克家。是夜，德克备酒接风，宋乔尽饮至醉，自入卧房，解开银包，秤完店钱，以待明日早行。不觉间壁赵国桢、孙元吉一见就起谋心，设下一计，声言明日去某处做买卖。次日，跟乔来到开封府，见乔搬寓龚胜家，自入城去了，孙、赵二人遂叩龚胜门叫："宋乔转来。"胜连忙开门，孙赵二人腰间拔出利刀，捉胜要杀，胜急奔入后堂，喊声："强人至此!"往后走出。国桢、元吉将乔银两一一挑去，投入城中隐藏，住东门口。

乔回龚宅，胜将强盗劫银之事告知，乔遂入房看银，果不见了。心忿不已，暗疑胜有私通之意，即具状告开封府。包公差张千、李万拿龚胜到厅，审问道："这贼大胆包身，通贼谋财，罪该斩首。"分付左右拷打一番。龚胜哀告："小人平生看经念佛，不敢为非。自宋乔入家，即刻遭强盗劫去银两，日月三光可证。小人若有私通，粉身碎骨，亦当甘受!"包公听了，喝令左右将胜收监，密探消息，一年无踪。包公沉吟道："此事这等难断。"自己悄行禁中，探龚胜在那里如何。闻得胜在禁中焚香诵经，一祝云："愿黄堂功业绵绵，明伸胜的苦屈冤情。"二祝云："愿吾儿学书有进。"三祝云："愿皇天保佑我出监，夫妇偕老。"包公听了自思：此事果然冤屈。又唤张千拘原告客人宋乔来审："你一路来可在何处住否?"乔答道："小人只在沈丘县曹德克家歇一晚。"包公听了此言退堂。次日，自扮南京客商，径往沈丘县投曹德克家安歇，托买毡套，凡遇酒店进去饮酒，已经数月。

忽一日，同德克往景宁桥买套，又遇店吃酒，遇着二人亦在店中饮酒。那二人见德克来，与他拱手动问："这客官何州人氏?"

克答道："南京人氏。"二人遂与德克笑道："如今赵国桢、孙元吉获利千倍。"克道："莫非得了天财？"那二人道："他两人去开封府做买卖，半月间，捡银若干。就在省城置家，买田数顷，有如此造化。"包公听了，心想：宋乔事必是这二贼了。遂与德克回家，问及方才二人姓甚名谁。克道："一个唤作赵志道，一个唤作鲁大郎。"

包公记了名字，次日，唤张千收拾行李回府，复令赵虎带数十匹花绫锦缎，径往省城借问赵家去卖。赵虎入其家，国桢起身问："客人何处？"虎道："杭州人，名松乔。"桢遂拿五匹缎来看，问："这缎要多少价？"松乔道："五匹缎要银十八两。"桢遂将银锭三个，计十二两与讫。元吉见国桢买了，亦引松乔到家，仍买五匹，给六锭银十二两与之。虎得了此银，忙奔回府报知。

包公将数锭银分付库吏藏在匣中，与别锭银同放在内，唤张千拘宋乔来审。乔至厅跪下，包公将匣内银与乔看，乔亦认得数锭云："小的不瞒老爷说，江西银子青丝出火，匣内只有这几锭是小人的，望老爷做主，万死不忘。"包公唤张千将乔收监，急差张龙、李万往省城捉拿赵国桢、孙元吉，又差赵虎往沈丘县拘赵志道、鲁大郎。

至第三日，四人俱赴厅前跪下。包公大怒道："赵国桢、孙元吉，你这两贼全不怕我，黑夜劫财，坑陷龚胜，是何道理？罪该万死，好好招来！"孙、赵二人初不肯招认，包公即唤志道、大郎道："你说半月获利之事，今日敢不直诉！"那二人只得直言其情。国桢与元吉俯首无词，从直供招。包公令李万将长枷枷起，捆打四十；唤出宋乔，即给二家家产与乔；发出龚胜，赏银回家务业；又发放赵、鲁二人回去；分付押赵国桢、孙元吉到法场斩首。自此民皆安堵。

阴 沟 贼

话说河南开封府阳武县有一人，姓叶名广。娶妻全氏，生得貌似西施，聪明乖巧。居住村僻处，正屋一间，少有邻舍。家中以织席为生，妻勤纺绩，仅可度活。一日，叶广将所余银只有数两之数，留一两五钱在家，与妻作食用纺绩之资，更有二两五钱往西京做些小买卖营生。

次年，近村有一人姓吴名应者，年近二八，生得容貌俊秀，未娶妻室，偶经其处，窥见全氏，就有眷恋之心，随即根问近邻，知其来历，陡然思忖一计，即讨纸笔写伪信一封，入全氏家，向前施礼道："小生姓吴名应，去年在西京与尊嫂丈夫相会，交契甚厚。昨日回家，承寄有信一封在此，分付自后尊嫂家或缺用，某当一任包足，候兄回日自有区处，不劳尊嫂忧心。"全氏见吴应生得俊秀，言语诚实，又闻丈夫托其周济，心便喜悦，笑容满面。两下各自眉来眼去，情不能忍，遂各向前搂抱，闭户同衾。自此以后，全氏住在村僻，无人管此闲事，就如夫妻一般，并无阻碍。

不觉光阴似箭，日月如梭，叶广在西京经营九载，趁得白银一十六两，自思家中妻单儿小，遂即收拾回程。在路晓行夜住，不消几日到家，已是三更时分。叶广自思：住屋一间，门壁浅薄，恐有小人暗算，不敢将银拿进家中，预将其银藏在舍旁通水阴沟内，方来叫门。是时其妻正与吴应歇宿，忽听丈夫叫门之声，即忙起来开门，放丈夫进来。吴应惊得魂飞天外，躲在门后，候开了门，潜躲在外。全氏收拾酒饭与丈夫吃，略叙久别之情。食毕，收拾上床歇宿。全氏问道："我夫出外经商，九载不归，家中极其劳苦，不知可剩得些银两否？"叶广道："银有一十六两，我因家中门壁浅薄，恐有小人暗算，未敢带入家来，藏在舍旁通水阴沟内。"全氏听了大惊道："我夫既有这许多银回来，可速起来收藏在家无妨。不可藏于他处，恐有知者取去。"叶广依妻所言，忙起出外寻取。不防吴应只在舍旁窃听叶广夫妻言语，听说藏银在彼，即忙先盗去。叶广寻银不见，因与全氏大闹，遂以前情具状赴包公案前陈告其事。

包公看了状词，就将其妻勘问，必有奸夫来往，其妻坚意不肯招认。包公遂发叶广，再出告示，唤张千、李万私下分付："汝可将告示挂在衙前，押此妇出外枷号官卖，其银还他丈夫，等候有人来看此妇者，即便拿来见我，我自有主意。"张、李二人依其所行，押出门外。将及半日，忽有吴应在外打听得此事，忙来与妇私语。张、李看见，忙扭吴应入见包公。包公问道："你是什么人?"吴应道："小人是这妇人亲眷，故来看她。"包公道："汝既是她亲眷，可曾娶有内眷否?"吴应道："小人家贫，未及婚娶。"包公道："汝既未婚娶，吾将此妇官嫁于你，只要汝价银二十两，汝可即备来秤。"吴应告道："小人家中贫难，难以措办。"包公道："既二十两备不出，可备十五两来。"吴应又告贫难。包公道："谁叫你前来看他?若无十五两，如今只要汝备十二两来秤，何如?"吴应不能推辞，即将所盗原银熔过十二两诣台前秤。包公将吴应发放在外，又拘叶广进衙问道："你看此银可是你的还不是你的?"叶广认了又认，回道："不是我的原银，小人不敢妄认。"包公又叫叶广出外，又唤吴应来问道："我适间叫他丈夫到此，将银给付与他，他道他妻子生得甚是美貌，心中不甘，实要银一十五两。汝可揭借前来秤兑领去，不得有误。"吴应只得回家。

包公私唤张、李分付："汝可跟吴应之后，看他若把原银上铺煎销，汝可便说我分付，其银不拘成色，不要煎销，就拿来见我。"张千领命，直跟其后。吴应又将原银上铺煎销，张千即以包公言语说了，应只得将原银三两完足。包公又叫且出去，又唤叶广认之，广看了大哭："此银实是小人之物，不知何处得来!"包公又恐叶广妄认，冤屈吴应，又道："此银是我库中取出，何得假认?"广再三告道："此银是小人时时看惯的，老爷不信，内有分两可辨。"包公即令试之，果然分厘不差。就拘吴应审勘，招供伏罪，其银追完。将妇人脱衣受刑；吴应以通奸窃盗杖一百，徒三年。复将叶广夫妇判合放回，夫妇如初。

卷之四

三 宝 殿

话说福建福宁州福安县有民章达德，家贫，娶妻黄蕙娘，生女玉姬，天性至孝。达德有弟达道，家富，娶妻陈顺娥，德性贞静，又买妾徐妙兰，皆美而无子。达道二十五岁卒，达德有意利其家财，又以弟妇年少无子，常托顺娥之兄陈大方劝其改嫁。顺娥欲养大方之子元卿为嗣，以继夫后，言不改节。达德以异姓不得承祀，竭力阻挡，大方心恨之。

顺娥每逢朔望及夫生死忌日，常请龙宝寺僧一清到家诵经，追荐其夫，亦时与之言语。一清只说章娘子有意，心上要调戏她。一日，又遣人来请诵经超度，一清令来人先挑经担去，随后便到其家，见户外无人，一清直入顺娥房中去，低声道："娘子每每召我，莫非有怜念小僧的意？乞今日见舍，恩德广大。"顺娥恐婢知觉出丑，亦低声答道："我只叫你念经，岂有他意？可快出去！"一清道："娘子无夫，小僧无妻，成就好事，岂不两美？"顺娥道："我只道你是好人，反说出这臭口话来！我叫大伯惩治你死。"一清道："你真不肯，我有刀在此！"顺娥道："杀也由你。我乃何等人，你敢无礼？"正要走出房来，被一清抽刀砍死，遂取房中一件衣服将头包住，藏在经担内，走出门外来，叫声："章娘子！"无人答应，再叫二三声，徐妙兰走出来道："今日正要念经，我叫小娘来。"走入房去，只见主母杀死，鲜血满地，连忙走出叫道："了不得！小娘被人杀死。"隔舍达德夫妇闻知，即走来看，寻不见头，大惊，不知何人所杀，只有经担先放在厅内，一清独自空身在外。哪知头在担内，所谓搜远不搜近也。达德发回一清去："今日不念经了。"一清将经担挑去，以头藏于三宝殿后，一发无踪了。妙兰遣人去请陈大方来，外人都疑是达德所杀，陈大方赴包巡按处告了达德。

包公将状批府提问，知府拘来审道："陈氏是何时被杀？"大方道："是早饭后。日间哪有贼敢杀人？惟达德左邻，有门相通，故能杀之，又盗得头去。倘是外贼，岂无人见？"知府道："陈氏家可有奴婢使用人否？"大方道："小的妹性贞烈，远避嫌疑，并无奴仆，只一婢妾妙兰，倘婢所杀，亦藏不得头也。"知府见大方词顺，便将达德夹起，勒逼招承，但头不肯认。审讫解报包大巡，包公又批下县详究陈顺娥首级下落结报。时尹知县是个贪酷无能之官，只将章达德拷打，限寻陈氏之头，且哄道："你寻得头来与他全体去葬，我便申文书放你。"

累至年余，达德家空如洗，蕙娘与女纺织刺绣及亲邻哀借度日。其女玉姬性孝，因无人使用，每日自去送饭，见父必含泪垂涕，问道："父亲何日得放出？"达德道："尹爷限我寻得陈氏头来即便放我。"玉姬回对母亲道："尹爷说，寻得婶娘头出，即便放我父亲。今根究年余，并无踪迹，怎么寻得出？我想父亲牢中受尽苦楚，我与母亲日食难度，不如待我睡着，母亲可将我头割去，当做婶娘的送与尹爷，方可放得父亲。"母道："我儿说话真乃当要，你今一十六岁长大了，我意欲将你嫁与富家，或为妻为妾，多索几两聘银，将来我二人度日，何说此话？"女道："父亲在牢受苦，母亲独自在家受饿，我安忍嫁与富家自图饱暖！况得聘银若吃尽了，哪里再有？那时我嫁人家是他人妇，怎肯容我归替父死。今我死则放回父亲，保得母亲，是一命保二命。若不保出父亲，则父死牢中，我与母亲贫难在家亦是饿死。我念已决，母亲若不肯忍杀，我便去缢死，望母亲割下头去当婶娘的，放出父亲，死无所恨。"母道："我儿你说替父虽是，我安忍舍得。况我家未曾杀婶娘，天理终有一日明白，且耐心挨苦，从今再不可说那断头话。"母遂防守数日，玉姬不得缢死，乃哄母道："我今从母命，不须防矣。"母听亦稍懈怠。未几日，玉姬缢死，母乃解下抱住，痛哭一日，不得已，提起刀来又放下数次，不忍下手，乃想道："若不忍割他头来，救不得父，他亦枉死于阴司，亦不瞑目。焚香祝之，将刀来砍，终是心酸手软胆寒，割不得断，连砍几刀方能割下。母拿起头来一看，昏迷倒地。须臾苏醒，乃脱自己身上衣服裹住女头。次日，送在牢中交与丈夫。夫问其所得之故，黄氏答以夜有人送来，想其人念汝受苦已久，送出来也。章达德以头交与尹知县，尹爷欢喜，有了顺娥头出，此乃达德所杀是真，即坐定死罪，将达德一命犯解上。

巡按包公相验，见头是新砍的，发怒道："你杀一命已该死，今又在何处杀这头来？顺娥死已年余，头必腐臭，此头乃近日的，岂不又杀一命？"达德推黄氏得来，包公将黄氏拷问，黄氏哭泣不已，欲说数次说不出来。包大巡奇怪，问徐妙兰，妙兰把玉姬自己缢死要救父亲之事细说一遍，达德夫妇一齐大哭起来。包公再取头看，果然死后砍的，刀痕并无血洇，官吏俱下泪。包公叹息道："人家有此孝亲之女，岂有杀人之父！"再审妙兰道："那日早晨有什么人到你家来？"妙兰道："早晨并无人来，早饭后有念经和尚来，他在外叫，我出来，主母已死了，头已不见了。"包公将达德轻监收候，分付黄氏常往僧寺去祈告许愿，倘僧有调戏言语，便可向他讨头。

黄氏回家，时常往龙宝寺，或祈签，或求筶，或许愿，哭泣祷祝，愿寻得顺娥的头。往来惯熟，与僧言语，一清留之午饭，挑之道："娘子何愁无夫，便再嫁个好的，落得自己快乐。"黄氏道："人也不肯娶犯人之妻，也没奈何。"一清道："娘子不须嫁，若肯与我好时，也济得你的衣食。"黄氏笑道："济得我便好，若更得佛神保佑，寻得婶婶头来与他交官，我便从你。"一清把手来扯住道："你但与我好事，我有灵牒，明日替你烧去，必牒得头出来。"黄氏半推半就道："你今日先烧牒，我明日和你好。若牒得出来，休说一次，我誓愿与你终身相好。"一清引起欲心，抱住要奸。黄氏道："你无灵牒，只是哄，我不信你。你果然有法先牒出头来，待明日任你饱；不然，我岂肯送好事与你！"一清此时欲心难禁，说道："只要和我好，少顷无头，变也变一个与你。"黄氏道："你变个头来即与你今日饱。若与你过手了，将和尚头来当么？我不信你哄骗。"一清急不得已说出道："以前有个妇人来寺，戏之不肯，被我杀了，头藏在三宝殿后。你不从，我亦杀你凑双；肯，就将头与你。"黄氏道："你装此吓我。先与我看，然后行事。"一清引出示之。黄氏道："你出家人真狠心也。"一清又要交欢，黄氏推道："先前与你闲讲，引动春心，真是肯了。今见这枯头，吓得心碎魂飞，全不爱矣，决定明日罢。"那头是一清亲手杀的，岂不亏心，亦道："我见此也心惊肉战，全没兴了。你明日千万来。"黄氏道："我不来，你来我家也无妨，要我先与你过手，然后你送那物与我。"黄氏归召章门几人，叫他直入三宝殿后拽出头来，将僧一清锁送包公，一夹便认，招出实情，即押一清斩首；仰该县为陈氏、章氏玉姬树立牌坊，赐以二匾，一曰"慷慨完节"，一曰"从容全孝"；又拆章达道之宅改立贞孝祠，以达道田产一半入祠，供奉四时祭祀之用费，家宅田产仍与达德掌管。

二　阴　筶

话说山东唐州民妇房瑞鸾，一十六岁嫁夫周大受，至二十二岁而夫故，生男可立仅周岁，苦节守寡，辛勤抚养儿子。可立已长成十八岁，能任薪水，耕农供母，甚是孝敬，乡里称服。房氏自思：子已长成，奈家贫不能为之娶妻，佣工所得之银，但足供我一人。若如此终身，我虽能为夫守节，而夫终归无后，反为不孝之大。乃焚香告夫道："我守节十七年，心可对鬼神，并无变志。今夫若许我守节终身，随赐圣阳二筶；若许我改嫁以身资银代儿娶妇，为夫继后，可赐阴筶。"掷下去果是阴筶。又祝道："筶本非阴则阳，吾未敢信。夫故有灵，谓存后为大，许我改嫁，可再得一阴筶。”又连丢二阴筶。房氏乃托人议婚，子可立泣阻道：“母亲若嫁，当在早年。乃守儿到今，年老改嫁，空劳前功。必是我为儿不孝，有供养不周处，凭母亲责罚，儿知改过。”房氏道：“我定要嫁，你阻不得我。”

上村有一富民卫思贤，年五十岁，丧室，素闻房氏贤德，知其改嫁，即托媒来说合，以礼银三十两来交过。房氏对子道：“此银你用木匣封锁了与我带去，锁匙交与你，我过六十日来看你。”可立道：“儿不能备衣妆与母，岂敢要母银？母亲带去，儿不敢受锁匙。”母子相泣而别。

房氏到卫门两月后，乃对夫道：“我意本不嫁，奈家贫，欲得此银代儿娶妇，故致失节。今我将银交与儿，为他娶了妇，便复来也。”思贤道：“你有此意，我前村佃户吕进禄是个朴实人，有女月娥，生得庄重有福之相，今年十八，与你儿同年，我便为媒去说之。”房氏回儿家谓可立道：“前银恐你浪费，我故带去。今闻吕进禄有女与你同年，可将此银去娶之。”可立依允，娶得月娥入家，果然好个庄重女子。房氏见之欢喜，看儿成亲之后，复往卫门去。

谁料周可立是个孝道执方人，虽然甚爱月娥，笑容款洽，却不与她交合，夜则带衣而寝。月娥已年长知事，见如此将近一年，不得已乃言道：“我看你待我又是十分相爱，我谓你不知事，你又长大，说来你又百事晓得，如何旧年四月成亲到今正月，将满一年，全不行夫妇之情？你先不与我交合，我今要强你交媾，云雨欢合，不由你假至诚也。”可立道：“我岂不知少年夫妇意乐情浓？奈娶你的银子是嫁母的，我不忍以卖母身之银娶妻奉衾枕也。今要积得三十两银还母，方与你交合。”吕氏道：“你我空手作家，只足度日，何时积得许多银？岂不终身鳏寡？”可立道：“终身还不得，誓终身不交。你若恐误青春，凭你另行改嫁别处欢乐。”吕氏道：“夫妇不和而嫁，亦是不得已；若因不得情欲而嫁，是狗彘之行也，岂忍为之？不如我回娘家与你力作，将银还了，然后来完娶；

若供了我，银越难积。”可立道：“如此甚好。”将月娥送至岳丈家去。

至年冬，吕进禄将女送回夫家，月娥再三推托不去，父怒遣之，月娥乃与母言其故。进禄不信，与兄进寿叙之，进寿道：“真也。日前我在侄婿左邻王文家取银，因问可立为人何如。王文对我说道：‘那人是个孝子，因未还母银不敢宿妻是实。’”进禄道：“我家若富，也把几两助他，我又不能自给，女又不肯改嫁，在我家也不是了局。”进寿道：“侄女既贤淑，侄婿又是孝子，天意必不久困此人。我正为此事已凑银二十两，又将田典银十两，共三十两与侄女去，他后来有得还我亦可，没得还我便当相赠他孝子。人生有银不在此处用，枉作守房何为？”月娥得伯父助银，不胜欣喜，拜谢而回。父命次子伯正送姐姐到家，伯正便回。月娥回至房中，将银摆在桌上看了一番，数过件数，乃收置橱内，然后入厨房炊饭。谁料右邻焦黑在壁缝中窥见其银，遂从门外入来偷去，其房门虽响，月娥只疑夫回入房，不出来看。

少时，周可立回来，入厨房见妻，二人皆有喜色，同吃了午饭，即入房去，不见其银。问夫道：“银子你拿何处去了？”夫不知来历，问道：“我拿什么银子？”妻道：“你莫欺我，我问伯父借银三十两与你还婆婆，我数过二十五件，青绸帕包放在橱内。方才你进来房门响，是你入房中拿去，反要故意恼我。”夫道：“我进到厨房来，并未入卧房去。你伯父甚大家财，有三十两银子借你？你把这见识来图赖我，要与我成亲。我定要嫁你，决不落你圈套。”吕氏道：“原来你有外交，故不与我成亲。拿了我银去，又要嫁我，是将银催你嫁也，且何处得银还得伯父？”可立再三不信。吕氏思想今夜必然好合，谁知遇着此变，心中十分恼怒，便去自缢。幸得索断跌下，邻居救了，却去本司告首，无处追寻。

包公每夜祝告天地，讨求冤白。却有天雷打死一人，众人齐看，正是焦黑，衣服烧得干净，军身皆炭，只裤头上一青绸帕未烧，有胆大者解下看是何物，却是银子，数之共二十五件。众人皆道：“可立夫妇正争三十两银子，说二十五件，莫非即此银也？”

将来秤过，正是三十两，送吕氏认之。吕氏道：“正是。”众人方知焦黑偷银，被雷打死。惊动吕进禄、进寿、卫思贤、房氏皆闻知来看，莫不共信天道神明，咸称周可立孝心感格；吕月娥之义不改嫁，此志得明；吕进寿之仗义疏财；无不称服。由是，卫思贤道：“吕进寿百金之家耳，肯分三十金赠侄女以全其节孝；我有万金之家，只亲生二子，虽捐三百金与你之前子，亦不为多。”即写关书一扇，分三百金之产业与周可立收执。可立坚辞不受，道：“但以母与我归养足矣，不愿产业也。”思贤道：“此在你母意何如。”房氏道：“我久有此意，欲奉你终身，或少延残喘，则回周门。但近怀三个月身孕，正在两难。”思贤道：“孕生男女，则你代抚养，长大还我，以我先室为母，汝子有母，吾亦有前妻；若强你回我家，则你子无母，你前夫无妻，是夺人两天也。向三百产业你儿不受，今交与你，以表二年夫妇之义。”将此情呈于包公，包公为之旌表其门。房氏次年生一子名恕，养至十岁还卫家，后中经魁。

乳臭不琱

话说潞州城南有韩定者，家道富实，与许二自幼相交。许二家贫，与弟许三作盐客小用人，常往河口觅客商趁钱度活。一日，许二与弟议道：“买卖我弟兄都会做，只是缺少本钱，难以措手。若只是商贾边觅些微利趁口，怎能得发达！”许三道：“兄即不言，我常要计议此事，只是没讨本钱处。尝闻兄与韩某相交甚厚，韩家大富，何不问他借得几千钱做本，待我兄弟加些利息还他，岂不是好！”许二道：“你说得是，只怕他不肯。”许三道：“待他不肯，再作主张。”

许二依其言，次日，径来韩家相求。韩定出见许二，笑道：“多时不会老兄，请入里面坐。”许二进后厅坐下，韩定分付家下整备酒席出来相待，二人对席而饮。酒至半酣，许二道：“久要与贤弟商议一事，不敢开口，诚恐贤弟不允。”韩定道：“老兄自幼相知，有甚话但说不妨。”许二道：“要往江湖贩些货物，缺少银两凑本，故来见弟商议要借些银子。”韩定道：“老兄还是自为，约伙伴同为？”许二不隐，直告与弟许三同往。韩定初则欲许借之，及闻得与弟相共就推托说道：“目下要解官粮，未有剩钱，不能从命。”许二知其推托，再不开言，即告酒多，辞别而去。韩定亦不甚留。当下许二回家不快，许三见兄不悦，乃问道：“兄去韩某借贷本钱，想必有了，何必忧闷？”许二道知其意，许三听了道：“韩某太欺负人，终不然我兄弟没他的本钱就成不得事么？须再计议。”遂复往河口寻觅客商去了，不题。

时韩定有一养子名顺，聪明俊达，韩甚爱之。一日，三月清明，与朋友郊外踏青，顺带得碎银几两在身，以作逢店饮酒之资。是日，游至晚边，众朋友已散，独韩顺多饮几杯酒，不觉沉醉，遂伏在兴田驿半岭亭子上睡去。却遇许二兄弟过亭子边，许二认得亭子上睡的是韩某养子，遂与许三说知。许三恨其父不肯借银，猛然怒从心上起，对兄道：“休怪弟太毒，可恨韩某无礼，今乘此时四下无人，谋害此子以雪不借贷之恨。”许二道：“由弟所为，只宜谨密。”许三取利斧一把，劈头砍下，命丧须臾。搜检身上，藏有碎银数两，尽劫剥而去，弃尸于途中。当地岭下是一村人家，内有张一者，原是个木匠，其住房后面便是兴田驿。张木匠因要往城中造作，趁早出门，正值五更初天，携了器具，行至半岭，忽见一死尸倒在途中，遍体是血，张木匠吃了一惊道：“今早出门不利，待回家明日再来吧。”抽身回去。及午后韩定得知来认时，正是韩顺，不胜痛哭，遂集邻里验看，其致命处乃是斧痕。跟随血迹寻究，正及张木匠之家，邻里皆道是张木匠谋杀无疑，韩亦信之，即捉其夫妇解官首告。本官审勘邻证，合口指说木匠谋死。木匠夫妇有口不能分诉，仰天叫屈，哪里肯招。韩定并逼勘问，夫妇不胜拷打，夫妇二人争认。本司官见其夫妇争认，亦疑之，只监系狱中，连年不决。

是时包大尹正承敕旨审决西京狱事，道过潞州，潞州所属官员出郭迎接。包公入潞州公厅坐定，先问有司本处有疑狱否。职官近前禀道："别无疑狱，惟韩某告发张木匠谋杀其子之情，张夫妇各争供招，事有可疑，至今监候狱中，年余未决。"包公听了乃道："不论情之轻重，系狱者动经一年，少者亦有半载，百姓何堪？或当决者即决，可开者即放之。都似韩某一桩，天下能有几罪犯得出？"职官无言，怀惭而退。

次日，包公换了小帽，领二公人自入狱中见张木匠夫妇，细问之。张木匠悲泣呜咽，将前情诉了一遍。包公想：被谋之人，不合头上砍一斧痕，且血迹又落你家，今何不甘服？必有缘故，须再勘问。次日，又提审问，一连数次，张木匠所诉皆如前言。正在疑惑间，见一小孩童手持一帕饭送来与狱卒，连说几句私语，狱卒点头应之。包公即问狱卒："适那孩童与你说什么话？"狱卒不敢直对，乃道："那孩童报道，小人家下有亲戚来到，令今晚早些回家。"包公知其诈，径来堂上，发遣左右散于两廊，呼那孩童入后堂，分付门子李十八取四十文钱与之，便问："适见狱卒有何话说？"孩童乃是乳臭不凋之子，口快，直告道："今午出东街，遇二人在茶店里坐，见我来，用手招入店内，那人取过铜钱五十文与我买果子吃，却教我狱中探访，今有什么包丞相审勘张木匠，看其夫妇何人承认。是此缘故，别无他事。"包公即唤张龙、赵虎分付道："你同这孩子前往东街茶店里，捉得那二人来见我。"

张、赵领命，便跟孩童到东街茶店里拿人，正值许二兄弟在那里候孩童回报，张、赵抢进，登时捉住，解入公厅。包公便喝道："你谋死人，奈何要他人偿命？"初则许二兄弟还抵赖不肯认，包公令孩童证其前言，二人惊骇，不能隐瞒，供出谋杀情由。及拘韩定问之，韩定方悟当日许二来借银两不允，致恨之由。包公审决明白，遂将许二兄弟偿命，放张木匠夫妇回家。民自此冤能伸矣。

妓饰无异

话说扬州离城五里，地名吉安乡，有一人姓谢名景，颇有些根基。养一子名谢幼安，娶得城里苏明之女为媳。苏氏过门后甚是贤惠，大称姑意。忽一日，苏氏有房侄苏宜来其家探亲，谢幼安以为无赖之徒，颇怠慢之，宜怀恨而去。未过半月间，幼安往东乡看管耕种，路远不能回家。是夜，有贼李强闻知幼安不在家，乘黄昏入苏氏房中躲伏。将及半夜，盗取其妇首饰，正待开房门走出，被苏氏知觉，急忙喊叫有贼，李强惧怕被捉，抽出一把尖刀，刺死苏氏而去。比及天明，谢景夫妇起来，见媳妇房门未闭，乃问："今日尚早，缘何就开了房门?"唤声不应。其姑进房问之，见死尸倒在地下，血污满身，大叫道："祸哉！谁人入房中杀死媳妇，偷取首饰而去。"谢景听了，慌张无措，正不知贼是谁人。及幼安庄上回来，不胜悲哀，父子根勘杀人者，十数日不见下落，乡里亦疑此事。苏家不明，只道婿家自有缘故，假指被盗所杀。

苏宜深恨往日慢他之仇，陈告于刘大尹处，直告谢某欲淫其媳，不从，杀之以灭口。刘大尹拘得谢景来衙勘之，谢某直诉以被盗杀死夺去首饰之情。及刘大尹再审邻里，都道此事未必是盗杀。刘大尹又问谢景道："宁有盗杀人而妇不喊，内外并无一人知觉?此必是你谋死，早早招认，免受刑法!"谢景不能辩白，惟叫冤枉而已。刘大尹用长枷监于狱中根究，谢景受刑不过，只得诬服，虽则案卷已成，而终未决，将近一年。适包公按行郡邑，来到扬州，审决狱囚，幼安首陈告父之枉情，包公复卷再问，谢景所诉与前情无异，知其不明，分付禁卒散疏谢景之狱，三五日当究下落。

却说李强既杀谢家之妇，得其首饰，隐埋未露，恶心未休。在城有姓江名佐者，极富之家，其子荣新娶，李强因乘人杂时潜入新妇房中，隐伏床下，伺夜深行盗。不想是夜房里明烛到晓，三夜如此，李强动作不得，饥困已甚，只得奔出，被江家众仆捉之，乱打一顿，商议次日解到刘衙中拷问。李强道："我未尝盗得你物，被打极矣，若放我不首官，则两下无事；若送到官，我自有话说。"江惧其诈，次日不首于本司，径解包衙。包公审之，李道："我非盗也，乃是医者，被他诬执到此。"包公道："你既不是盗，缘何私入其房?"李道："彼妇有僻疾，令我相随，常为之用药耳。"包公审问毕，私忖道：女家初到，纵有僻疾，亦当后来，怎肯令他同行？此人相貌极恶，必是贼矣。包公根究，那李强辩论妇家事体及平昔行藏与包公知之，及包公私到江家，果与李盗所言同。包公又疑盗若初到其家，则妇家之事焉能得知详细；若与新妇同来，彼又不执为盗。思之半晌，乃令监起狱中。

退后堂细忖此事，疑此盗者莫非潜入房中日久，听其夫妇枕席之语记得来说。遂心生一计，密差军牌一人往城中寻个美妓进衙，令之美饰，穿着与江家媳妇无异。次日升堂，取出李强来证。那李强只道此妇是江家新妇，乃呼妇小名道："是你请我治病，今反执我为盗!"妓者不答，公吏皆掩口而笑。包公笑道："强贼，你既平日相识，今何认妓为新妇？想往年杀谢家妇亦是汝矣!"即差公牌到李贼家搜取。公牌去时，搜至床下有新土，掘之，有首饰一匣，拿来见包公。包公即召幼安来认，内中拣出几件首饰，乃其妻苏氏之物。李强惊服，不能抵隐，遂供招杀死苏氏之情及于江家行盗，潜伏三昼夜奔出被捉情由。审勘明白，用长枷监入狱中，问成死罪；复杖苏宜诬告之罪；谢景出狱得释。人称神异。

辽 东 军

话说广州肇庆府，陈、邵二姓最为盛族。陈长者有子名龙，邵秀有子名厚。陈郎聪俊而贫，邵郎奸滑而富，二人幼年同窗读书，皆未成婚。城东刘胜原是宦族，有女惇娘聪敏，一闻父说，便晓大意，年方十五，诗、词、歌、赋件件皆通，远近争欲求聘。一日，其父与族兄商议道："惇娘年已及笄，来议亲者无数，我欲择一佳婿，不论其人贫富，不知谁可以许否?"兄答道："古人择姻惟取婿之贤行，不以贫富而论。在城陈长者有子名龙，人物轩昂，勤学诗书，虽则目前家寒，谅此人久后必当发达。贤弟不嫌，我当为媒，作成这段姻缘。"胜道："吾亦久闻此人。待我回去商议。"即辞兄回家，对妻张氏说将惇娘许嫁陈某之事。张氏答道："此事由你主张，不必问我。"胜道："你须将此意通知女儿，试其意向如何。"父母遂把适陈氏之事道知，惇娘亦闻其人，口虽不言，心深慕之矣。

未过一月，邵宅命里媪来刘家议亲，刘心只向陈家，推托女儿尚幼，且待来年再议。里媪去后，刘遣族兄密往陈家通意，陈长者家贫不敢应承。刘某道："吾弟以令郎才俊轩昂，故愿以女适从，贫富非所论，但肯许允，即择日过门。"陈长者遂应允许亲。刘某回报于弟，胜大喜，唤着裁缝即为陈某做新衣服数件，只待择取吉日，送女惇娘过门。

是时邵某听知刘家之女许配陈子，深怀恨道："是我先令里媪议亲，却推女年幼，今便许适陈家，此耻不忿!"心想寻个事端陷他。次日忖道：陈家原是辽东卫军，久失在伍，今若是发配，正应陈长者之子当行，除究此事，使他不得成婚。遂具状于本司，告首陈某逃军之由。官府审理其事，册籍已除军名，无所根勘，将停其讼。邵秀家富有钱，上下买嘱，乃拘陈某听审。陈家父子不能辩理，军批已出，陈龙发配远行，父子相抱而泣。龙道："遭值不幸，家贫亲老，今儿有此远役，父母无依，如何放心得下!"长者道："虽则我年迈，亲戚尚有，旦暮必来看顾；只你命愆，未完刘家之亲，不知此去还有相会日否?"龙道："儿正因此亲事致恨于仇家，今受这大祸，亲事尚敢望哉?"父子叹气一宵。次日，龙之亲戚都来赠行，龙以亲老嘱托众人，径辞而别。

比及刘家得知陈龙遭配之事，吁嗟不已。惇娘心如刀割，恨不及陈郎相见一面。每对菱花，幽情别恨，难以语人。次年春间，城里大疫，刘女父母双亡，费用已尽，家业凋零，房屋俱卖与他人。惇娘孤苦无依，投在姑娘家居住，姑怜念之，爱如己生。尝有人来其家与惇娘议亲，姑未知意，因以言试道：“汝知父母已丧，身无所依，先许陈氏之子，今从军远方，音耗不通，未知是生是死。今女孙青年，何不凭我再嫁一个美郎，以图终身之计?”惇娘听了，泣谓姑道：“女孙听得陈郎遭祸本为我身上起，使女儿再嫁他人，是背之，不义。姑若怜我，女儿甘守姑家，以待陈郎之转。若倘有不幸，愿结来世姻缘；若要他适，宁就死路，决不相从。”其姑见其烈，再不说及此事。自此惇娘在姑家谨慎守着闺门，不是姑唤，足迹不出堂，人亦少见面。

是年十月，海寇作乱，大兵临城，各家避难迁逃，惇娘与姑亦逃难于远方。次年，海寇平息，民乃复业。比及惇娘与姑回时，厅屋被寇烧毁，荒残不堪居住，二人就租平阳驿旁舍安下。未一月，适有宦家子黄宽骑马行至驿前，正值惇娘在厨炊饭，宽见其容貌秀美，便问左右居人，是谁家之女。有人识者，近前告以城里刘某的女，遭乱寄居在此。宽次日即令人来议亲。惇娘不允，宽以官势压之，务要强婚。其姑惊惧，对惇娘道：“彼父为官，若不许嫁，如何能够在此停泊!”惇娘道：“彼要强婚，儿只有死而已。姑且许他待过六十日父母孝服完满，便议过门。须缓缓退之。”姑依其言，直对来议者说知。议亲人回报于宽，宽喜道：“便过六十日来娶。”遂停其事。

忽一日，有三个军家行到驿中歇下。二军人炊饭，一军人倚驿栏而坐，适惇娘见之，入对姑道：“驿中军人来到，姑试问之从哪里来，若是陈郎所在，亦须访个消息。”姑即出见军人问道：“你等是何卫来此?”一军应道：“从辽东卫来，要赴信州投文书。”姑听说便道：“若是辽东来，辽东卫有陈龙你可识否?”军人听了，即向前作揖道：“妈妈何以识得陈龙?”姑氏道：“陈龙是妾女孙之夫，曾许嫁之，未毕婚而别，故问及他。”军人道：“今女孙可适人否?”姑道：“专等陈郎回来，不肯嫁人。”军人忽然泪下道：“要见陈某，我便是也。”姑大惊，即入内与惇娘说知。惇娘不信，出见陈龙，问及当初事情，陈龙将前事说了一遍，方信是真，二人相抱而哭。二军伙闻其故，齐欢喜道："此千里之缘，岂偶然哉！我二人带来盘费钱若干，即与陈某今宵毕姻。"于是整备酒席，二军待之舍外，陈龙、惇娘并姑三人饮于舍内。酒罢人散，陈龙与惇娘进入房中，解衣就寝，诉其衷情，不胜凄楚。

次日，二军伙对陈龙道："君初婚不可轻离，待我二人自去投文书，回来相邀，与惇娘同往辽东，永谐鱼水之欢。"言毕径去。

于是陈龙留此舍中。与惇娘成亲才二十日，黄宽知觉陈某回来，恐他亲事不成，即遣仆人到舍中诱之至家，以逃军扑杀之，密令将尸身藏于瓦窑之中。次日，令人来逼惇娘过门。惇娘忧思无计，及闻丈夫被宽所害，就于房中自缢。姑见救之，说道："想陈郎与你只有这几日姻缘，今已死矣，亦当绝念嫁与贵公子便了，何用自苦如此？"惇娘道："女儿务要报夫之仇，与他同死，怎肯再嫁仇人？"其姑劝之不从，正没奈何，忽驿卒报开封府包大尹委任本府之职，今晚来到任上，准备迎接。惇娘闻之，谢天谢地，即具状迎包公马头呈告。

包公带进府衙审实惇娘口词，惇娘悲哭，将前情之事逐一诉知。包公即差公牌拘黄宽到衙根究，黄宽不肯招认。包公想道：既谋死人，须得尸首为证，彼方肯服；若无此对证，怎得明白？正在疑惑间，忽案前一阵狂风过，包公见风起得怪异，遂喝一声道："若是冤枉，可随公牌去。"道罢，那阵风从包公座前复绕三回，那值堂公牌是张龙、赵虎，即随风出城二十里，直旋入瓦窑里而没。张龙、赵虎入窑中看时，有一男子尸首，面色未变，乃回报包公。包公令人抬得入衙来，令惇娘认之。惇娘一见，认得是丈夫尸身，痛哭起来。验身上伤痕，乃是被黄宽捉去打死之伤。包公再提严审，黄宽不能隐，遂招服焉。叠成文卷，问宽偿命，追钱殡葬，付惇娘收管；复根究出邵秀买嘱吏胥陷害之情，决配远方充军；惇娘令亲人收领，每月官给库银若干赡养度日，以便养活，终身守节，以全其烈志。

岳 州 屠

话说岳州离城二十里，地名平江，有个张万，有个黄贵，二人皆宰屠为生，结交往来，情好甚密。张万家道不足，娶妻李氏，容貌秀俊。黄贵有钱，尚未有室。一日，张万生辰，黄贵持果酒来贺，张万欢喜，留待之，命李氏在旁斟酒。黄贵目视李氏，不觉动情，怎奈以嫂呼之，不敢说半句言语。至晚辞回，夜间想着李氏之容，睡不成寝。挨到五更，心生一计，准备五六贯钱，侵早来张万家叫门。张万听得黄贵声音，起来开了门，接入问道："贤弟有甚事来我家这早?"黄贵笑道："某亲戚有几个猪，约我去买，恐失其信，特来邀兄同去，若有利息，当共分之。"张万甚喜，忙叫妻子起来入厨内备些早食。李氏便暖一瓶酒，整些下饭，出来见黄贵道："难得叔叔早到寒舍，当饮一杯，以壮行色。"黄贵道："惊动嫂嫂，万勿见罪。"遂与张万饮了数杯而行。

天色尚早，赶到龙江，日出晌午。黄贵道："已行三十余里，肚中饥饿，兄先往渡口坐着，待小弟前村沽买一瓶便来。"张万应诺，先往渡口去了。须臾间，黄贵持酒来，有意算计他，一连劝张兄饮了数杯，又无下酒的，况行路辛苦，一时昏沉醉倒。黄贵看得前后无人，腰间拔出利刀，从张万胁下刺入，鲜血喷出而死。黄贵将尸抛入江中，尸沉，仓忙走回见李氏道："与兄前往亲戚家买猪，不遇回来。"李氏问道："叔叔既回，兄缘何不同回?"黄贵道："我于龙江口相别而回。张兄说要往西庄问信，想必就回。"言罢而去。

李氏在家等到晚边，不见其夫回来，自觉心下惶惶。过三四日，杳无音信，李氏愈慌，正待叫人来请黄贵问个端的，忽黄贵慌慌张张走来道："尊嫂，祸事到了。"李氏忙问："何故?"黄贵曰："适间我往庄外走一遭，遇见一起客商来说，龙江渡有一人溺水身死，我听得往看之，族中张小一亦在，果见有尸首浮泊江口，认来正是张兄，胁下不知被甚人所刺，已伤一孔，我同小一看见，移尸上岸，买棺殓之。”李氏听了，痛哭几绝。黄贵假意抚慰，辞别回去。过了数日，黄贵取一贯钱送去与李氏道：“恐嫂嫂日用欠缺，将此钱权作买办。”李氏收了钱，又念得他殡殓丈夫，又送钱物给度，甚感他恩。

才过半载，黄贵以重财买嘱里妪前往张家见李氏道：“人生一世，草茂一春。娘子如此青年，张官人已死日久，终日凄凄冷冷守着空房，何不寻个佳偶，再续良姻？如今黄官人家道丰足，人物出众，不如嫁与他成一对好夫妻，岂不美哉！”李氏曰：“妾甚得黄叔叔周济，无恩可报，若嫁他甚好。怎奈往日与我夫相好，恐惹人议论。”里妪笑曰：“彼自姓黄，娘子官人姓张。正当匹配，有何嫌疑？”李氏允诺。里妪回信，黄贵甚是欢喜，即备聘礼迎接过门。花烛之夜，如鱼似水。夫妇和睦，行则连肩，坐则并股，不觉过了十年，李氏已生二子。

时值三月清明时节，家家上坟挂纸。黄贵与李氏亦上坟而回，饮于房中。黄贵酒醉，乃以言挑其妻曰：“汝亦念张兄否？”李氏凄然泪下，问其故，黄贵笑曰：“本不该对你说，但今十年已生二子，岂复恨我！昔日谋死张兄于江亦是清明之日，不想你今能承我的家。”李氏带笑答曰：“事皆分定，岂其偶然。”其实心下深要与夫报仇。黄贵酒醉睡去，次日忘其所言。李氏候贵出外，收拾衣赀逃回母家，以此事告知兄。其兄李元即为具状，领妹赴开封府首告。包公即差公牌捉黄贵到衙根勘。黄贵初不肯认，包公令人开取张万死尸检验，黄贵不能抵瞒，一一招服。乃判下：谋其命而图其妻，当处极刑。押赴市曹斩首；将黄贵家财尽归李氏，仍旌其门为义妇。后来黄贵二子因端阳竞渡俱被溺死，天报可知。

久 鳏

话说东京有一人，姓赵名能，是个饱学秀才，常自叹曰："我一生别无所求，只要得一个贤淑老婆，又要美貌，又要清白有名色的人家，又要不论财的人家，又要自己中了进士然后娶。"哪晓得科场论不得才学，午年不中，酉年又不中，因此说亲的虽多，东家不成，西家不就。时光似箭，日月如梭，看看年近三十，终是脚跟如线。这叫做有苦没处说，闷闷而死，见阎君告道：

告为久鳏无妇事：注禄官不通，文字无灵；掌婚司无主，姻牍不明。不知有何得罪，触犯二位大人。无一可意，年近三旬。乞台查究，心冤少伸。上告。

包公看罢曰："偏是秀才家怨天尤人。"赵能曰："不是赵某怨天尤人。语有云：不得其平物自鸣。每见阳世举人、进士，文理不通的尽有，文理颇通的，屡试不第。又见痴呆汉子多有娇妻美妾，轩昂丈夫反致独守空房。哪得教人不怨?"包公曰："阳间有亏人的官，阴间没有亏人的理。福禄姻缘，天生注定，怨恨也是徒然。"赵能曰："阴司没有亏人的理，但如赵某这样一个人，也不合到吃亏田地。或恐衙门人役作弊多端，就如阳间一样的，因此教赵某这般零落，乞大人唤掌婚司查检明白。"包公曰："我最可恶见衙蠹作弊，秀才所言有理。"即着鬼吏请掌婚司来到。掌婚司曰："案牍上并无赵能名字。"包公曰："哪有这样事?"再请注禄司来查。注禄司曰："册籍上并无赵能名字。"包公心下生疑，口中叫怪道："天下有这样事！阳间弊窦多端，阴司一发不好。"满堂官吏各面面相视，不知如何。包公曰："案牍也拿来我看，册籍也拿来我看。"二司各各上呈，看时，并无改易情由。包公又问赵能曰："你将诞生的年月日时写上来。"赵能一一写呈，包公遂将年月日时查对，二司簿上只有朱能名字，与赵能同年同月同日同时。包公心上明白，遂将赵能带在一边，送二司去讫。登时奏知天曹，恐朱能或是赵能。天曹传旨：赵能改作朱能，当连科及第，入赘王相国之女。包公接了，即批道：

审得日前未遇之赵能，即将来连科之朱能也。因数奇而执中，遂一诉而两事。文字无灵，发达有迟早之异；案牍不明，姻缘有配合之巧。三十有室，古之道乎；四十发科，未为晚也。不得抱怨冥间，致阴官有不公之号；合行再往阳世，见大材无终屈之时。改姓重生，久鳏莫怨。

批完，放回阳间，后果一一如其言。

绝　　嗣

话说东京城内有个张柔，颇称行善，临老无子；城外有个沈庆，种种作恶，盗跖无异，倒有五男二女，七子团圆。因此张柔死得不服，到阎君处呈一状词，告道：

告为绝嗣不宜事：谚云：积德多嗣。经云：为善有后。理所当然，事有必至。某三畏存心，四知质鬼；不敢自附善门，庶几可免恶行。年老无嗣，终身遗恨；乞查前数，辨明后事。上告。

包公看罢道："哪有为善的反致绝嗣之理？毕竟你祖父遗下冤孽，到司善簿上查来。"鬼吏查报，善薄上并无张柔名字；包公再命司恶簿上查来，鬼吏查报，恶簿上有张柔名字，三代祖张异，过恶多端，因该绝嗣。包公曰："你虽有行善好处，掩不得祖宗之恶，你莫怪天道不平。"张柔曰："如何像沈庆这样作恶，反生七子？"包公曰："也与他查来。"鬼吏报曰："沈庆一生作恶，应该绝嗣；只因他三代祖宗俱是积德的，因此不绝其后。"包公曰："正是积善之家，必有余庆；积不善之家，必有余殃。大凡人家行善，必有几代善，方叫做积善；几代行不善，方叫做不善。岂谓天道真无报应，远在儿孙近在身。张柔你一生既行得几件善，难道就没有报应于你？发你来世到清福中享些快活。那沈庆既多为不善，发他转身为畜类，多受刀俎之苦。”批道：

审得：子孙乃祖宗继述之所赖，祖宗亦子孙绵衍之所托。故瓜瓞延于始祖，麟趾发其征祥。于公之门必大，王氏之荫自垂。是以三代积善，方许后世多嗣。一念之至孝，不及改稔恶之堂搆；数端之微善，何能昭象贤之尝及？虽非诬告，亦属痴想。在生无应，转世再报。

批完，发去讫。

耳畔有声

话说开封府城内有一个仕宦人家，姓秦字宗祐，排行第七，家道殷富，娶城东程美之女为妻。程氏德性温柔，治家甚贤，生一子名长孺。十数年，程氏遂死，宗祐痛悼不已。忽值中秋，凄然泪下，将及半夜，梦见程氏与之相会，语言若生，相会良久，解衣并枕，交欢之际若在生无异。云收雨散，程氏推枕先起，泣辞宗祐曰：“感君之恩，其情难忘，故得与君相会。妾他无所嘱，吾之最怜爱者，惟生子长孺，望君善抚之，妾虽在九泉亦瞑目矣。”言罢径去。宗祐正待挽留之，惊觉来却是梦中。

次年宗祐再娶柳氏为妻，生一子名次孺。柳氏本小户人家出身，性甚狠暴，宗祐颇惧之。柳氏每见己子，则爱惜如宝；见长孺则嫉妒之，日夕打骂。长孺自知不为继母所容，又不敢与父得知，以此栖栖无依。时年已十五，一日，宗祐因出外访亲，连日不回，柳氏遂将长孺在暗室中打死，分付家下俱言长孺因暴病身死，遂葬之于城南门外。逾数日，宗祐回家，柳氏故意佯假痛哭，告以长孺病死已数日，今葬在城南门外。宗祐听得，因思前妻之言，悲不自胜。亦知此子必死于非命，但含忍而不敢言。

却说一日包公因三月间出郊外劝农，望见道旁有小新坟一所，上有纸钱霏霏，包公过之，忽闻身畔有人低声曰："告相公，告相公。"连道数声。回头一看，又不见人。行数步，又复闻其声，至于终日相随耳畔不歇。及回来又经过新坟，听其愈明。包公细思之：必有冤枉。遂问邻人里老："此一座新坟是谁家葬的？"里老回曰："是城中秦七官人近日死了儿子，葬在此间。"包公遂令左右就与里老借锄头掘开，将坟内小儿尸身检验，果见身上有数伤痕。

包公回衙，便差公人唤秦宗祐理究其事因。宗祐供是前妻程氏生男名长孺，年已十五，前日我因出外访亲回来，后妻柳氏告以长孺数日前急病而死，现葬在南门外。包公知其意，又差人唤柳氏至，将柳氏根勘，长孺是谁打死？柳氏曰："因得暴症身死。"不肯招认。包公拍案怒曰："彼既病死，缘何遍身尽是打痕？分明是你打死他，还要强赖！"分付用刑。柳氏自知理亏，不得已将打死长孺情由，尽以招认。包公判曰："无故杀子孙，合问死罪。"遂将柳氏依条处决；宗祐不知情，发回宁家。此案可为后妻杀前妻子者榜样。

手牵二子

话说江州德化有一人，姓冯名叟，家颇饶裕。其妻陈氏，美貌无子；侧室卫氏，生有二子。陈氏自思：己无所出，诚恐一旦色衰爱弛。每存妒害，无衅可乘。一日，冯叟欲置货物往四川买卖，临行分付陈氏，善视二子。陈氏假意应允。后至中秋，陈氏于南楼设下一宴，召卫氏及二子同来会饮。陈氏先把毒药放在酒中，举杯嘱托卫氏曰："我无所出，幸汝有子，家业我当与汝相共，他日年老之时，皆托汝母子维持。此一杯酒，预为我日后意思。"卫氏辞不敢当，于是痛饮尽欢而罢。是夜药发，卫氏母子七孔流血，相继而死。时卫氏年二十五岁，长子年五岁，次子三岁。当时亲邻大小莫知其故，陈氏乃诈言因暴病而死，闻者无不伤感。陈氏又诈哭甚哀，以礼葬埋。

却说冯叟在外，一日忽得一梦，梦见卫氏引二子泣诉其故。意欲收拾回家，奈因货物未脱，不能如愿。且信且疑，闷闷不悦。

将及三年后，适值包公按临其地，下马升厅，正坐间，忽然阶前一道黑气冲天，须臾不见天日。包公疑必有冤。是夜点起灯烛，包公困倦，隐几而卧。夜至三更，忽见一女子，生得仪容美丽，披头散发，两手牵引二子，哭哭啼啼，跪在阶下。包公问道："你这妇人居住何处？姓甚名谁？手牵二子到此，有何冤枉？一一道来，我当与汝伸雪。"女子泣道："妾乃江州卫氏母子。因夫冯叟往四川经商，正母陈氏中秋置酒，毒杀妾母子三人，冤魂不散。幸蒙相公按临，故特哀告，望乞垂怜，代雪冤苦。"说罢，悲泣不已，再拜而退。包公次日即唤公差拘拿陈氏审勘道："妾子即汝子，何得生此奇妒？害及三命，绝夫之嗣，莫大之罪，有何分辩？"陈氏悔服无语，包公拟断凌迟处死。

后过二载，冯叟回家，畜一大母彘，一岁生数子，获利几倍，将欲售之于屠，忽作人言道："我即君之妻陈氏也。平日妒忌，杀妾母子，绝君之嗣，虽包公断后，上天犹不肯释妾，复行绝恶之罚，作为母彘，今偿君债将满，未免过千刀之苦。为我传语世上妇人，孝奉公姑，和睦妯娌，勿行妒忌，欺凯妾婢，否则他日之报同我之报也。"远近闻之，俱踵其门观看。

卷之五

窗外黑猿

话说西京离城五里，地名永安镇，有一人姓张名瑞，家道富足，娶城中杨安之女为妻。杨氏贤惠，治家有法，长幼听从呼令。生一女名兆娘，聪明美貌，针黹精通。父母甚爱惜之，常言此女须得一佳婿方肯许聘，十五岁尚未许人。瑞有二仆，一姓袁一姓雍。雍仆敦厚，袁仆刁诈，一日，因怒于张，被张逐出。袁疑是雍献谗言于主人，故遭遣逐，遂甚恨雍，每想以仇报之。忽一日，张瑞因庄上回家，感冒重疾，服药不效，延十数日。张自量不保，唤杨氏近前嘱道："我无男子，只有女儿，年已长大，倘我不能好，后当许人，休留在家。雍一为人小心勤谨，家事可托之。"言罢而卒。杨氏不胜哀痛，收殓殡讫，作完功果后，杨氏便令里妪与女儿兆娘议亲。女儿闻知，抱母大哭道："吾父死未周年，况女无兄弟，今便将女儿出嫁，母亲所靠何人？情愿在家侍奉母亲，再过两年许嫁未迟。"母听其言，遂停其事。

时光似箭，日月如梭，张某亡过又是三四个月，家下事务出入，内外尽是雍仆交纳，雍愈自紧密，不负主所托，杨氏总无忧虑。正值纳粮之际，雍一与杨氏说知，整备银两完官，杨氏取银一箧与雍入城，雍一领受，待次日方去。适杨氏亲戚有请，杨氏携女同去赴席。袁仆知杨氏已出，抵暮入其家，欲盗彼财物，径进里面舍房中，撞见雍一在床上打点钱贯，袁仆怒恨起来，指道："汝在主人边谗言逐我出去，如今把持家业，其实可恨。"就拔出一把尖刀来杀之。雍一措手不及，肋下被伤，一刀气绝。袁仆收取银篋，急走回来，并无人知。

比及杨氏饮酒而归，唤雍一不见，走进内里寻觅，被人杀死在地。杨氏大惊，哭谓女道："张门何大不幸？丈夫才死，雍一又被人杀死，怎生伸理？"其女亦哭。邻人知之，疑雍一死得不明。时又有庄佃汪某，乃往日张之仇人，告首于洪知县。洪拘其母女及仆婢十数人审问，杨氏哭诉，不知杀死情由。汪指赖其母女与人通奸，雍一捉奸，故被奸夫所杀。洪信之，勘令其招，杨氏不肯诬服，连年不决，累死者数人。其母女被拷打，身受刑伤，家私消乏。兆娘不胜其苦，谓母道："女只在旦夕死矣，只恨无人看顾母亲，此冤难明，当质之于神，母不可诬服招认，以丧名节。"言罢呜咽不止。次日，兆娘果死。杨氏感伤，亦欲自尽。狱中人皆慰劝之，方不得死。

明年，洪已迁去，包公来按西京。杨氏闻之，重贿狱官，得出陈诉。包公根勘其事，拘邻里问之，皆言雍一之死不知是谁所杀；然杨氏母女亦无污行。包公亦疑之，次日斋戒祷于城隍司道："今有杨氏疑狱，连年不决，若有冤情，当以梦应，我为之决理。"祝罢回衙，秉烛坐于寝室。未及二更，一阵风过，吹得烛影不明，起身视之，仿佛见窗外一黑猿。包公问道："是谁来此？"猿应道："特来证杨氏之狱。"包公即开窗来看时，四下安静，杳无人声，不见那猿。沉吟半晌，计上心来。

次日侵早升堂，取出杨氏一干人问道："汝家有姓袁人来往否？"杨氏答道："只丈夫在日，有走仆姓袁，已逐于外数年，别无姓袁者。"包公即差公牌拘捉袁仆，到衙勘问，袁仆不肯招认。包公又差人入袁家搜取其物，得篋一个，内有银钱数贯，拿来见包公。包公未及问，杨氏认得，是当日付与雍一盛钱完粮之物。包公审得明白，乃问袁道："杀死人者是汝，尚何抵赖？"令取长枷监于狱中根勘。袁仆不能隐，只得供出谋杀情由。包公遂叠成文案，问袁斩罪；汪某诬陷良人，发配辽恶远方充军。遂放出杨氏并一干人回家。人或言其女兆娘发愿先死，诉神白冤之应。

港口渔翁

话说扬州有一人姓蒋名奇，表字天秀，家道富实，平素好善。忽一日有一老僧来其家化缘，天秀甚礼待之。僧人斋罢，乃道："贫僧山西人氏，削发东京报恩寺，因为寺东堂少一尊罗汉宝像，近闻长者平昔好布施，故贫僧不辞千里而来。"天秀道："此乃小节，岂敢推托。"即令琴童入房中对妻张氏说知，取白银五十两出来付与僧人。僧人见那白银，笑道："不要一半完满得此一尊佛像，何用许多?"天秀道："师父休嫌少，若完罗汉宝像以后剩者，作些功果，普度众生。"

僧人见其欢喜布施，遂收了花银，辞别出门。心下忖道："适才见那施主相貌，目睚下现有一道死炁，当有大灾。彼如此好心，我今岂得不说与他知?"即回步入见天秀道："贫僧颇晓麻衣之术，视君之貌，今年当有大厄。慎防不出，庶或可免。"再三叮咛而别。

天秀入后舍见张氏道："化缘僧人没话说得，相我今年有大厄，可笑可笑。"张氏道："化缘僧人多有见识，正要谨慎。"时值花朝，天秀正邀妻子向后花园游赏，有一家人姓董，是个浪子，那日正与使女春香在花亭上戏耍，天秀遇见，将二人痛责一顿，董仆切恨在心。

才过一月，有一表兄黄美，在东京为通判，有书来请天秀。天秀接得书，入对张氏道："我今欲去。"张氏答道："日前僧人说君有厄，不可出门。且儿子又年幼，不去为是。"天秀不听，分付董家人收拾行李，次日辞妻，分付照管门户而别。

天秀与董家人并琴童行了数日旱路到河口，是一派水程。天秀讨了船只，将晚，船泊狭湾。那两个艄子一姓陈一姓翁，皆是不善之徒。董家人深恨日前被责，怀恨在心，是夜密与二艄子商议道：

“我官人箱中有白银百两，行装衣赀极广，汝二人若能谋之，此货物将来均分。”陈、翁二艄笑道：“汝虽不言，吾有此意久矣。”

是夜，天秀与琴童在前舱睡，董家人在后舱睡。将近三更，董家人叫声：“有贼。”天秀梦中惊觉，便探头出船外来看，被陈艄一刀，就推在河里；琴童正要走时，被翁艄一棍打落水中。三人打开箱子，取得银子均分。陈、翁二艄依前撑回船去，董家人将财物走上苏州去了。当下琴童被打昏迷，幸得不死，泭水上得岸来，大哭连声。天色渐明，忽上流头有一渔舟下来，听得岸边上有人啼哭，撑舟过来看，却是十七八岁的小童，满身是水，问其来由，琴童哭告被劫之事。渔翁带他下船，撑回家中，取衣服与他换了，乃问道：“汝还是要回去，还是在此间同我过活？”琴童道：“主人遭难，不见下落，如何回去得？愿随公公在此。”渔翁道：“从容为你访问劫贼是谁，再作理会。”琴童拜谢不题。

再说当夜那天秀尸首流在芦苇港里，隔岸便是清河县，城西门有一慈惠寺。正是三月十五，会作斋事和尚都在港口放水灯，见一尸首，鲜血满面，下身衣服尚在。僧人道：“此必是遭劫客商，抛尸河里，流停在此。”内中有一老僧道：“我等当发慈悲心，将此尸埋于岸上，亦是一场善事。”众僧依其言，捞起尸首埋讫，放了水灯回去。

是时包公因往濠州赈济，事毕转东京，经清河县过。正行之际，忽马前一阵旋风起处，哀号不已。包公疑怪，即差张龙随此风下落，张龙领命随旋风而来，至岸中乃息，张龙回覆，包公遂留止清河县。包公次日委本县官带公牌前往根勘，掘开视之，见一死尸，宛然颈上伤一刀痕。周知县检视明白，问：“前面是哪里？”公人回道：“是慈惠寺。”知县令拘僧行问之，皆言：“日前因放水灯，见一死尸流停在港内，故收埋之，不知为何而死。”知县道：“分明是汝众人谋死，尚有何说？”因此令将这一起僧人监于狱中，回覆包公。包公再取出根勘，各称冤枉，不肯招认。包公自思：既是僧人谋杀人，其尸必丢于河中，岂肯自理于岸上？事有可疑。因令散监众僧，将有二十余日，尚不能明。

时四月尽间，荷花盛开，本处仕女有游船之乐。忽一日，琴童与渔翁正出河口卖鱼，正遇着陈、翁二艄在船上赏花饮酒，特来买鱼。琴童认得是谋死他主人的，密与渔翁说知。渔翁道："汝主人之冤雪矣。今包大人在清河县断一狱事未决，留止在此，汝宜即往投告。"琴童连忙上岸，径到清河县公厅中见包公，哭告主人被船艄谋死情由，现今贼人在船上饮酒。包公遂差公牌李、黄二人，随琴童来河口，将陈、翁二艄捉到公厅。包公令琴童去认死尸，回报哭诉："正是主人，被此二贼谋杀。"包公分付重刑拷问。陈、翁二艄见琴童在证，疑是鬼使神差，一款招认明白，便用长枷监于狱中，放回众僧。次日，包公取出贼人，追取原劫银两，押赴市曹斩首讫。当下只未捉得董家人。包公令琴童给领银两，用棺盛了尸首，带丧回乡埋葬。琴童谢了渔翁，带丧转扬州不题。后来天秀之子蒋士卿读书登第，官至中书舍人。董仆得财成巨商，后来在扬子江被盗杀死。天理昭彰，分毫不爽。

红　衣　妇

话说江州在城有两个盐侩，皆惯通客商，延接往来之客，一姓鲍名顺，一姓江名玉。二人虽是交契，江多诈而鲍敦厚，鲍侩得盐商抬举，置成大家，娶城东黄亿女为妻，生一子名鲍成，专好游猎，父母禁之不得。一日鲍成领家童万安出去打猎，见潘长者园内树上一黄莺，鲍成放一弹，打落园中。时潘长者众女孙在花园游戏，鲍成着万安入花园拾那黄莺。万安见园中有人，不敢入去。成道："汝如何不捡黄莺还我？"万安道："园中有一群女子，如何敢闯进去！待女回转，然后好取。"鲍成遂坐亭子上歇下。

及至午边，女子回转去后，万安越墙入去寻那黄莺不见，出来说知，没有黄莺儿，莫非是那一起女子捡得去了。鲍成大怒，劈面打去，万安鼻上受了一拳，打得鲜血迸流。大骂一顿，万安不敢做声，随他回去，亦不对主人说知。黄氏见家童鼻下血痕，问道："今日令汝与主人上庄去也未曾?"万安不应，黄氏再三问故，万安只得将打猎之事说了一遍。黄氏怒道："人家养子要读诗书，久后方与父母争气；有此不肖，专好游荡闲走，却又打伤家人。"即将猎犬打死，使用器物尽行毁坏，逐于庄所，不令回家。鲍成深恨万安，常要生个恶事捏他，只是没有机会处，忍在心头不题。

却说江侩虽亦通盐商，本利折耗，做不成家。因见鲍侩富豪，思量要图他金银。一日，忽生一计，前到鲍家，叫声："鲍兄在家否?"适鲍在外归来，入见江某，不胜之喜，便令黄氏备酒待之，江、鲍对饮。二人席上正说及经纪间事，江某大笑："有一场大利息，小弟要去，怎奈缺少银两，特来与兄商议。"鲍问："甚事?"江答以苏州巨商有绫锦百箱，不遇价，愿贱售回去。此行得百金本，可收其货，待价而沽，利息何啻百倍。鲍是个爱财的人，欢然许他同去，约以来日在江口相会，江饮罢辞去。鲍以其事与黄氏说知，黄氏甚是不乐，鲍某意坚难阻，即收拾百金，分付万安挑行李后来。

次日侵早，携金出门，将到江口，天色微明。江某与仆周富并其侄二人，备酒先在渡上等候，见鲍来，即引上渡。江道："日未出，雾气弥江，且与兄饮几杯开渡。"鲍依言不辞，一连饮了十数杯早酒，颇觉醉意。江某务劝多饮，鲍言："早酒不消许多。"江怨道："好意待兄，何以推故?"即袖中取出秤锤击之，正中鲍顶，昏倒在渡。二侄径进缚杀之，取其金，投尸入江回来。

比及万安挑行李到江口，不见主人，等到日午问人，皆道未来。万安只得回去见黄氏道："主人未知从哪条路去，已赶他不遇而回。"黄氏自觉不快。

过了三四日，忽报江某已转，黄氏即着人问之，江某道："那日等候鲍兄来，等了半日不见来，我自己开船而去。"黄氏听了惊慌，每日令人四下寻访，并无消息。鲍成在庄上闻知，忖道：此必万安谋死，故挑行李回来瞒过，即具状告于王知州，拘得万安到衙根问。万安苦不肯招，鲍成立地禀复，说是积年刁仆，是他谋死无疑。王知州信之，用严刑拷问。万安苦不过，只得认了谋杀情由，长枷监入狱中，结案已成。是冬，仁宗命包公审决天下死罪，万安亦解东京听审，问及万安案卷，万安悲泣不止，告以前情。包公忖道：白日谋杀人，岂无见知者？若劫主人之财，则当远逃，怎肯自回？便令开了长枷，散监狱中。密遣公牌李吉分付：前到江州鲍家访查此事，若有人问万安如何，只说已典刑了。李吉去了。

且说江某得鲍金，遂致大富，及闻万安抵命，心常恍惚，惟恐发露。忽夜梦一神人告道："你得鲍金致富，屈他仆抵命，久后有穿红衫妇人发露此事，你宜谨慎。"江梦中惊醒，密记心下。一月余，果有穿红衫妇人，遣钞五百贯来问江买盐。江明白在心，迎接妇人到家，厚礼待之。妇人道："与君未相识，何蒙重敬？"江答道："难得娘子下顾，有失款迎，若要盐，便取好的送去，何用钱买。"妇人道："妾夫在江口贩鱼，特来求君盐腌藏，若不受价，妾当别买。"江只得从命，加倍与盐。

妇人正待辞行，值仆周富捧一盆秽水过来，滴污妇人红衣。妇人甚怒，江赔小心道："小仆失手，万乞赦宥，情愿偿衣资钱。"妇人犹怀恨而去。江怒将仆缚之，挞二日才放。周富痛恨在心，径来鲍家见黄氏，报说某日谋杀鲍顺的事。黄氏大恨，正思议欲去首告，适李吉入见黄氏，称说自东京来，缺少路费，冒进尊府，乞觅盘缠。黄氏便问："你自东京来，可闻得万安狱事否？"李吉道："已处决了。"黄氏听了，悲咽不止。李吉问其故，黄氏道："今谋杀我夫者已明白，误将此人抵命了。"李吉不隐，乃直告包公差人访查之缘由，黄氏取过花银十两，令公人带周富连夜赴东京来首告前情。包公审实明白，随遣公牌到江州，拘江玉一干人到衙根勘。江不能抵瞒，一一招认，用长枷监于狱中，定了案卷，问江某叔侄三人抵命，放了万安；追还百金，给一半赏周富回去，鲍顺之冤始雪。

乌 盆 子

话说包公为定州守日，有李浩者，扬州人，家私巨万，前来定州买卖，去城十余里，饮酒醉甚，不能行走，倒在路中睡去。至黄昏，有丁千、丁万，见李浩身畔资财，乘醉扛去僻处，夺其财物，有百两黄金，二人平分之，归家藏下。二人又相议道：“此人酒醒不见了财物，必去定州告状。不如将他打死，以绝其根。”即将李浩打死，扛抬尸首入窑门，将火烧化。夜后，取出灰骨来捣碎，和为泥土，烧得瓦盆出来。

后定州有一王老，买得这乌盆子，将盛尿用之。忽一夜起来小解，不觉盆子叫屈道：“我是扬州客人，你如何向我口中小便?”王老大惊，遂点起灯来问道：“这盆子，你若果是冤枉，请分明说来，我与你伸雪。”乌盆遂答道：“我是扬州人姓李名浩，因去定州买卖，醉倒路途，被贼人丁千、丁万夺了黄金百两，并了性命，烧成骨灰，和为泥土，做成这盆子。有此冤枉，望将我去见包太守。”王老听罢悚然。过了一夜，次日，遂将这盆子去府衙首告。包公问其备细，王老将夜来瓦盆所言诉说一遍。包公随唤手下将瓦盆抬进阶下问之，瓦盆全不答应。包公怒道：“这老儿将此事诬惑官府。”责令出去。王老被责，将瓦盆带回家下，怨恨不已。

夜来盆子又叫道：“老者休闷，今日见包公，为无掩盖，这冤枉难诉。愿以衣裳借我，再去见包太守，待我一一陈诉，决无异说。”王老惊异。不得已，次日又以衣裳掩盖瓦盆，去见包太守，说知其情。包公亦勉强问之，盆子诉告前事冤屈。包公大骇，便差公牌唤丁千、丁万。良久，公差押二人到，包公细问杀李浩因由，二人诉无此事，不肯招认。包公令收入监中根勘，竟不肯服。包公遂差人唤二人妻来根问之，二人之妻亦不肯招。包公道：“你二人之夫将李浩谋杀了，夺去黄金百两，将他烧骨为灰，和泥作盆。黄金是你收藏了，你夫分明认着，你还抵赖什么?”其妻惊恐，遂告包公道：“是有金百两，埋在墙中。”包公即差人押其妻子回家，果于墙中得之，带见包公。包公令取出丁千、丁万问道：“你妻子却取得黄金百两在此，分明是你二人谋死李浩，怎不招认?”二人面面相视，只得招认了。包公断二人谋财害命，俱合死罪，斩讫；王老告首得实，官给赏银二十两。将瓦盆并原劫之金，着令李浩亲族领回葬之。大是奇异。

牙簪插地

却说包公任南直隶巡按时，池州有一老者，年登八旬，姓周名德，性极风骚，心甚狡伪。因见族房寡妇罗氏，貌赛羞花，周德意欲图奸，日日来往彼家，窥调稔熟。罗氏年方少艾，被德牵动。适一日，彼此交言偷情，相约深夜来会。是夜罗氏见德来至，遂引就榻，共效鸳鸯。

倏尔年余，亲邻皆知。罗氏夫主亲弟周宗海屡次微谏不止，只得具告于包公。包公看状，暗自忖度：八旬老子，气衰力倦，岂有奸情?遂差张龙先拿周德到厅鞫拷。德泣道：“衰老就死，惟恐不赡，岂敢乱伦犯奸?乞老爷详情。”包公愈疑，将德收监后，差黄胜拘罗氏到厅勘究。罗氏哭道：“妾寡居，半步不出，况与周德有尊卑内外之分，并不敢交谈，岂有通奸情由?老爷详情。”这二人言诉如一，甘心受刑，不肯招认。

包公闷闷不已，退入后堂，茶饭不食。其嫂汪氏问及叔何故不食?包公应道：“小叔今遇这场词讼，难以分剖，故此纳闷忘食。”汪氏欲言不便，即将牙簪插地，谕叔知之。包公即悟，随升堂差人去狱中取出周德、罗氏来问，唤左右将此二人捆打，大喝道：“老贼无知，败丧纲常，死有余辜。”又指罗氏大骂：“泼妇淫乱，分明与德通奸，还要瞒我?”包公急令拿拶棍二副，把周德、罗氏拶起，各棒二百。那二人受刑不过，只得将通奸情由，从实供招。包公将周德、罗氏二人各杖一百，赶周德回家。牌唤周宗海到，押罗氏别嫁，周宗海领罗氏去讫。伦法肃然。

绣履埋泥

话说离开封府四十五里，地名近江，隔江有姓王名三郎者，家颇富，惯走江湖，娶妻朱娟，貌美而贤，夫妻相敬如宾。一日，王三郎欲整行货出商于外，朱氏劝夫勿行，三郎依其言，遂不思远出，只在本地近处做些营生。时对门有姓李名宾者，先为府吏，后因事革役，性最刁毒，好色贪淫，因见朱氏有貌，欲与相通，不能。

忽一日侵早，见三郎出门去了，李宾装扮齐整，径入三郎舍里，叫声："王兄在家否?"此时朱氏初起，听得有人叫，问道："是谁叫三郎？早已上庄去了。"李宾直入内里见朱氏道："我有件事特来相托，未知即回么?"朱氏因见李宾往日邻居不疑，乃道："彼有事未决，日晚方回。"李宾见朱氏云鬓半偏，启露朱唇，不觉欲心火动，用手扯住朱氏道："尊嫂且同坐，我有一事告禀，待王兄回时，烦转达知。"朱氏见李宾有不良之意，劈面叱之道："汝为堂堂六尺之躯，不分内外，白昼来人家调戏人妻，真畜类不如!"言罢入内去了。

李宾羞脸难藏而出，回家自思："倘或三郎回来，彼妻以其事说知，岂不深致仇恨？莫若杀之以泄此忿。"即持利刃复来三郎家，正见朱氏倚栏若有所思之意，宾向前怒道："认得李某么?"朱氏转头见是李宾，大骂道："奸贼缘何还不去?"李宾抽出利刃，望朱氏咽喉刺入，即时倒地，鲜血迸流，可怜红粉佳人，化作一场春梦。李宾脱取朱氏绣履走出门外，并刀埋于近江亭子边不题。

再说朱氏有族弟念六，惯走江湖，适值船泊江口，欲上岸探望朱氏一面，天晚行入其家，叫声无人答应，待至房中，转过栏杆边，寂无人声。念六随复登舟，觉其脚下履湿，便脱下置火上焙干。其夜，王三郎回家，唤朱氏不应，及进厨下点起灯照时，房中又未曾落锁，三郎疑惑，持灯行过栏杆边，见杀死一人倒在地下，血流满地，细观之，乃其妻也。三郎抱起看时，咽喉下伤了一刀，大哭道："是谁谋杀吾妻？"

次日，邻里闻知来看，果是被人所杀，不知何故。邻人道："门外有一条血迹，可随此血迹去寻究之，便知贼人所在。"三郎然其言，集众邻里十数人，寻其脚迹而去，那脚迹直至念六船中而止。三郎上船捉住念六骂道："我与你无冤无仇，为何杀死吾妻？"念六大惊，不知所为何事，被三郎捆到家，乱打一顿，解送开封府陈告。包公审问邻里、干证，皆言谋杀人，血迹委实在他船中而没。包公根勘念六情由，念六哭道："我与三郎是亲戚，抵暮到他家，无人即回。履上沾了血迹，实不知杀死情由。"包公疑忖道：既念六杀人，不当取妇人履去。搜其船上，又无利器，此有不明之理。令将念六监入狱中。遂生一计，出榜文张挂：朱氏被人所谋，失落其履，有人捡得者，重赏官钱。过一月间，并无消息。

忽一日，李宾饮于村舍，村妇有貌，与宾通奸，饮至酒后，乃对妇道："看你有心待我，我当以一场大富赐你。"妇笑道："自君常来我家，何曾用半文钱？有甚大富，你自取之，莫要哄我。"李宾道："说与你知，若得赏钱，那时再来你家饮酒，岂不奉承着我？"妇问其故，李宾道："那日王三郎妻被人杀死，陈告于开封府，将朱念六监狱偿命，至今未决，包大尹榜文张挂，如若有人捡得被杀妇人的履来报，重赏官钱。我正知其绣履下落，今说你知，可令你丈夫将去领赏。"妇道："履在何处，你怎知之？"李宾道："日前我到江口，见近江边亭子旁似乎有物，视之却是妇人之履并刀一把，用泥掩之。想必是被谋妇人的履。"

村妇不信，及宾去后，密与丈夫说知。村民闻知，次日径到江口亭子边，掘开新泥，果有妇人绣履一双，刀一把，忙取回家见妇。其妇大喜，所谓宾言得实，令其夫即将此物来开封府见包公。

包公问："从何处得来？"村民直告以近江亭子边得来，埋在泥土中。包公问："谁教汝在此寻觅？"村民不能隐，直告道："是妻子说知。"包公自忖道："其妇必有缘故。"乃笑对村民道："此赏钱合该是你的。"遂令库官给出钱五十贯赏给村民。村民得钱，拜谢而去。

包公即唤公牌张、赵近前，密分付道："你二人暗随此村民，至其家察访，若遇彼妻与人在家饮酒，即捉来见我。"公牌领命而去。

却说村民得了赏钱，欣然回家，见妻说知得赏的事。其妇不胜之喜，与夫道："今我得此赏钱，皆是李外郎之恩，可请他来说知，取些分他。"村民然其言，即往李宾家请得他来。那妇人一见李宾，笑容满面，越发奉承，便邀入房中坐定，安排酒浆相待，三人共席而饮。那妇道："多得外郎指教，已得赏钱，当共分之。"李宾笑道："留在汝家做酒，余者当歇钱。"那妇大笑起来。两个公人直抢进房中，将李宾并村妇捉了，解衙内禀知妇人酒间与李宾所言之事。包公便问妇人："你何以知得被杀妇人埋履所在？"妇人惊惧，直告以李宾所教。包公审问李宾，宾初则还不肯招认，后被重刑拷打，只得供出谋杀朱氏真情。于是再勘村妇李宾因何来汝家之故，村妇难抵，亦招出往来通奸情由。包公叠成文卷，问李宾处决，配村妇于远方。念六之冤方释，闻者无不快心。

虫 蛀 叶

话说河南开封府新郑县，有一人姓高名尚静者，家有田园数顷，男女耕织为业，年近四旬，好学不倦。然为人不善修饰，言行举止异常，衣虽垢弊不浣，食虽粗粝不择，于人不欺，于物不取，不戚戚形无益之愁，不扬扬动有心之喜。或时以诗书骋怀，或时以琴樽取乐。赏四时之佳景，玩江山之秀丽，流连花月，玩弄风光。

或时以诗酒为乐，冬夏述作，春秋游赏。谓其妻道："人生世间，如白驹过隙，一去难再；若不及时为乐，吾恐白发易生，老景将至。"言罢，即令其妻取酒消遣。

正饮间，忽有新郑县官差人至家催秤粮差之事，尚静乃收拾家下白银，到市铺内煎销，得银四两，藏入袖内，自思：往年粮差俱系里长收纳完官，今次包公行牌，各要亲手赴秤。今观包公为官清正，宛若神明，心怀肃畏，遂带前银另买牲酒香仪之类，径赴城隍庙中许下良愿，候在秤完之日即来赛还。祈祷已毕，将牲酒之类在庙中散福，不觉贪饮几杯，出庙之时，前银已落庙中。不防街坊有一人姓叶名孔者，先在铺中见尚静煎销银两在身，往庙许愿，即起不良之意，跟尾在尚静身后，悄悄入庙，躲在城隍宝座下，见尚静拜辞神出，即拾其银回讫。尚静回家，方觉失了前银，再往庙中寻时，已不见踪影。无可奈何，只得具状径到包公台前告理。包公看了状词道："汝这银两在庙中失去，又不知是何人拾得，难以判断。"遂不准其状，将尚静发落出外。尚静叫屈连天，两眼垂泪而去。

包公因这件事自思：某为民牧，自当与民分忧。心中自觉不安，乃具疏文一道，敬诣城隍庙行香，将疏文焚于炉内，祷祝出庙回衙，令左右点起灯烛，将几案焚香放在东边，包公向东端坐祷祝，坐以待旦，如此者三夜。是夜三更，忽然狂风大起，移时间风吹一物直到阶下，包公令左右拾起观看，乃是一叶，叶中被虫蛀了一孔。包公看了，已知其意，方才分付左右各去歇宿。

次日，包公唤张龙、赵虎分付道："汝可即去府县前后呼唤叶孔名字，若有人应者，即唤他来见我。"张、赵二人领命出衙，遍往市街，叫喊半日，东街有一人应声而出道："吾乃叶孔是也，不知尊兄有何见谕?"张、赵二人道："包公有唤。"遂拘其人入衙跪下。包公道："数日前有新郑县高尚静在城隍庙里失落去白银四两，其银大小有三片，他在我这里告你，吾亦知道是你拾得，又不是去偷他的，缘何不把去还他?"叶孔见包公判断通神，说得真了，只得拜服招认道："小人在庙中焚香，因拾得此银，至今尚未使用。既蒙相公神见，小人不敢隐瞒。”

包公审了口词，即令左右押叶孔回家取银，复令再唤高尚静到台，将银看认，果然丝毫不差。包公乃对高尚静道：“汝落了银子，系是叶孔拾得。我今与你追还，汝可把三两五钱秤粮完官，更有五钱可分与叶孔以作酬劳之资。自后相见，不许两相芥蒂。”二人拜谢出府。高尚静乃将些散碎银两备办牲物并香烛纸锭，径往城隍庙还愿，深感包公之德。

哑子棒

话说包公坐厅，有公吏刘厚前来复称：“门外有石哑子手持大棒来献。”包公令他入来，亲自问之，略不能应对。诸吏遂覆包公道：“这厮每遇官府上任，几度来献此棒，任官责打。爷台休要问他。”包公听罢思忖：这哑子必有冤枉的事，故忍吃此刑，特来献棒。不然，怎肯屡屡无罪吃棒？遂心生一计，将哑子用猪血遍涂在臂上，又以长枷枷于街上号令，暗差数个军人打探，若有人称屈者，引来见我。良久，街上纷然来看，有一老者嗟叹道：“此人冤屈，今日反受此苦。”军人听得，便引老人至厅前见包公。包公详问因由，老人道：“此人是村南石哑子，伊兄石全，家财巨万，此人自小来原不能言，被兄赶出，应有家财，并无分与他。每年告官，不能伸冤，今日又被杖责，小老因此感叹。”包公闻其言，即差人去追唤石全到衙，问道：“这哑子是你同胞兄弟么?”石全答道：“他原是家中养猪的人，少年原在本家庄地居住，不是亲骨肉。”包公闻其言，遂将哑子开枷放了去，石全欢喜而回。

包公见他回去，再唤过哑子来教道：“你后若撞见石全哥哥，你去扭打他无妨。”哑子但点头而去。一日，在东街外忽遇石全来到，哑子怨忿，随即推倒石全，扯破头面，乱打一番，十分狼狈。石全受亏，不免具状投包公来告，言哑子不遵礼法，将亲兄殴打。

包公遂问石全道："哑子若果是你亲弟，他的罪过非小，断不轻恕；若是常人，只作斗殴论。"石全道："他果是我同胞兄弟。"包公道："这哑子既是亲兄弟，如何不将家财分与他？还是汝欺心独占！"石全无言可对。包公即差人押二人去，还将所有家财产业，各分一半。众人闻之，无不称快。

割牛舌

话说包公守开封府时，有姓刘名全者，住在城东小羊村，务农为业，一日，耕田回来，复后再去，但见耕牛满口带血，气喘而行。刘全详看一番，乃知牛舌为人割去。全写状告于包公道：

告为杀命事：农靠耕，耕靠牛，牛无舌，耕不得，遭割去，如杀命。乞追上告。

包公看了状词，因细思之，遂问刘全："你与邻里何人有仇？"全无言对，但告："望相公作主。"包公以钱五百贯与他，令归家将牛宰杀，以肉分卖四邻，若取得肉钱，可将此钱添买牛耕作。刘全不敢受，包公必要与之，全受之而去。包公随即具榜张挂：倘有私宰耕牛，有人捕捉者，官给赏钱三百贯。刘全归家，遂令一屠开剥其牛，将肉分卖与邻里。其东邻有卜安者，与刘全有旧仇，扯住刘全道："今府衙前有榜，赏钱三百贯给捕捉私宰耕牛者不误。你今敢宰杀么？"随即缚住刘全，要同去见包公，按下不题。

却说包公，是夜睡至三更，得一梦，忽见一巡官带领一女子乘鞍，手持一刀，有千个口，道是丑生人，言讫不见。觉来思量，竟不得明。次日早间升厅问事，值卜安来诉刘全杀牛之事。包公思念夜来之梦，与此事恰相符合。巡官想是卜字，女子乘鞍乃是安字，持刀割也，千个口舌也，丑生牛也。卜安与刘全必有冤仇，前日割牛舌者必此人也，故今日来诉刘全杀牛。随即将卜安入狱根勘，狱吏取出刑具，置于卜安面前道："从实招认，免受苦楚。"卜安怕惧，不得已乃招认，因与刘全借柴薪不肯，因致此恨，于七月十三日晚，见刘全牛在坡中吃草，遂将牛舌割了。狱吏审实，次日呈知于包公，遂将卜安依律断决，长枷号令一个月。批道：

> 审得卜安，乃刘全之仇人也。挟仇害无知之物，心则何忍；割舌伤有用之畜，情则更恶。教宰牛而旋禁，略施巧术；分卖肉而来首，自谓中机。岂知令行禁违，情有深意。正是使心用心，反累其身。姑念乡愚，杖惩枷儆。

批完，众皆服包公神见。

骗　马

话说开封府南乡有一大户，姓富名仁，家蓄上等骒马一匹。一日，骑马上庄收租，到庄，遂遣家人兴福骑转回家。走到中途，下马歇息。有一汉子姓黄名洪，说自南乡来，乘着瘦骡一匹，见了兴福，亦下骡儿停息，遂近前道："大哥何来？"兴福道："我送东人往庄上收租来。"二人遂草坐叙话，不觉良久。洪忽心生一计道："大哥你此马倒好个膘腴。"福道："客官识马么？"洪道："曾贩马来。"福道："吾东人不久用高价买得此马。"洪道："大哥不弃，愿借一试。"兴福不疑其歹，遂与之乘。洪须臾跨上雕鞍，出马半里，并不回缰。兴福心惊，连忙追马。洪见赶来，加鞭策马如飞，望捷路便走。那一匹好马平空被刁棍拐骗而去，兴福愕然无奈，自悔不及，只得乘着老骡转庄，报主领罪。仁大怒，将福痛责一番，命牵骡往府中径告。时包公正公座，兴福进告。包公问："何处人氏？"福道："小人名兴福，南乡人，富仁家奴仆，有状呈上。"

> 告为半路拐马事：泼遭无赖，驾言买马，骑试半里，加鞭不知去向，止留伊骑原骡相抵。马上郎不知谁氏之子，清平世岂容脱骗之奸。乞追上告。

包公问那个棍徒姓名，福道："途遇一面，不知名姓。"包公责道："乡民好不知事，既无对头下落，怎生来告状？"兴福哀告道："久仰天台善断无头冤讼，小民故此申告。"包公分付道："我设下一计，看你造化如何。你归家，三日后再来听计。"兴福叩头而去。包公令赵虎将骡牵入马房，三日不与草料，饿得那骡叫声嘶闹。

过了三日，只见兴福来见包公，包公令牵出那骡，唤兴福出城，张龙押后，分付依计而行，令牵从原路拐骗之处引上路头，放缰任走，但逢草地，二人拦挡冲咄，那骡径奔归路，不用加鞭，跟至四十里路外，有地名黄泥村，只见村里一所瓦房旁一扇茅屋，那骡遂奔其家，直入茅房嘶叫。洪出看见自己骡回，暗喜不胜。当时张龙同兴福就于近边邻人家探访，那黄洪昂然牵着一匹骒马，竟去放在山中看养。龙随即带兴福去认。兴福见马，即走向前，勒马牵过。洪正欲来夺，就被张龙一把扭住，连人带马押了，迤逦而行，往府中见包公。包公发怒道："你这厮狼心虎胆，不晓我包某么？诓骗路上行人马匹，该当何罪？"洪事实理亏，难以抵对。包公分付张龙将重刑责打，枷号示众，罚其骡于官，杖七十赶出。兴福不合与之试马，亦量情责罚，当官领马回去。遂批道：

> 审得黄洪，以无赖子见马欺心，自负于伯乐之顾；兴福以无知竖逢人托意，不思量赵氏之奸。岂知有马不借人，径被以骡而驳去。既不及追其人，又未经识其地。幸物类之有知，借路途以相逐。罪人斯得，名法莫逃，合行重究，从公处罚，昭示后人，休学骗马。

卷之六

金　鲤

话说扬州城东门有一儒家，姓刘名真，字天然，幼而聪明，乐读诗书，未结婚姻，笃志芸窗，甘守清贫。当宋仁宗皇祐三年开科取士，即备行李前往东京赴试。争奈盘缠稀少，在途中淹延日久，将到京都，科场已罢。刘真叹道："我如此命薄，不得就试。"收拾余资，就赁开元寺僧房肄业。

不觉时光似箭，日月如梭，正遇上元佳节，京中大放花灯。彼时离城三十里通漕运处，地名碧油潭，水深万丈，有个千年金丝鲤鱼成精，往常亦曾变成女子，迷惑客商。那夕正脱形出潭，听得城里放灯，即吐出一颗小珠，俨然是个十七八岁丫环，手持灯笼，随之慢慢行入城来，人看见无不牵情。将近五更，看着残灯犹未收，妖媚恐露其形，遂走入金丞相后花园内大池中隐形。元宵已过，妖鱼不思归潭。恰遇丞相有女名金线小姐，因带侍女来花园内赏花，看见东轩瓦盆上一丛红白牡丹可爱，即着侍女折来观玩，倚着池阁栏杆饮酒。忽见池中有个金鲤鱼，扬须鼓口，游于水面。小姐见着，将饮残那杯酒倾在池中，被妖鱼一吞而尽。小姐笑视良久，回转香闺。妖鱼因知小姐好看牡丹，每夜喷气饰之，牡丹颜色愈鲜，引得小姐日日来折玩不已。

春光将尽，初夏又临。刘秀才在僧舍日久，囊箧萧然，知己朋友又各回归，思量没奈何，乃写下几副草字，往城中官宦家献卖。一日，来到金丞相府前，适因丞相出探乡友回府，见刘秀才将字在手中，令取看之，连声称羡，遂带入府内，问其乡贯来因。见其人才不凡，乃留之西馆，教子弟读书。即令家人去寺中搬取行李，安置一个所在，正近后花园东轩之侧。刘真得遇丞相提携，衣食充裕，益攻书史，但是府中翰墨往来，并皆刘手启答，丞相甚爱重之。一夕，刘真偶步入花园中，正值小姐与二三侍女在花架下玩花，刘真看见失惊道："久闻丞相有女，颜貌秀丽，果然不虚。后来小生若侥幸成名，得此佳人为配足矣。"道罢，恐人知觉，径转至轩下，因歌杜甫诗数篇以见志。

常言欲心一动，则邪便侵之。妖正欲迷惑个好男子，没寻机会处，是夜探得刘真未寝，便变成小姐形迹，到真读书馆所叩其门户，刘启户视之，正是日间所见的小姐，真愕然。妖媚道："秀才不要惊恐，妾身省视爹娘已经睡去，闻君书声清亮，特来请教。"真方安心，与之对坐榻上，谈论颇久，解衣就寝。天色将明，妖媚先起，谓真道："今夜早来陪君。"言罢径去。自此日去夜来，情意甚密。妖媚每来必将美食待真，真自谓佳遇，不胜之喜。

一夕，妖媚备酒食来与真饮道："君寓此处虽好，倘久后侍女知觉，报知父母，两下丢丑。妾不如收拾闺中所有，同君逃回汝家，长为夫妇。"真道："如若丞相着人根究，其罪怎逃?"妖媚道："妾母最爱于我，且妾于君俱未议婚姻，纵使根究，亦无妨事。"真依言，过了一宵，约定十四夜，河下预备船只，小姐收拾零碎银两，与真径回扬州。比及丞相知真走去，亦不究问。

自妖媚去后，那朵牡丹花即枯死矣，金小姐朝夕思忆，染成病症，纵有良医，不能调理。母忧问其病由，小姐乃道为牡丹之故。母与丞相说知，丞相道："此花惟扬州有。"即差家人带金宝往扬州，不拘官宦民家，不惜重价买得回家。家人领命，径到扬州，遍访此样牡丹花，惟东门刘秀才家植有数丛。及家人访到刘秀才家下，值真外出，只见帘子下立着一个女子，问道："是谁?"金家家人疑道："好似我家小姐声音。"近前认之，果是小姐。恰遇刘真回来，家人亦认得是刘秀才，各痴呆半晌，莫知所为。真问家人来因，家人告以小姐思牡丹得病特来此买之。真笑道："小姐随我来此将近半年，哪里又有一个小姐？”

家人难明，连夜回转东京报知丞相。丞相不信，差公吏来扬州接回小姐，小姐竟不推辞，与刘真随家人等转回东京，入府见丞相。丞相看是小姐，惊疑未定，及其母出来道：“小姐在房中尚未起来，因何又有在此？”丞相问刘真缘故，刘真不隐，一一告知昔日在东轩相会之因由。丞相道：“汝必被妖所惑。”即乘轿入开封府见包公，说知其事。包公差张龙拘到二小姐并刘真，于厅下细视之，果无二样，乃命取轩辕所铸照魔镜定其真伪。及左右将镜悬于堂上，顷刻间妖鱼吐开黑气，昏了天日，只听得一声响，黑气四散，看时，堂下二小姐皆不见了。丞相与包公皆愕然，满堂人无不失色。包公道：“丞相暂退，容迟几日，定有下落。”丞相称谢而去。

包公着刘真在外伺候，将榜文张挂：有知妖精、小姐下落者，给钱五千贯赏之。次日侵早，往城隍庙中将牒章焚讫。城隍即遣阴兵遍处搜查是何妖怪。顷刻阴兵来报：碧油潭千年金鲤鱼作怪。城隍具劄通知五湖四海龙君，务要捉拿妖鱼解报。龙君得知此事，亦遣水族神兵，沿江湖捕捉妖鱼。无如水族神兵俱皆杀败，如之奈何！龙君奏于上帝，上帝遣天兵捉之，那妖越遍八荒，如何拿得？怎奈包大尹日夕于城隍司里追迫，城隍只得再通龙君，龙君闭住四角海门搜捉，妖鱼却被赶得紧急，走入南海。

时都下有一郑某，平素好善，家中挂一张淡黑素妆的观世音像，日日敬奉无厌，忽夜梦一素妆妇人向他道：“汝明日来河岸边，引我见包大尹，稳取一场富贵。”郑某醒来，次早到河边看，果见一中年妇人，手执竹篮，内放一小小金色鲤鱼，立在杨柳树下，等着郑某到来，便说：“昨日，碧油潭金鲤鱼为四海龙君追逼无路，奔入南海，藏入琼蕊莲花下，今被我哄入篮中罩定走不得。前日包大尹有榜文，给赏知得妖鱼下落之人。可引我去，看他判出此条公案，给得赏钱来，一应赠尔。”

郑某大悦，忙引妇人到府衙，正值包公与金丞相在厅上议论此事。公吏报入，包公唤进问其来由，郑某将妇人所言告知。包公道："是此怪矣。"即令当堂放下鱼篮，遂问之。那妖为佛力所伏，在篮里一一供出迷人情由，摄去小姐现在碧油潭山侧岩穴中。包公欲将此妖鱼取出烹之，妇人道："此千年灵气所成，纵烹之亦不能死，老妇带去自有发落。"包公然之，命库吏赏钱五千贯与妇人去，妇人出门首将赏钱付与郑某道："报汝奉我三年之诚心，须将此事传于世上。"言讫不见。郑某方悟是家中所奉观音大士，将钱回家，请精工绘水墨观音之像，手提鱼篮。京都人效之，皆相传绘，此即今所谓鱼篮观音是也。

比及包公差人去岩穴中取得金小姐到衙，已死去了，只心头略有微温，令医诊视，皆言将有缘生人气引之可苏。包公猛省，谓丞相道："小姐莫非与刘秀才有缘？老夫今日当作冰人，成就此段姻事。"乃唤过刘真以气去呵小姐，小姐果然苏来，左右见者皆道事非偶然。包公亦欢悦，命人送二人入丞相府中。是夕，刘真与小姐成亲。次年，真登第。在京不上数年，官至中书，生二子，俱出仕。

玉　面　猫

话说清河县有一秀士施俊，娶妻何氏名赛花，容貌秀丽，女工精通。施俊一日闻得东京开科取士，辞别妻室而行。与家童小二途中晓行夜住，饥餐渴饮，行了数日，已到山前，将晚，遇店投宿。原来那山盘旋六百余里，后面接西京地界，幽林深谷，崖石嵯峨，人迹不到，多出精灵怪异。有一起西天走下五个老鼠，神通变化，往来莫测，或时变化老人出来，脱骗客商财物；或时变化女子，迷人家子弟；或时变男子，惑富家之美女。其怪以大小呼名，有鼠一、鼠二等称，聚穴在瞰海岩下。

那日，其怪鼠五正待寻人迷惑，化一店主人，在山前迎接过客，恰遇施俊生得清秀，便问其乡贯来历，施俊告以其实要往东京赴试的事，其怪暗喜。是夕，备酒款待之，与施俊对席而饮，酒中论及古今，那怪对答如流。施俊大惊，忖道：此只是一店家，怎博学如此？因问："足下亦通学否？"其怪笑道："不瞒秀士说，三四年前曾赴试，时运不济，科场没分，故弃了诗书开一小店，于本处随时度日。"施俊与他同饮到更深，那怪生一计较，呵一口毒气入酒中，递与施秀士饮之。施俊不饮那酒便罢，饮下去即刻昏闷，倒于座上。小二连忙扶起，引入客房安歇，腹中疼痛难忍，小二慌张，又没有寻医人处。延至天明，已不知昨夜店主人在哪里去了。勉强扶了主人再行几里，寻一个店住下，方知中了妖毒。

却说当下那妖怪径脱身变做施俊模样，便走归来。何氏正在房中梳妆，听得丈夫回家，连忙出来看时，果是笑容可掬。因问道："才离家二十余日，缘何便回？"那妖怪答道："将近东京，途遇赴试秀士说道，科场已罢，士子都散，我闻得此话，遂不入城，抽身回来。"何氏道："小二如何不同回？"妖怪道："小二不会走路，我将行李寄托朋友带回，着他随在后。"何氏信之，遂整早饭与妖食毕，亲朋来往都当是真的。自是妖与何氏取乐，岂知真夫在店中受苦。

又过了半月，施俊在店中求得董真人丹药，调汤饮之，果获安全。比及要上东京，闻说科场已散，即与小二回来，缓缓归到家中，将有二十余日。小二先入门，恰值何氏与妖精在厅后饮酒，何氏听见小二回来，便起身出来问道："你为何来得恁迟？"小二道："休说归迟，险些主人性命难保。"何氏问："是哪个主人？"小二道："同我赴京去的，更问哪个主人？"何氏笑道："你在路上躲懒不行，主人先回二十余日了。"小二惊道："说哪里话！主人与我日则同行，夜则同歇，寸步不离，何得说他先回？"何氏听了，疑惑不定。忽施俊走入门来，见了何氏，相抱而哭。那妖怪听得，走出厅前，喝声："是谁敢戏吾妻？"施俊大怒，近前与妖相斗一番，被妖逐赶而出。邻里闻知，无不吃惊。施俊没奈何，只得投见岳丈诉知其情。岳丈甚忧，令具状告于王丞相府衙。

王丞相看状，大异其事，即差公牌拘妖怪、何氏来问。王丞相视之，果是两个施俊。左右见者皆言除非是包大尹能明此事，惜在边庭未回。王丞相唤何氏近前细审之，何氏一一道知前情。丞相道："你可曾知真夫身上有甚形迹为证否?"何氏道："妾夫右臂有黑痣可验。"王丞相先唤假的近前，令其脱去上身衣服，验右臂上没有黑痣。丞相看罢忖道：这个是妖怪。再唤真的验之，果有黑痣在臂。丞相便令真施俊跪于左边，假施俊跪于右边，着公牌取长枷靠前分咐道："汝等验一人右臂有黑痣者，是真施俊；无者是妖怪，即用长枷监起。"比及公牌向前验之，二人臂上皆有黑痣，不能辨其真伪。王丞相惊道："好不作怪！适间只一个有，此时都有了。"且令俱收狱中，明日再审。

妖怪在狱中不忿，取难香呵起，那瞰海岩下四个鼠精商议便来救之。乃变作王丞相形体，次日侵早坐堂，取出施俊一干人阶下审问，将真的重责一番。施俊含冤无地，叫屈连天。忽真的王丞相入堂，见上面先坐一个，遂大惊，即令公人捉下假的；假的亦发作起来，着公吏捉下真的。霎时间混作一堂，公人亦辨不得真假，哪个敢动手？当下两个王丞相争辩公堂，看者各痴呆了。有老吏见识明敏者，近前禀道："两丞相不知真假，辩论连日亦是徒然，除非朝见仁宗。"仁宗遂降敕宣两丞相入朝。比及两丞相朝见，妖怪作法神通，喷一口气，仁宗眼目遂昏，不能明视。传旨命将二人监起通天牢里，候在今夜北斗上时，定要审出真假。原来仁宗是赤脚大仙降世，每到半夜，天宫亦能见之，故如此云。

真假两丞相既收牢中，那妖怪恐被参出，即将难香呵起，瞰海岩下三个鼠精闻得，商量着第三个来救。那第三鼠灵通亦显，变作仁宗面貌，未及五更，已占坐了朝元殿，大会百官，勘问其事。真仁宗平明出殿，文武官员见有二天子，各各失色，遂会同众官入内见国母奏知此事。国母大惊，便取过玉印，随百官出殿审视端的。国母道："你众官休慌，真天子掌中左有山河右有社稷的纹，看是哪个没有，便是假的。"众官验之，果然只有真仁宗有此纹。国母传旨，将假的监于通天牢中根勘去了。

那假的惊慌，便呵起难香，鼠一、鼠二闻知烦恼，商量道：

"鼠五好没分晓，生出这等大狱，事干朝廷，怎得脱逃?"鼠二道："我只得前去救他们回来。"鼠二作起神通，变成假国母升殿，要取牢中一干人放了。忽宫中国母传旨，命监禁者不得走透妖怪。比及文武知两国母之命一要放脱一要监禁，正不知哪个是真国母。仁宗因是不快，忧思数日，寝食俱废。众臣奏道："陛下可差使命往边庭宣包公回朝，方得明白。"天子允奏，亲书诏旨，差使臣往边庭宣读。包公接旨回朝，拜见圣上。退朝入开封府衙，唤过二十四名无情汉，取出三十六般法物，摆列堂下，于狱中取出一干罪犯来问，委的有二位王丞相，两个施秀才，一国母，一仁宗。包公笑道："内中丞相、施俊未审哪个真假，国母与圣上是假必矣。"且令监起，明日牒知城隍，然后判问。

四鼠精被监一狱，面面相觑，暗相约道："包公说牒知城隍，必证出我等本相。虽是动作我们不得，争奈上干天怒，岂能久遁?可请鼠一来议。"众妖遂呵起难香。是时鼠一正来开封府打探消息，闻得包丞相勘问，笑道："待我做个包丞相，看你如何判理。"即显神通变作假包公，坐于府堂上判事。恰遇真包公出牒告城隍转衙，忽报堂上有一包公在座。包公道："这孽畜敢如此欺诳。"径入堂上，着令公牌拿下。那妖怪走下堂来，混在一处，众公牌正不知是哪个为真的，如何敢动手？堂下包公怒从心上起，抽身自忖，分付公牌："你众人谨守衙门，不得走漏消息，待我出堂方来听候。"公牌领诺。包公退入后堂去，假的还在堂上理事，只是公牌疑惑，不依呼召。

且说包公入见李氏夫人道："怪异难明，吾当诉之上帝，除此恶怪。汝将吾尸用被紧盖床上，休得举动，多则二昼夜便转。"遂取领边所涂孔雀血漫嚼几口，卧赴阴床上，直到天门。天使引见玉帝奏知其事，玉帝闻奏，命检察司曹查究何孽为祸。司曹奏道："是西方雷音寺五鼠精走落中界作闹。"玉帝闻奏，欲召天兵收之。司曹奏道："天兵不能收，若赶得紧急，此怪必走入海，为害尤猛。除非雷音寺世尊殿前宝盖笼中一个玉面猫能伏之，若求得来，可灭此怪，胜如十万天兵。"玉帝即差天使往雷音寺求取玉面猫。

天使领玉牒到得西方雷音寺，参见了世尊，奉上玉牒，世尊开读，与众佛徒议之。有广大师进言："世尊殿上离此猫不得，经卷甚多，恐议鼠耗，若借此猫去，恐误其事。"世尊道："玉帝旨意焉敢不从?"大师道："可将金睛狮子借之。玉帝若究，可说要留猫护经，玉帝亦不见罪。"世尊依其言，将金睛狮子付天使，前去回奏玉帝。司曹见之奏道："文曲星为东京大难来，此兽不是玉面猫，枉费其功，望圣上怜之，取真的与他去。"玉帝复差天使同包公来雷音寺走一遭，见世尊参拜恳求。世尊不允，有大乘罗汉进道："文曲星亦为生民之计，千辛万苦到此，世尊以救生为心，当借之去。"世尊依言，令童子将宝盖笼中取出灵猫，诵偈一遍，那猫遂伏身短小，付包公藏于袖中，又教以捉鼠之法。包公拜辞世尊，同天使回见玉帝，奏知借得玉面猫来。玉帝大悦，命太乙天尊以杨柳水与包公饮了，其毒即解。

及天使送出天门，包公于赴阴床上醒来，已去五日矣。李夫人甚喜，即取汤来饮了。包公对夫人说知："到西天世尊处借得除怪之物来，休泄此机。"夫人道："于今怎生处置?"包公密道："你明日入宫中见国母道知，择定某日，南郊筑起高台，方断此事。"

夫人依命，次日乘轿进宫中见国母奏知。国母依奏，即宣狄枢密分付南郊筑台，不宜失误。狄青领旨，带领本部军兵向南郊筑起高台完备。包公在府衙里分付二十四名雄汉，择定是日前赴台上审问。轰动东京城军民，哪个不来看?当日真仁宗、假仁宗、真国母、假国母与两丞相、两施俊，都立台下，文武官排列两厢，独真包公在台上坐，那假包公尚在台下争辩。将近午时，包公于袖中先取世尊经偈念了一遍，那玉面猫伸出一只脚，似猛虎之威，眼内射出两道金光，飞身下台来，先将第三鼠咬倒，却是假仁宗，鼠二露形要走，被神猫伸出左脚抓住，又伸出右脚抓了那鼠一，放开口一连咬倒，台下军民见者齐声呐喊。那假丞相、施俊变身走上云霄，神猫飞上，咬下一个是第五鼠，单走了第四鼠。那玉面猫不舍，一直随金光赶去。

台下文武官见除了此怪，无不喝彩。包公下台来，见四个大鼠，约长一丈，被咬伤处尽出白膏。包公奏道：“此吸人精血所成，可令各军卫宰烹食之，能助筋力。”仁宗允奏，敕令军卒抬得去了。起驾入朝，文武各朝贺，仁宗大悦，宣包公上殿面慰之，设宴待文武，命史臣略记其异。包公饮罢，退回府衙，发放施俊带何氏回家，仍得团圆。向后何氏只因与怪交媾，受其恶毒更深，腹痛，施俊取所得董真人丸药饮之，何氏乃吐出毒气而愈。后来施俊得中进士，官至吏部，生二子亦成名。

移椅倚桐同玩月

话说河南许州管下临颍县，有一人姓查名彝，文雅士也，少入县庠，娶近村尹贞娘为妻。花烛之夜，查生正欲解衣而寝，尹贞娘乃止之曰：“妾意郎君幼读儒书，当发奋励志，扬名显亲，非若寻常俗子可比，今日交会，可无言而就寝乎？妾今谬出鄙句，郎君若能随口应答，妾即与君共枕；若才力不及，郎君宜再赴学读书，今宵恐违所愿。”查生即命出题。贞娘乃出诗句道：“点灯登阁各攻书。”查生思了半晌，未能应答，不觉面有惭色，遂即辞妻执灯径往学宫而去。

是时学中诸友见查生尽夜而来，皆向前问道：“兄今宵洞房花烛，正宜同伴新人，及时欢会行乐，何独抛弃新人至此？敢问其故？”查生因诸友来问，即以其妻所出诗句告之，诸友咸皆未答而退。内有一人姓郑名正者，平生为人极是好谑，听得查生此言，随即漏夜私回，径往查生房内与贞娘宿歇。原来贞娘自悔偶然出此戏联，实非有心相难他，不期丈夫怀羞而去，心中懊悔不及，及见郑正入房，贞娘只谓查生回家歇宿，哪知是假的，乃问道：“郎君适间不能对答而去，今倏又回，莫非思得佳句乎？”郑正默然不答。贞娘忖是其夫怀怒，亦不再问。郑正乃与贞娘极尽交欢之美，未及天明而去。及天明，查生回家，乃与贞娘施礼道：“昨夜承瞻佳句，小生学问荒疏，不能应答，心甚愧赧，有失陪奉。”贞娘道：“君昨夜已回，缘何言此诳妾？”再三诘问其故，查生以实未回答之。贞娘细思查生之言，已知其身被他人所污，遂对查生道：“郎君若实未回，愿郎君前程万里，从今后可奋志攻书，不须顾恋妾也。”言罢，即入房中自缢。移时，查生知之，即与父母径往救之，不及。查生痛悲，不知其故，昏绝于地。父母急救方醒，只得具棺殡葬贞娘。

不觉时光似箭，又是庆历三年八月中秋节，包公按临至临颍县，直升入公厅坐下。公厅庭前旁边有一桐树，树下阴凉可爱，包公唤左右把虎皮交椅移倚在桐树之下，玩月消遣，偶出诗句云：移椅倚桐同玩月。寻思欲凑下韵，半晌不能凑得，遂枕椅而卧。似睡非睡之间，朦胧见一女子，年近二八，美貌超群，昂然近前下跪道：“大人诗句不劳寻思，何不道：点灯登阁各攻书。”包公见对得甚工，即问道：“你这女子住居何处？可通名姓。”女子答道：“大人若要知妾来历，除非本县学内秀才可知其详。”言讫，化阵清风而去。

包公醒时，辗转寻思此事奇怪。次日出牌，分付左右唤齐临颍县学秀才，来院赴考。包公出《论语》中题目，乃是“敬鬼神而远之”一句，与诸生作文，又将“移椅倚桐同玩月”诗句，出在题尾。内有秀才查彝，因见诗句偶合其妻贞娘前语，遂即书其下云：“点灯登阁各攻书。”

诸生作文已毕，包公发令出外伺候。包公正看卷时，偶然见查彝诗句符合梦中之意，即唤查彝问道：“吾观汝文章亦只是寻常，但对诗句大有可取，吾谅此诗句必请他人为之，非汝能作也。于今识破，可实言之，毋得隐讳。”查彝闻言，一一禀知。包公又问道：“吾想汝夜往学中之时，内中必有平日极善戏谑之人，知汝不回，故诈托汝之躯，与汝妻宿，污其身体，汝妻怀羞以致身死。汝可逐一说来，吾当替汝伸冤。”查彝禀道：“生员学中只有姓郑名正者，平生极好戏谑。”

包公听罢，即令公差拘唤郑正到台审勘。郑正初然抵死不认，后受极刑，只得供招：贞娘诗句，查彝不能答对，怀羞到学与诸友言及此情，我不合起意，假身奸污，以致贞娘之死，甘罪招认是实。包公取了供词，即将郑正依拟因奸致死一命，即赴法场处决。士论贴服。

龙骑龙背试梅花

话说顺天任县徐卿、郑贤二人，同窗数载，卿妻只生一女，名淑云；贤妻生有一子，名国材。二人后得高科，俱登朝议职，遂有秦晋之心。因无媒妁之言，乃以结襟为记，誓无更变。不觉光阴似箭，人事屡移。国材年至十八，聪明俊慧，无书不读。不幸父母双亡，不数年家资消乏。徐卿见他家贫，遂欲将女嫁与别家。国材亦不敢启齿，情愿写下离书。淑云性格乖巧，文墨素谙，闻知父母负约，不肯还配郑郎，忧闷香闺，日食减少。

不觉又过一年，宗师考试，材幸入泮宫，馆于儒学西斋。淑云闻材进学，悄使雪梅赍白银十两，金杯一双，密送与郑。雪梅径往其家，访问郑官人在何处，国材堂叔郑仁道："你要寻他，可往儒学西斋去寻。"雪梅奔往儒学西斋，果见国材。雪梅道："官人万福。淑云小姐拜上，具礼在此作贺。"国材见了，收其礼物，遂与雪梅道："蒙小姐错爱，今赐厚仪，何以为当？但小生写了休书，再不敢过望。自后莫来，恐人知之，贻辱小姐。"嘱罢，送雪梅出学门回去。

雪梅归家见小姐，备道郑官人所说言语。淑云道："忠臣不事二主，烈女岂更二夫？纵使老爷要我改嫁，有死而已。"次日，着雪梅再往儒学去与郑相公说，叫他二更时分到后园内，把金银赠你，娶小姐回归，材诺其言。不防隔墙学吏庞龙窃听其所约，心萌一计，至夜来，恰遇国材与同窗友饮酒醉睡，庞龙投入园内，将槐树一摇，那雪梅叫一声："郑官人来也。"手中携了白银一封、金钗数副并情书一纸走将出来，低头细看，却不是郑官人，回身欲转，庞龙遂拔出利刀将雪梅一刀杀死，推入园池里，取去金银而走。那淑云等到天明，不见雪梅回来，心中怀疑。这时国材醒来，已自天晓，记起昨日之约，今误却了大事，闷闷不已。

次日，徐卿不见雪梅，令家人遍处寻觅，寻到花园中，只见池边有血迹，即唤众人池内捞看，却是雪梅被人杀死，池边遗下一个纸包。卿令开那包来看，却是一封情书。书略曰：

> 妻淑云顿首：家君虽负约，妾志自坚贞。夫子今游泮，岂作负心人。特具白银百两，首饰二副，乞作完娶之资。早调琴瑟之好，永和鸾凤之音。本欲一面，奈家法森严，不克如愿，遣雪梅转达，幸祈留意是荷。

那徐卿看了大怒，遂具告于县。知县薛堂即令快手捉拿郑国材到厅拘问，郑国材不认其事。徐卿将淑云书信对理，国材见是小姐亲笔，哑口无言。薛堂将材拷打一番，收监听决。徐卿是夜私送黄金百两，贿托薛堂致死国材。薛堂受了那金子，也不论国材招与不招，只管呼令左右将材钉了长枷问决，做一道文书解上顺天府去。

是时顺天府尹却是包公。国材将前情逐一告诉，包公令张千将国材收监听决。材自入禁中，手不释卷，禁中人等无不欣羡，知礼者另加钦敬。适包公提监，闻材书声不绝，心中暗想：此子决非谋财害命之徒，后日必有大用。是夜祝告天地乃寝，梦见有诗一首于壁上，曰：

雪压梅花映粉墙，龙骑龙背试梅花；
世人若识其中趣，池内冤伸脱木才。

包公醒来，忖度半晌，方悟其意。次日升堂，拘唤庞龙来府究问。庞龙到厅诉道："小的乃学吏，并无受贿，老爷虎牌来拘，有何罪过？"包公道："这死囚好胆大包身！悄入徐园，杀死雪梅，得金银若干，你还要强辩？"喝令李万捆打，将长枷钉了。庞龙失色大惊，心想：这桩密事包公何得而知？真乃神人！只得直招。包公问道："你夺去金首饰二副，白银一百，今还有几多否？"庞龙道："银皆费尽，只有首饰未动。"遂差张千押庞龙回取首饰来，又责庞龙一百棍，囚入狱中。令人唤徐卿、淑云到台。包公喝道："你这老贼重富轻贫，负却前盟，是何道理?"令张千唤出郑国材到厅，打开长枷，给衣帽与他穿了。又唤门子摆起香案花烛，令淑云就在厅上与国材拜了夫妇，库内给银二十两与国材安家。将金首饰还了徐氏回家，追庞龙家产变银偿还淑云夫妇。将徐卿赶出。那夫妇叩头拜谢包公而去。包公令公牌取出庞龙，押往法场，斩首示众。申奏朝廷，将薛知县配三千里。后郑国材联科及第。

夺伞破伞

话说有民罗进贤，二月十二日天下大雨，擎了一伞出门探友，行至后巷亭，有一后生求帮伞。进贤不肯道："如此大雨，你不自备伞具，我一伞焉能遮得两人!"其后生乃是城内光棍邱一所，花言巧计，最会骗人。乃诡词道："我亦有伞，适间友人借去，令我在此少待，我今欲归甚急，故求相庇，兄何少容人之量?"罗生见说，遂与他帮伞。

行到南街尾分路，邱一所夺伞在手道："你可从那里去!"罗进贤道："把伞还我。"邱一所笑道："明日还罢，请了。"进贤赶上骂道："这光棍！你帮我伞，还要拿到哪里去?"邱一所亦骂道："这光棍！我当初原不与你帮，今要冒认我的伞，是何道理?"罗进贤忍气不住，扭打在包公衙门去。包公问道："你二人伞有记号否?"皆道："伞乃小物，哪有记号?"包公又问道："可有干证否?"罗进贤道："彼在后巷帮我伞，未有干证。"邱一所道："他帮我伞时有二人见，只不晓得名姓。"包公又问："伞值价几多?"罗进贤道："新伞乃值五分。"包公怒道："五分银物亦来打搅衙门!"令左右将伞扯破，每人分一半去，将二人赶出去。密嘱门子道："你去看二人说些什么话，依实来报。"

门子回复道："一人骂老爷糊涂不明，一人说，你没天理争我伞，今日也会着恼。”遂命皂隶拿他二人回来问道：“谁骂我者?”门子指罗进贤道：“是此人骂。”包公道：“骂本管地方官长，该当何罪？发打二十!”罗进贤道：“小人并不曾骂，真是冤枉。”邱一所执道：“明是他骂，到此就赖着。他白占我伞是的了。”包公道：“不说起争伞，几乎误打此人，分明是邱一所白占他伞，我判不明，伞又扯破，故彼不忿，怒骂我。”邱一所道：“他贪心无厌，见伞未判与他，故轻易骂官。哪里伞是他的?”包公道：“你这光棍，何故敢欺心？今尚且执他骂官，陷人于罪。是以我故扯破此伞试你二人之真伪，不然，哪里有工夫去拘干证审此小事。”将一所打十板，仍追银一钱以偿进贤。适有前在后巷见邱一所骗帮者二人，其一乃是粮户孙符，见包公审出此情，不觉抚掌道：“此真是生城隍也，不须干证。”包公拘问所言何事，孙符乃言邱一所帮伞之因，“后来老爷断得明白，故小人不觉叹服。”包公益知所断不枉。

瞒刀还刀

话说有民邹敬，砍柴为生。一日往山采樵，即挑入城内去卖，其刀插入柴内，忘记拔起，带柴卖与生员卢日乾去，得银二分归家。及午后复去砍柴，方记得刀在柴内，忙往卢家去取，日乾小器不肯还。邹敬在家取索甚急，发言秽骂。乾乃包公得意门生，恃此脚力，就写帖命家人送县。包公问及根由，知事体颇小，纳其分上，将邹敬责五板发去。

敬被责不甘，复往日乾门首大骂不止。日乾乃衣巾亲见包公道：“邹敬刁顽，蒙老师责治，彼反撒泼，又在街上大骂。乞加严治，方可警刁。”包公心上思量道：“彼村民敢肆骂秀才，此必刀真插在柴内，被他隐瞒，又被刑责，故忿不甘心。”乃命快手李节密嘱道：“如此如此。”又将邹敬锁住等候。李节领命到卢日乾家中道："卢娘子，那村夫骂你，相公送在衙内，先番被责五板，今又被责十板，你相公教我来说，如今把柴刀还了他罢。"卢娘子道："我官人缘何不自来?"李节道："你相公见我老爷，定要退堂待茶，哪里便回得!"娘子信以为真，即将柴刀拿出还之。李节将刀拿回衙呈上："老爷，刀在此。"邹敬道："此正是我的刀。"日乾便失色。包公故意喝道："邹敬，休怪本官打你，你既要取刀，只该善言相求，他未去看，焉知刀在柴中?你便敢出言骂，且问你辱骂斯文该得何罪?我轻放你只打五板，秀才的帖中已说肯把刀还你，你去又骂，今刀虽与你去，还该打二十板。"邹敬磕头求赦。包公道："你在卢秀才面前磕头请罪，便赦你。"邹敬吃惊，即在日乾前一连磕了几个头，连忙走出去。

包公乃责日乾道："卖柴生理，至为辛苦，你忍瞒其柴刀，仁心安在?我若偏护斯文，不究明白，又打此人，是我有亏小民了。我在众人前说你自肯把刀还他，令邹敬叩谢，亦是惜汝廉耻两字。"说得日乾满面羞惭，无言可答而退。包公遣人到卢家赚出柴刀，是其智识；人前回护，掩其过愆，是其厚重；背后叮咛，责其改过，是其教化。一举而三善备焉。

红　牙　球

话说京中有一富家，姓潘名源柳，人称为长者，原是官宦之家。有一子名秀，排行第八，年方弱冠，丰姿洒落。一日，清明时节，长者备祭仪登坟挂钱。其家有红牙球一对，乃国家所出之宝，是昔日真宗赐与其祖的。长者出去后，秀带牙球出外闲要片时，约步行来，忽见对门刘长者家朱门潇洒，帘幕半垂，下有红裙，微露小小弓鞋。潘秀不觉魂丧魄迷，思欲见之，而不可得。忽见一个浮浪门客王贵，遂与秀答言道："官人在此伺候，有何事?"秀以直告。王贵道："官人要见这女子，有何难处!"遂设一计，令秀向前将球子闲戏，抛入帘内，佯与赶逐球子，揭开珠帘，便可一见。秀如其言，但见此女年方二八，杏眼桃腮，美容无比，与之作揖。此女名唤花羞，便问："郎君缘何到此？"秀答道："因闲要失落一牙球，赶来寻取，触犯娘子，望乞恕罪。"此女见秀丰仪出众，心甚爱之，遂含笑道："今日父母俱出踏青，幸汝相逢，机缘非偶，愿与郎君同饮一杯，少叙殷勤。"秀听罢，且疑且惧，不敢应声。此女遂即扯住秀衣道："若不依允，即告到官。"秀不得已，遂从之。二人香闺中对斟，饮罢，两情皆浓。女子问道："君今年青春几何？"秀答道："虚度十九春矣。"女子又问："曾娶亲否？"秀道："尚未及婚。"女子道："吾亦未尝许人，君若不嫌淫奔之名，愿以奉事君子。"秀惊答道："已蒙赐酒，足见厚意。娘子若举此情，倘令尊大人知之，小生罪祸怎逃？"女子道："深闺紧密，父母必不知情，君子勿惧。"秀见女子意坚，情兴亦动，二人同入罗帐，共偕鸳侣。云收雨散，秀即披衣起来辞去。女子遂告秀道："妾有衷曲诉君，今日幸得同欢，妾未有家，君未有室，何不两下遣媒，结为夫妇？"秀许之，二人遂指天为誓，彼此切莫背盟。

秀即归家，日夜相思，如醉如痴，情怀不已，转成憔悴。其父母再三问其故，秀不得已，遂以刘氏女相爱之情告之。父母甚怜之，即忙遣媒人去与刘长者议婚。刘长者对媒人道："吾上无男子，只有花羞一女，不能遣之嫁出，纳婿在家则可。"媒人归告潘长者，长者思忖道：吾亦只此一子，如何可出外就亲！想是刘家故为此说推托，决难成就。遂与秀说："刘家既不愿为婚，京中多有豪富，何愁无亲？吾当别议他姻。"秀默然，遂成耽搁，后竟别议赵家女为配，因此潘秀与花羞女绝念。及成亲之日，行装盈门，笙簧嘹亮。是日，花羞在门外眺望，遂问小婢："潘家今日何事如此喧闹？"小婢答道："潘郎娶赵家女，今日成亲。"花羞听了，追思往事，垂泪如雨，自悔自怨，转思之深，说不出来，遂气闷而死。父母哭之甚哀，竟不知其故。遂令仆王温、李辛葬于南门外。

李辛回家，天色已晚，思想花羞女容颜可爱，心甚不忍舍，即告父母道："今夜有件事外出一走。"父母允之。李辛至二更时候，月色微明，遂去掘开坟，劈开棺木，但见花羞女容貌如存。李辛思量：“可惜这娘子，与他尸骸合宿一宵，虽死亦甘心。”道罢，即揭起衣衾，与之同睡。良久，忽见花羞微微身动，眼目渐开，未几，略能言，问：“谁人敢与我同睡？”李辛惊道：“吾乃你家之仆李辛。主翁令我葬娘子在此，我因不忍舍，今夜掘开棺木看看娘子如何，不意娘子醒来，实乃天幸。”花羞已省人事，忽忆家中前日的事，遂以其情告李辛道：“只因潘秀负盟，以致闷死。今天赐还魂，幸有缘遇汝掘开坟墓，再得重生。此恩无以为报，今亦不愿回家，愿与汝结为夫妇。棺木中所有衣服物件，尽与汝拿去。”李辛甚喜，仍然掩了坟墓，遂与花羞同归。天尚未晓，到家叩门，其母开门，见李辛带一妇人同回，怪而问之，辛告其母道：“此女原在娼家，与儿相识数载，今情愿弃了风尘，与儿为姻，今日带归见父母。”母信其言，二人遂成夫妇，情切相爱，人不知是花羞女也。李辛尽以其衣服首饰散卖别处，因而致富。

半年余，偶因邻家冬夜失火，烧至李辛房舍，花羞慌忙无计，可怜单衣惊走，无所适从，与李辛各散东西，行过数条街巷，栖栖无依。忽认得自家楼屋，花羞遂叩其父母之门。院子喝问：“谁人叩门？”花羞应道：“我是花羞女，归来见爹娘一次。”院子惊怪道：“花羞已死半年，缘何又来叩门？必是鬼魂。明日自去通报你爹娘，多将金钱衣彩焚化与娘子，且小心回去。”院子竟不敢开门。花羞欲进不得，欲去不得，风冷衣单，空垂两泪，无处投奔。忽见潘家楼上灯光灼灼闪闪，筵席未散，又去叩潘家门，门公怪问：“是谁叩门？”花羞应声：“传语潘八官人，妾是刘家花羞女，曾记得郎君昔日因戏牙球，遂得见一面，今夜有些事，特来投奔。”门公遂报潘秀。秀思忖怪异，若是对门刘家女，已死半年，想是鬼魂无依。遂呼李吉点灯，将冥钱衣彩来焚与之，秀自持宝剑随身，开门果见花羞垂泪乞怜。秀告花羞道：“你父母乃是大富之家，回去觅取些香楮便了，何故苦苦来缠我？”言罢，烧了冥钱，急令李吉闭了门。那花羞连声叫屈不肯去，道：“你好负心人也！好不伤感。”秀大怒，复出门外挥剑斩之，遂闭门而卧。五更将尽，军巡在门外大叫：“有一个无头的妇人在外，遍身带血。”都巡遂申报府衙去了。

是时轰动街坊，刘长者闻得此事，怀疑不定。是夕，梦见花羞女来告称：“我被潘八杀了，尸骸现在他家门外，乞爹爹伸雪此冤。”言讫，竟掩泪而去。长者睡觉来以此梦告其妻道：“花羞女想必是还魂，被人开了墓。”待明日去掘开坟墓看时，果然不见尸骸，遂具状呈于包公。包公即差人唤潘秀，不多时公差拘到，包公以盗开坟墓、杀了花羞事问之，秀不知其情，无言可应。包公根勘秀之原由，秀逐一具供剑斩鬼魂情由。包公疑而未决，将潘秀监收狱中，随即具榜遍挂四门：为捉到潘秀杀了花羞事，但潘秀不肯招认，不知当初是谁人开墓，救得花羞还魂，前来报知，给与赏钱一千贯。李辛见此榜，遂入府衙来告首请赏，一一具言花羞还魂事。包公遂判李辛不合开坟，致令潘秀误杀花羞，将李辛处斩，潘秀免罪。后潘秀追思花羞之事，忧念深重，遂成羸疾而死，是花羞女怨愆之报也。

废　花　园

话说四川成都府有一人姓何名达，为人刚直，年四十岁，尚未有嗣。忽一日与叔子何隆争论未分的产业，隆亦是个奸刁之徒，不容相让，讼之于官，逮系干证，连年不决，以此兄弟致仇。何达欲思避身之计，来见姑之子施桂芳商议其事。桂芳原是宦族，幼习诗书，聪明才俊，尚未娶妻。那日见表兄来家，邀入舍中坐下，问其来由。达道：“只因讼事一节，连年烦忧，伤财涉众，悔之莫及，思欲为脱身之计，特来与弟商议。”桂芳道：“兄若不言，小弟当要告知。目前有故人韩节使官任东京，时遣人相请，兄何不整理行装同小弟相访一遭，且得游玩京城景致，得以避此是非。”达闻言大喜，即辞桂芳归家，与妻说知，收拾衣资之类，约日与桂芳并家人许一离成都望东京进发。将行了二十余日，望见东京城不远，将晚，歇城东山店。明日侵早入城，访问韩节使消息，人答道："按巡郡邑，尚未转衙。"以此桂芳与何达留止城东驿舍中，等待韩节使回来。清闲无事，每日二人只是饮酒寻芳，闻有景致处，即便观玩。

一日，何达同桂芳游到一个所在，遥见楼阁隐隐，风送钟声。何达道："前面莫不是佳境？与弟同前访看。"桂芳随步行来，却是一古寺。二人入得寺来，却遇二老僧在佛堂上讲经，见有客至，便起身施礼，请入方丈，分宾主坐定。僧人问："秀士何来？"桂芳答道："访故人不遇，特过宝刹观览。"僧令童子奉茶。何、施二人茶罢，又令童子取钥匙开各处门与何、施二人观景。何、施登罗汉阁观览一番，只见寺前一所树林，幽奇苍郁，古木森森，便问童子："那一座树林是何处？"童子答道："原是刘太守所置花园，太守过后，今已荒废多时，只一园林木而已。"桂芳听罢，对何达说道："试往游玩一番。"经游其地，但见园墙崩塌，砌石斜欹，狐踪兔迹，交驰草径。桂芳叹道："昔人初置此园，岂期今日如是！"忽然何达说："适才失落一手帕，内有碎银几两，莫非在佛阁上？弟且少待，我去寻取便来。"言罢竟去。

桂芳缓步行入竹林中，等久不来，忽有二女使从林外而入，见桂芳笑道："太守请你议事。"桂芳问道："你太守是谁？"女使道："君去便知。"桂芳忘却等候，遂随二女使而去。比及何达来寻桂芳，不知所在，四下搜寻，并无消息，日色又晚，何达忖道：莫非他等我不来，先自回舍去了？即抽身转驿舍来问。

当下桂芳被那女使引到一所在，但见明楼大屋，朱门绣户，却是一个官府第宅。堂上坐一仕宦，见桂芳来到，便下阶迎进堂上赐坐，甚加礼敬。桂芳再三谦逊，其官宦道："足下远来，不必固辞。老夫避居此处十数年矣，人迹不到。君今相遇，事非偶然。吾有女年长，尚未许人，欲觅一佳婿不得，今愿以奉君，幸勿见阻。"桂芳正不知如何答应，那仕宦便分付使女，备筵席与秀士今夕毕礼。桂芳惶惧辞让，群女引之入室，锦帐绣帏，金碧辉煌，一美人出与相揖，遂谐伉俪。桂芳欢悦得此佳偶，真乃奇遇。自后再不见太守的面，但终日与群妇人拥簇嬉戏而已。

比及何达走回驿舍中，问家人许一：“曾见桂官人回来否?”许一道：“桂官人与主人一同出城未转。”何达惊疑，只恐在林中被大虫所伤。过了一宵，次日再往寺中访问，并无知者，何达至晚，只得怏怏转回驿舍。停候十数日，并没消息，与家人商议，收拾回家。那往日官司未息，何隆访得达归，问及施桂芳没有下落，即以何达谋死桂芳情由具状告于本司。有司拘根其事，何达无辞相抵，遂被监禁狱中。何隆怀仇欲报，乘此机会，要问何达偿命，衙门上下用了贿赂，急推勘其事。何达受刑不过，只得招成了谋害之事。有司叠成文案，该正大辟，解赴西京决狱。

时值包公为护国张娘娘进香，跑到西京玉妃庙还愿，事毕经过街道，望见前面一道怨气冲天而起，便问公牌：“前面人头簇簇，有何事故?”公牌禀道：“有司官今日在法场上决罪人。”包公忖道：内中必有冤枉之人。即差公牌报知，罪人且将审实，方许处决。公牌急忙回复，监斩官不敢开刀，随即带犯人来见包公。包公根勘之，何达悲咽不止，将前事诉了一遍。包公听了口词，又拘其家人问之，家人亦诉并无谋死情由，只不知桂官人下落，难以分解。包公怪疑，令将何达散监狱中，再候根勘。

次日，包公分付封了府门，扮作青衣秀士，只与军牌薛霸，何达家人许一，共三人，竟来古寺中访问其事。恰值二僧正在方丈闲坐，见三人进来，即便起身迎入坐定。僧人问：“秀士何来?”包公答道：“从四川到此，程途劳倦，特扰宝刹，借宿一宵，明日即行。”僧人道：“恐铺盖不周，寄宿尽可。”于是包公独行廊下，见一童子出来，便道：“你领我四周游玩一遍，与你铜钱买果子吃。”童子见包公面色异样，笑道：“今年春间，两个秀才来寺中游玩，失落了一个，足下今有几位来?”包公正待根究此事，听童子所言，遂赔小心问之，童子叙其根由，乃引出山门用手指道：“前面那茂林内，常出妖怪迷人。那日一秀士入林中游行，不知所在，至今未知下落。”包公记在心中，就于寺内过了一宿。

次日同许一去林中行走，根究其事。但见四下荒寂，寒气侵人，没有一些动静。正疑惑间，忽听林中有笑声，包公冒荆棘而入，只见群女拥着一男子在石上作乐饮酒。包公近前叱呵之，群女皆走没了，只遗下施桂芳坐在林中石上，昏迷不醒人事，包公令薛霸、许一扶之而归。

过了数日，桂芳口中吐出恶涎数升，如梦方醒，略省人事。包公乃开府衙坐入公案，命薛霸拘何隆一干人到阶下，审勘桂芳失落之由。桂芳遂将前情道知，言讫，呜咽不胜。包公道："吾若不亲到其地，焉知有此异事？"乃诘何隆道："汝未知人之生死，何妄告达谋杀桂芳？今桂芳尚在，汝当何罪？"何达泣诉道："隆因家业不明，连年结讼未决，致成深仇，特以此事欲置小人于死地。"包公信以为然。刑拷何隆，隆知情屈，遂一一招承。包公叠成文案，将何隆杖一百，发配沧州军，永不回乡；治下衙门官吏受何隆之贿赂，不明究其冤枉，诬令何达屈招者，俱革职役不恕；施桂芳、何达供明无罪，各放回家。

恶师误徒

话说人家教育子弟，择师为先，做先生的误了学生终身大事，真实可恨。东京有个姓张的先生，名字叫做大智，生来一字不通，只写得一本《百家姓》而已。那先生有一件好处，惯会谋人家好馆，处了三年五载，得了七两八贯，并不会教训一字，把学生大事误尽不顾。有个东家姓杨名梁，因见学生无成，死去告于包公台下：

> 告为恶师误徒事：易子而教，成人是望；夫子之患，在好为师。今某一丁不识，强谋人馆。束脩争多，何曾立教；误子无成，杀人不啻。乞正斯文，重扶名教。上告。

包公看罢，大怒道："做先生的误了学生，其罪不小。"唤鬼卒速拿恶师张大智来。不多时，张大智到。包公道："张大智，你如何误了人家学生?"张大智道："张某虽则不才，颇知教法。但凡教法要因人而施，学生生来下愚，叫做先生的也无可奈何。就是孔夫子有三千徒弟，哪里个个做得贤人！况做先生的就如做父母的一样，只要儿子好，哪里要儿子不好？还有一件，孔夫子说道：自行束脩以上，吾未尝无诲焉。又孟子说道：待先生如此，其忠且敬也。看来做主人家的也有难做处。因见杨某学生又蠢，礼数又疏，故未能造到大贤地位。"包公道："杨梁你如何怠慢先生?"杨梁道："因见先生不善教诲，故此怠慢他也须有的。"张大智道："你见我不善教诲，何不辞了我另请别个?"杨梁道："你见我怠慢你，何不辞了我到别家去?"二人折辩多时，包公喝道："休得折辩，毕竟两家都有不是处。"张大智又补一诉词：

诉为诬师事：天因材笃焉，圣因人教哉。有朋自远方来，亦将有以利吾国乎？自行束脩以上，三月不知肉味。上大人容某禀告，化三千惟天可表。上诉。

包公看罢笑道："待我考试先生一番，就见主人家的意思。"遂出下一个题目来，先生就做，又一字不通。包公道："果然名不虚传，主人慢师情该有的。先生误了学生，罪同谋财杀命。但主人家既请了那先生，虽则不通，合当礼待，以终其事，不可坏了斯文体面。今罚先生为牛，替主人家耕田，还了宿债；罚主人为猪，今生舍不得礼待先生，来生割肉与人吃。"批道：

审得：师有师道，黑漆灯笼如何照得；弟有弟道，废朽樗栎如何雕得；主有主道，一毛不拔如何成得。先生没教法，误了多少后生，罚牛非过；主人无道理，坏了天下斯文，做猪何辞。从此去劝先生，不要自家吃草；自今后语主人，勿得来世受屠。

批完，各杖去讫。

兽公私媳

话说西吴有姓施名行庆者，欲与媳宋氏私通，一日其子得知，遂自缢而死。行庆大喜，哪晓得其媳宋氏因痛夫身亡，越发不肯与行庆私通。只其子有一美妾，日夜与之交欢，声闻合郡，人都称为灰池。他有二孙，年纪尚幼，遂用厚礼聘下绝大孙媳，孙未有十岁，孙媳倒有十六岁，便接过门，尽自己受用。宋氏因丑声著扬，不忿而死。未几，行庆亦被恶鬼拿去。行庆反出状告：

告为不孝事：妇德善事公姑为首，孝道承顺意旨为先。媳妇某骄悍异常，凶恶无比。欲求不遂，心事徒挂；反加恶名，致遭屈死。至亲宋存见证。孝义何在，合行严究。上告。

包公看罢，大怒道："儿媳不孝，当得何罪？"再拘宋氏来审。鬼卒拘得宋氏来，宋氏亦诉道：

诉为新台事：告不孝，妾不敢辞其名；叫灰池，人如何崇其号？与其扒灰，宁甘不孝。上诉。

包公看罢，大怒道："原来有这样事！人非禽兽，恶得如此？施行庆，你怎么做出这样勾当，还告人不孝？"行庆再三抵赖。包公道："我也闻得你的灰号，如何抵赖？"宋氏又将家丑细说一番。包公道："宋存又是何人？"宋氏道："就是灰友了。"包公又叫拘宋存来。包公道："宋存，我一见你便有些厌气，如何又与他做见证？可恶，可恶！先将宋存割去舌头，省得满嘴胡言！"又分付鬼卒割去行庆阳物，把火丸放在他二人口里，肌肉皆烂，吹一口孽风，又为人身。包公遂批道：

审得：经有新台之耻，俗有扒灰之羞。施行庆何人？敢肆然为之，不顾礼义，毫无羞耻，真禽兽之不若矣，乃反出词告媳不孝耶？天下有宋氏之不孝，几不识孝道矣。更有宋存作证，甚是无礼。此事何事，此人何人，而硬帮相证乎？且余又

　　何等衙门，辄敢如此，特加重罚以儆。

批完道："施、宋二老，俱发去为龟；宋氏守节致死，来生做一卜龟先生，把二人的肚皮日夜火炙以报之。"各去。

卷之七

狮 儿 巷

话说潮州潮水县孝廉坊铁邱村有一秀士，姓袁名文正，幼习儒业，妻张氏，美貌而贤，生个儿子已有三岁。袁秀才听得东京将开南省，与妻子商议要去赴试。张氏道：“家中贫寒，儿子又小，君若去后，教妾靠着谁人?”袁秀才答道：“十年灯窗之苦，指望一举成名。既贤妻在家无靠，不如收拾同行。”

两个路上晓行夜住，不一日到了东京城，投在王婆店中歇下，过了一宿。次日，袁秀才梳洗饭罢，同妻子入城玩景，忽一声喝道前来，夫妻二人急躲在一边，看那马上坐着一位贵侯，不是别人，乃是曹国舅二皇亲。国舅马上看见张氏美貌非常，便动了心，着军牌请那秀才到府中说话。袁秀才闻得是国舅，哪里敢推辞，便同妻子入得曹府来。国舅亲自出迎，叙礼而坐，动问来历。袁秀才告知赴试的事，国舅大喜，先令使女引张氏入后堂相待去了，却令左右抬过齐整筵席，亲劝袁秀才饮得酩酊大醉，密令左右扶向僻处用麻绳绞死，把那三岁孩儿亦打死了。可怜袁秀才满腹经纶未展，已作南柯一梦!

比及张氏出来要同丈夫转店，国舅道：“袁秀才饮已过醉，扶入房中睡去。”张氏心慌，不肯出府，欲待丈夫醒来。挨近黄昏，国舅令使女说与他知：“说他丈夫已死的事，且劝他与我为夫人。”使女通知其事，张氏号啕大哭，要寻死路。国舅见他不从，令监在深房内，命使女劝谕不题。

且说包公到边庭赏劳三军，回朝复命已毕，即便回府。行过石桥边，忽马前起一阵狂风，旋绕不散。包公忖道：此必有冤枉事。便差手下王兴、李吉随此狂风跟去，看其下落。王、李二人领命，随风前来，那阵风直从曹国舅高衙中落下。两个公牌仰头看时，四边高墙，中间门上大书数字道："有人看者，割去眼睛，用手指者，砍去一掌。"两公牌一吓，回禀包公，公怒道："彼又不是皇上宫殿，敢如此乱道！"遂亲自来看，果然是一座高院门，正不知是谁家贵宅。乃令军牌问一老人，老人禀道："是皇亲曹国舅之府。"包公道："便是皇亲，亦无此高大，彼只是一个国舅，起甚这样府院！"老人叹了一声气道："大人不问，小老哪里敢说。他的权势比当今皇上的还胜，有犯在他手里的，便是铁枷；人家妇女生得美貌，便拿去奸占，不从者便打死，不知害死几多人命。近日府中因害得人多，白日里出怪，国舅住不得，今阖府移往他处去了。"

包公听了，遂赏老人而去。回衙，即令王兴、李吉近前，勾取马前旋风鬼来证状。二人出门，思量无计，到晚间乃于曹府门首高叫："冤鬼到包公衙内去。"忽一阵风起，一冤魂手抱三岁孩儿，随公牌来见包公。包公见其披头散发，满身是血，将赴试被曹府谋死，弃尸在后花园井中的事，从头诉了一遍。包公又道："既汝妻在，何不令他来告状?"文正道："妻子被他带去郑州三个月，如何能够得见相公?"包公道："汝且去，我与你准理。"说罢，依前化一阵风而去。

次日升厅，集公牌吩咐道："昨夜冤魂说，曹府后花园井里藏得有千两黄金，有人肯下去取来，分其一半。"王、李二公差回禀愿去，吊下井中，二人摸着一死尸，十分惊怕，回衙禀知包公。包公道："我不信，就是尸身亦捞起来看。"二人复又吊下井去，取得尸身起来，抬入开封府衙。

包公令将尸放于东廊下，便问牌军曹国舅移居何处，牌军答道："今移在狮儿巷内。"即令张千、李万备了羊酒，前去作贺他。包公到得曹府，大国舅在朝未回，其母郡太夫人大怒，怪着包公不当贺礼。包公被夫人所辱，正转府，恰遇大国舅回来，见包公，下马叙问良久，因道知来贺被夫人羞叱。大国舅赔小心道："休怪。"二人相别。

国舅到府烦恼，对郡太夫人道："适间包大人遇见儿子道，来贺夫人，被夫人羞辱而去。今二弟做下逆理之事，倘被他知之，一命难保。"夫人笑道："我女儿现为正宫皇后，怕他怎么?"国舅道："今皇上若有过犯，他且不怕，怕甚皇后？不如写书与二弟，叫他将秀才之妻谋死，方绝后患。"夫人依言，遂写书一封，差人送到郑州。二国舅看罢也没奈何，只得用酒灌醉张娘子，正待持刀入房要杀，看他容貌不忍下手，又出房来，遇见院子张公，道知前情。张公道："国舅若杀之于此，则冤魂不散，又来作怪。我后花园有口古井，深不见底，莫若推于井中，岂不干净?"国舅大喜，遂赏张公花银十两，令他缚了张氏，抬到园来。

那张公有心要救张娘子，只待他醒来。不一时张氏醒来，哭告其情，张公亦哀怜之，密开了后门，将十两花银与张娘子作路费，教他直上东京包大人那里去告状。张氏拜谢出门，他是个闺中妇女，独自如何到得东京？悲哀怨气感动了太白金星，化作一个老翁，直引他到东京，化阵清风而去。张氏惊疑，抬起头望时，正是旧日王婆店门首，入去投宿。王婆认得，诉出前情，王婆亦为之下泪，乃道："今日五更，包大人去行香，待他回来，可截马头告状。"张氏请人写了状子完备，走出街来，正遇见一官到，去拦住马头叫屈。哪知这一位官不是包大人，却是大国舅，见了状子大惊，就问他一个冲马头的罪，登时用棍将张氏打昏了，搜检身上，有银十两，亦夺得去，将尸身丢在僻巷里。王婆听得消息，忙来看时，气尚未绝，连忙抱回店中救醒。

过二三日，探听包大人在门首过，张氏跪截马头叫屈。包公接状，便令公差领张氏入府中去廊下认尸，果是其夫。又拘店主人王婆来问，审勘明白，令张氏入后堂，发放王婆回店。包公思忖：先捉大国舅再作理会，即诈病不起。

上闻公病，与群臣议往视之，曹国舅启奏："待微臣先往，陛下再去未迟。”上允奏。次日报入包府中，包公分付齐备，适国舅到府前下轿，包公出府迎入后堂坐定，叙慰良久，便令抬酒来。饮至半酣，包公起身道：“国舅，下官前日接一纸状，有人告说丈夫、儿子被人打死，妻室被人谋了，后其妻子逃至东京，又被仇家打死，幸得王婆救醒，复在我手里又告，已准他的状子，正待请国舅商议，不知那官人姓甚名谁?”国舅听罢，毛发悚然。张氏从屏风后走出，哭指道：“打死妾身正是此人。”国舅喝道：“无故赖人，该得何罪?”包公大怒，令军牌捉下，去了衣冠，用长枷监于牢中。包公恐走漏消息，闭上了门，将随带来之人尽行拿下。思忖捉二国舅之计，遂写下假家书一封，已搜出大国舅身上图书，用朱印讫，差人星夜到郑州，道知郡太夫人病重，急速回来。二国舅见书，认得兄长图书，即忙转回东京，未到府，遇见包公，请入府中叙话。酒饮三杯，国舅起身道：“家兄有书来，说道郡太病重，尚容另日领教。”忽厅后走出张氏，跪下哭诉前情。国舅一见张氏，面如土色。包公便令捉下，枷入牢中。

从人报知郡太夫人，夫人大惊，急来见曹娘娘说知其事。曹皇后奏知仁宗，仁宗亦不准理。皇后心慌，私出宫门来到开封府与二国舅说方便。包公道：“国舅已犯大罪，娘娘私出宫门，明日为臣见圣上奏知。”皇后无语，只得复回宫中。

次日，郡太夫人奏于仁宗，仁宗无奈，遣众大臣到开封府劝和。包公预知其来，吩咐军牌出示：彼各自有衙门，今日但入府者便与国舅同罪。众大臣闻知，哪个敢入府来?上知包公决不容情，怎奈郡太夫人在金殿哀奏，皇上只得御驾亲到开封府。包公近前接驾，将玉带连咬三口奏道：“今又非祭天地劝农之日，圣上胡乱出朝，主天下有三年大旱。”仁宗道：“朕此来端为二皇亲之故，万事看朕分上，恕了他罢!”包公道：“既陛下要救二皇亲，一道赦文足矣，何劳御驾亲临?今二国舅罪恶贯盈，若不依臣启奏判理，情愿纳还官诰归农。”仁宗回驾。

包公令牢中押出二国舅赴法场处决。郡太夫人得知，复入朝哀恳圣上降赦书救二国舅，皇上允奏，即颁赦文，遣使臣到法场，包公跪听宣读，只赦东京罪人及二皇亲，包公道：“都是皇上百姓犯罪，偏不赦天下，赦只赦东京！”先把二国舅斩讫，大国舅等待午时开刀。郡太夫人听报斩了二国舅，忙来哭奏皇上。王丞相奏道：“陛下须通行颁赦天下，方可保大国舅。”皇上允奏，即草诏颁行天下，不论犯罪轻重，一齐赦宥。包公闻赦各处，乃当场开了大国舅长枷，放回府中，见了郡太夫人，相抱而哭。国舅道：“不肖深辱父母，今在死中复生，想母亲自有人侍奉，为儿情愿纳还官诰，入山修行。”郡太夫人劝留不住。后来曹国舅得遇真人点化，入了仙班，此是后话不题。

却说包公判明此段公案，令将袁文正尸首葬于南山之阳。库中给银三十两，赐与张氏，发回本乡。是时遇赦之家无不称颂包公仁德。包公此举，杀一国舅而文正之冤得伸，赦一国舅而天下罪囚皆释，真能以迅雷沛甘霖之泽者也。

桑　林　镇

话说包公自赈济饥民，离任赴京来到桑林镇宿歇，分付道：“我借东岳庙歇马三朝，地方倘有不平之事，许来告首。”忽有一个住破窑婆子闻知，走来告状。包公见那婆子两目昏眊，衣服垢恶，便问：“汝是何人，要告什么不平事?”那婆子连连骂道：“说起我名，便该死罪。”包公笑问其由。婆子道：“我的屈情事，除非是真包公方断得，恐你不是真的。”包公道：“你如何认得是真包公，假包公?”婆子道：“我眼看不见，要摸颈后有个肉块的，方是真包公，那时方伸得我的冤。”包公道：“任你来摸。”

那婆子走近前，抱住包公头伸手摸来，果有肉块，知是真的，在脸上打两个巴掌，左右公差皆失色。包公也不嗔怒他，便问婆子：“有何事，你且说来。”那婆子道：“此事只好你我二人知之，须要遣去左右公差方才好说。”包公即屏去左右。婆子知前后无人，放声大哭道：“我家是亳州亳水县人，父亲姓李名宗华，曾为节度使，上无男子，单生我一女流，只因难养，年十三岁就入太清宫修行，尊为金冠道姑。一日，真宗皇帝到宫行香，见吾美丽，纳为偏妃，太平二年三月初三日生下小储君。是时南宫刘妃亦生一女，只因六宫大使郭槐作弊，将女儿来换我小储君而去，老身气闷在地，不觉误死女儿，被囚于冷宫。当得张院子知此事冤屈，六月初三见太子游赏内苑，略说起情由，被郭大使报与刘后得知，用绢绞死了张院子，杀他一十八口。直待真宗晏驾，我儿接位，颁赦冷宫罪人，我方得出，只得来桑林镇觅食。万望奏于主上，伸妾之冤，使我母子相认。”包公道：“娘娘生下太子时，有何留记为验？”婆子道：“生下太子之时，两手不直，一宫人挽开看时，左手有山河二字，右手有社稷二字。”包公听了，即扶婆子坐于椅上跪拜道：“望乞娘娘恕罪。”令取过锦衣换了，带回东京。

及包公朝见仁宗，多有功绩，奏道：“臣蒙诏而回，路逢一道士连哭了三日三夜。臣问其所哭之由，彼道：‘山河社稷倒了。’臣怪而问之：‘为甚山河杜稷倒了？’道士道：‘当今无真天子，故此山河社稷倒了。’”上笑道：“那道士诳言之甚。朕左手有山河二字，右手有社稷二字，如何不是真天子？”包公奏道：“望我主把与小臣看明，又有所议。”仁宗即开手与包公及众臣视之，果然不差。包公叩头奏道：“真命天子，可惜只做了草头王。”文武听了，皆失色。

上微怒道：“我太祖皇帝仁义而得天下，传至寡人，自来无愆，何谓是草头王？”包公奏道：“既陛下为嫡派之真主，如何不知亲生母所在？”上道：“朝阳殿刘皇后便是寡人亲生母。”包公又奏道：“臣已访知，陛下嫡母在桑林镇觅食。倘若圣上不信，但问两班文武，便有知者。”上问群臣道：“包文拯所言可疑，朕果有此事乎？”王丞相奏道：“此陛下内事，除非是问六宫大使郭槐，可知端的。”上即宣过郭大使问之。大使道：“刘娘娘乃陛下嫡母，何用问焉！此乃包公妄生事端，欺罔我主。”上怒甚，要将包公押出市曹斩首。王丞相又奏：“文拯此情，内中必有缘故，望陛下将郭大使发下西台御史处勘问明白。”上允其奏，着御史王材根究其事。

当时刘后恐泄漏事情，密与徐监宫商议，将金宝买嘱王御史方便。不想王御史是个赃官，见徐监宫送来许多金宝，遂欢喜受了，放下郭大使，整酒款待徐监宫。正饮酒间，忽一黑脸汉撞入门来。王御史问是谁人，黑脸汉道：“我是三十六宫四十五院都节史，今日是年节，特来大人处讨些节仪。”王御史分咐门子与他十贯钱，赏以三碗酒。那黑汉吃了三碗酒，醉倒在阶前叫屈。人问其故，那醉汉道：“天子不认亲娘是大屈，官府贪赃受贿是小屈。”王御史听得，喝道：“天子不认亲娘，干你甚事?”令左右将黑汉吊起在衙里。左右正吊间，人报南衙包丞相来到。王材慌忙令郭大使复入牢中坐着，即出来迎接，不见包公，只有从人在外。王御史因问：“包大人何在?”董超答道：“大人言在王相公府里议事，我等特来伺候。”王御史惊疑，董超等一齐入内，见吊起者正是包公，董超众人一齐向前解了。包公发怒，令拿过王御史跪下，就府中搜出珍珠三斗，金银各十锭。包公道：“你乃枉法赃官，当正典刑。”即令推出市曹斩首示众。

当下徐监宫已从后门走回宫中去。包公以其财物具奏天子。仁宗见了赃证，沉吟不决。乃问：“此金宝谁人进用的?”包公奏道：“臣访得是刘娘娘宫中使唤徐监宫送去。”仁宗乃宣徐监宫问之。徐监宫难以隐瞒，只得当殿招认，是刘娘娘所遣。仁宗闻知，龙颜大怒道：“既是我亲母，何用私赂买嘱？其中必有缘故!”乃下敕发配徐监宫边远充军，着令包公拷问郭大使根由。

包公领旨，回转南衙，将郭大使严刑究问。郭槐苦不肯招，令押入牢中监禁。唤董超、薛霸二人分付道：“汝二人如此如此，查出郭槐事因，自有重赏。”二人径入牢中，私开了郭槐枷锁，拿过一瓶好酒与之共饮，因密嘱道：“刘娘娘传旨着你不要招认，事得脱后，自有重报。”郭大使不知是计，饮得酒醉了，乃道：“你二牌军善施方便，待回宫见刘娘娘说你二人之功，亦有重用。”董超觑透其机，引入内牢，重用刑拷勘道：“郭大使，你分明知其情弊，好好招承，免受苦楚。”郭槐受苦难禁，只得将前情供招明白。次日，董、薛两人呈知包公，包公大喜，执郭槐供状启奏仁宗。仁宗看罢，召郭槐当殿审之。槐又奏道：“臣受苦难禁，只得胡乱招承，岂有此事！”仁宗以此事顾问包公道：“此事难理。”包公奏道：“陛下再将郭槐吊在张家园内，自有明白处。”上依奏，押出郭槐前去。

包公预装下神机，先着董超、薛霸去张家园，将郭槐吊起审问。将近三更时候，包公祷告天地，忽然天昏地黑，星月无光，一阵狂风过处，已把郭槐捉将去。郭槐开目视之，见两边排下鬼兵，上面坐着的是阎罗天子。王问：“张家一十八口当灭么?”旁边走过判官近前奏道：“张家当灭。”王又问：“郭槐当灭否?”判官奏道：“郭大使尚有六年旺气。”郭槐闻说，叫道：“大王，若解得这场大事，我与刘娘娘说知，作无边功果致谢大王。”阎王道：“你将刘娘娘当初事情说得明白，我便饶你罪过。”郭槐一一诉出前情。左右录写得明白，皇上亲自听闻，乃喝道：“奸贼！今日还赖得过么？朕是真天子，非阎王也，判官乃包卿也。”郭槐吓得哑口无言，低着头只请快死而已。

上命整驾回殿，天色渐明，文武齐集，天子即命排整銮驾，迎接李娘娘到殿上相见。帝母二人悲喜交集，文武庆贺，乃令宫娥送入养老宫去讫。仁宗要将刘娘娘受油锅之刑以泄其忿，包公奏道：“王法无斩天子之剑，亦无煎皇后之锅。我主若要他死，着人将丈二白丝帕绞死，送入后花园中；郭槐当落鼎镬之刑。”仁宗允奏，遂依包公决断。真可谓亘古一大奇事。

斗粟三升米

话说河南开封府陈州管下商水县，有一人姓梅名敬，少入郡庠，家道殷实，父母俱庆，只鲜兄弟。娶邻邑西华县姜氏为妻。后父母双亡，服满赴试，屡科不第，乃谓其妻道：“吾幼习儒业，将欲显祖耀亲，荣妻荫子，为天地间一伟人。奈何苍天不遂吾愿，使二亲不及见我成立大志已殁，诚天地间一罪人也。今辗转寻思，常忆古人有言，若要腰缠十万贯，除非骑鹤上扬州。意欲弃儒就商，遨游四海，以伸其志；岂肯屈守田园，甘老丘林！不知贤妻意下如何?”姜氏道：“妾闻古人有云，在家从父，出嫁从夫。君既有志为商，妾当听从。但愿君此去以千金之躯为重，保全父母遗体，休贪路柳墙花。若得稍获微利，即当快整归鞭。”梅敬听得妻言有理，遂收置货物，径往四川成都府经商，姜氏饯别而去。

梅敬一去六载未回，一日忽怀归计，遂收拾财物，竟入诸葛武侯庙中祈签。当祷祝已毕，求得一签云：

逢崖切莫宿，逢汤切莫浴。

斗粟三升米，解却一身曲。

梅敬祈得此签，茫然不晓其意，只得起程而回。这一日，舟子将船泊于大崖之下，梅敬忽然想起签中“逢崖切莫宿”之句，遂自省悟，即令舟子移船别处。方移船时，大崖忽然崩下，陷了无限之物。梅敬心下大惊，方信签中之言有验。

一路无碍，至家，姜氏接入堂上，再尽夫妇之礼，略叙离别之情。时天色已晚，是夜昏黑无光。一时间姜氏烧汤水一盆，谓梅敬道：“贤夫路途劳苦，请去洗澡，方好歇息。”梅敬听了妻言，又大省悟，神签道“逢汤切莫浴”，遂乃推故对妻道：“吾今日偶不喜浴，不劳贤妻候问。”姜氏见夫言如此，遂不催促，即自去洗澡。姜氏正浴间，不防被一人预匿房中，将利枪从腹中一戳，可怜姜氏姣姿秀美，化作南柯一梦。其人溜躲房外去了。梅敬在外等候，见姜氏多久不出，执灯入往浴房唤之，方知被杀在地，哭得几次昏迷。次日正欲具状告理，又不知是何人所杀。却有街坊邻舍知之，忙往开封府首告梅敬无故自杀其妻。

包公看了状词，即拘梅敬审勘。梅敬遂以祈签之事告知。包公自思：梅敬才回，决无自杀其妻的理。乃对梅敬道：“你出六年不回，汝妻美貌，必有奸夫，想是奸夫起情造意要谋杀汝，汝因悟神签的话，故得脱免其祸。今详观神签中语云‘斗粟三升米’，吾想官斗十升只得米三升，更有七升是糠无疑。莫非这奸夫就是康七么?”梅敬道：“生员对邻果有一人名唤康七。”包公即令左右拘唤来审。康七亦不推赖，叩头供状道：“小人因见姜氏美貌，不合故起谋心，本意欲杀其夫，不知误伤其妻。相公明见万里，小人情愿伏罪。”包公押了供状，遂断其偿命，即令典刑。远近人人叹服。

聿姓走东边

话说东京管下袁州有一人姓张名迟者，与弟张汉共堂居住。张迟娶妻周氏，生一子周岁。适周母有疾，着家童来报其女。周氏闻知母病，与夫商议要回家看母，过数日方与收拾回去。比及周氏到得母家，母病已痊，留住一月有余。忽张迟有故人潘某在临安为县史，遣仆相请。张迟接得故人来书，次日先打发仆回报，许来相会。潘仆去后，迟与弟商议道：“临安县潘故人来书相请，我已许约而去，家下要人看理，汝当代我前往周家说知，就同嫂嫂回来。”弟应诺。

次日，张汉径出门来到周家，见了嫂嫂，道知：“兄将远行，特命我来接嫂嫂回家。”周氏乃是贤惠妇人，甚是敬叔，吩咐备酒相待。张汉饮至数杯，乃道：“路途颇远，须趁早起身。”周氏遂辞别父母，随叔步行而回。行至高岭上，乃五月天气，日色酷热，周氏手里又抱着小孩儿，极是困苦难行，乃对叔道：“日正当午，望家里不远，且在林子内略坐片时，少避暑气再行。”张汉道：“既是行得烦难，少坐一时也好。不如先抱侄儿与我先去回报，令觅轿夫来接。”周氏道：“如此恰好。”即将孩儿与叔抱回来。正值兄在门首候望，汉说与兄知：“嫂行不得，须待人接。”迟即雇二轿夫前至半岭上，寻那妇人不见。轿夫回报，张迟大惊，同弟复来其坐息处寻之，不见。其弟亦疑，谓兄道：“莫非嫂嫂有甚物事忘在母家，偶然记起，回转去取。兄再往周家看问一番。”

迟然其言，径来周家问时，皆云：“自出门后已半日矣，哪曾见他转来?”张愈慌了，再来与弟穿林抹岭遍寻，寻到一幽僻处，见其妻死于林中，且无首矣。张迟哀哭不止。当日即与弟雇人抬尸，用棺木盛贮了。

次日，周氏母家得知此事，其兄周立极是个好讼之人，即扭张汉赴告于曹都宪，皆称张汉欲奸，嫂氏不从，恐回说知，故杀之以灭口。曹信其然，用严刑拷打，张汉终不肯诬服。曹令都官根究妇人首级，都官着人到岭上寻觅首级不得，便密地开一妇人坟墓，取出尸断其首级回报。曹再审勘，张汉如何肯招，受不过严刑，只得诬服，认做谋杀之情，监系狱中候决。

将近半年，正遇包大人巡审东京罪人，看及张汉一案，便唤张犯厅前问之，张诉前情，包公疑之：当日彼夫寻觅其妇首级未有，待过数日，都官寻觅便有，此事可疑。令散监张汉于狱中。遂唤张龙、薛霸二公牌分付道：“你二人前往南街头寻个卜卦人来。”适寻得张术士到。包公道：“令汝代推占一事，须虔诚祷之。”术士道：“大人所占何事？敢问主意。”包公道：“你只管推占，主意自在我心。”推出一“天山遁”卦，报与包公道：“大人占得此卦，遁者，匿也，是问个幽阴之事。”包公道：“卦辞如何?”术士道：“卦辞意义渊深难明，须大人自测之。”其辞云：

遇卦天山遁，此义由君问。
聿姓走东边，糠口米休论。

包公看了卦辞，沉吟半晌，正不知如何解说，便令取官米一斗给赏术士而去。唤过六房吏司，包公问道：“此处有糠口地名否?”众人皆答无此地名。

包公退入后堂，秉烛而坐，思忖其事，忽然悟来。次日升堂，唤过张、薛二牌，拘得张迟邻人萧某来到，密吩咐道：“汝带二公人前到建康地方旅邸之间，限三日内要缉访张家事情来报。”萧某以事干系情重，难以缉访，虑有违限的罪，欲待推辞，见包公有怒色，只得随二公人出了府衙。一路访问张家杀死妇人情由，并无下落。

正行到建康旅邸，欲炊晌午，店里坐着两个客商，领一个年少妇人在厨下炊火造饭，二客困倦，随身卧于床上。萧某悄视那妇人，面孔相熟，妇人见萧某亦觉相识，二人看视良久。那妇人愁眉不展，近前见萧某问道："长者从哪里来?"萧某答道："我萍乡人氏姓萧者便是。"妇人闻之是与夫同乡，便问："长者所居曾识张某否?"萧某大惊道："好似我乡里周娘子!"周氏潸然泪下道："妾正是张迟妻也。"萧乃道知张汉为汝诬服在狱之故。周氏泣道："冤哉！当日叔叔先抱孩儿回去，妾坐于林中候之。忽遇二客商挑着箬笼上山来，见妾独自坐着，四顾无人，即拔出利刀，逼我脱下衣服并鞋，妾惧怕，没奈何遂依他脱下。那二客商遂于笼中唤出一妇人，将妾衣并鞋与那妇人穿着，断取其头置笼中，抛其身子于林里，拿我入笼中，负担而行。沿途乞觅钱钞，受苦万端。今遇乡里，恰似青天开眼，望垂怜恤，报知吾夫急来救妾。"言罢，悲咽不止。萧某听了道："今日包爷正因张汉狱事不明，特差我领公牌来此缉访，不想相遇。待我说与公牌知之，便送娘子回去。"

周氏收泪进入里面，安顿那二客商。萧某来见二公牌，午饭正熟，萧某以其情说与二人知之。张、薛二人午饭罢，抢入店里面，正值二客与周氏亦在用饭。二公牌道："包公有牌来拘你，可速去。"二客听说一声包爷，神魂惊散，走动不得，被二公牌绑缚了，连妇人直带回府衙报知。包公不胜大喜，即唤张迟来问。迟到衙会见其妻，相抱而哭。包公再审，周氏逐一告明前事，二客不能抵讳，只得招认。包公令取长枷监禁狱中，叠成案卷。包公以张汉之枉明白，再勘问都官得妇人首级情由，都官不能隐瞒，亦供招出。

审实一干罪犯监候，具疏奏达朝廷。不数日，仁宗旨下：二客谋杀惨酷，即问处决；原问狱官曹都宪并吏司决断不明，诬服冤枉，皆罢职为民；其客商赀帛赏赐邻人萧某。释放张汉；周氏仍归夫家；周立问诬告之罪，决配远方；都官盗开尸棺取妇人头，亦处死罪。

事毕，众书吏叩问包公，缘何占卜遂知此事？包公道：“阴阳之数，报应不差。卦辞前二句乃是助语，第三句‘聿姓走东边’，天下岂有姓聿者？犹如聿字加一走之，却不是个建字？‘糠口米休论’，必为糠口是个地名，及问之，又无此地名，想是糠字去了米，只是个单康字。离城九十里有建康驿名，那建康是往来冲要之所，客商并集，我亦疑此妇人被人带走，故命彼邻里有相识者往访之，当有下落。果然不出吾之所料。”众吏叩服包公神见。

地　窖

话说河南汝宁府上蔡县，有巨富长者姓金名彦龙，娶周氏，生有一子，名唤金本荣，年二十五岁，娶妻江玉梅，年将二十，姣容美貌。

忽一日，金本荣在长街市上算命，道有一百日血光之灾，除非是出路躲避方可免得。本荣自思：有契兄袁士扶在河南府洛阳经营，不若到他那里躲灾避难，二来到彼处经营。回家与父母说知其故，金彦龙曰：“既如此，我有玉连环一双，珍珠百颗，把与孩儿拿去哥哥家货卖，值价一十万贯。”金本荣听了父言，即便领诺。

正话间，旁边走出媳妇江玉悔，向前禀道：“公婆在上，丈夫在家终日只是饮酒，若带着许多金宝前去，诚恐路途有失，怎生放心叫他自去？妾想如今太平时节，媳妇与丈夫同去。”金彦龙道：“吾亦虑他好酒误事，若得媳妇同去最好。今日是个吉日，便可收拾起程。”即将珍珠、玉连环付与本荣，吩咐过了百日之后，便可回家，不可远游在外，使父母挂心。

金本荣应诺，辞别父母离家，夫妇同行。至晚，寻入酒店，略略杯酌。正饮之间，只见一个全真先生走入店来。那先生看着金本荣夫妇道：“贫道来此抄化一斋。”本荣平生敬奉玄帝，一心好道，便道：“先生请坐同饮。”先生道：“金本荣，你夫妇二人何往？”

本荣大惊道："先生所言，吾与你素不相识，何以知吾姓名？"先生道："贫道久得真人传授，吉凶靡所不知，今观汝二人气色，目下必有大灾，切宜谨慎。"本荣道："某等凡人，有眼无珠，不知趋避之方。况兼家有父母在堂。先生既知休咎，望乞怜而救之。"先生道："贫道观汝夫妇行善已久，岂忍坐视不救！今赐汝两丸丹药，二人各服一丸，自然免除灾难；但汝身边宝物牢匿在身。如汝有难，可奔山中来寻雪涧师父。"道罢相别。

本荣在路夜宿晓行，不一日，将近洛阳县。忽听得往来人等纷纷传说，西夏国王赵元昊兴兵犯界，居民各自逃生。本荣听了传说之言，思了半晌，乃谓其妻江玉梅道："某在家中交结个朋友，叫做李中立，此人在开封府郑州管下汜水县居住，他前岁来我县做买卖时，我曾多有恩于他，今既如此，不免去投奔他。"江玉梅从其言。本荣遂问了乡民路径，与妻直到李中立门首，先托人报知。李中立闻言，即忙出迎本荣夫妇入内。

相见已毕，茶罢，中立问其来由。本荣即告以"因算命出来躲灾之事，承父将珍珠、玉连环往洛阳经商，因闻西夏欲兴兵犯境，特来投奔兄弟"。中立听了，细观本荣之妻生得美貌，心下生计，遂对本荣道："洛阳与本处同是东京管下，西夏国若有兵犯界，则我本处亦不能免。小弟本处有个地窨子，倘贼来时，只从地窨中躲避，管取太平无事。贤兄放心且住几时。"便叫家中置酒相待，又唤当值李四去接邻人王婆来家陪侍。李四领诺去了，移时王婆就来相见，请江玉梅到后堂，与李中立妻子款待已毕，至晚，收拾一间房子与他夫妻安歇。

过了数日，李中立见财色起心，暗地密唤李四吩咐道："吾去上蔡县做买卖时，被金本荣将本钱尽赖了去。今日来到我家，他身边有珍珠百颗，玉连环一对，你今替我报仇，可将此人引至无人处杀死，务要刀上有血，将此珠玉之物并头上头巾前来为证，我即养你一世，决不虚言。"李四见说，喜不自胜，二人商议已定。

次日，李中立对金本荣道："吾有一所小庄，庄内有一窨在彼，贤兄可去一看。"本荣不知是计，遂应声道："贤弟既有庄所，吾即与李四同往一观。”当日乃与李四同去。原来金本荣宝物日夜随身。二人走到无人烟之处，李四腰间拔出利刀道：“小人奉家主之命，说你在上蔡县时曾赖了他本钱，今日来到此处，叫我杀了你。并不干我的事，你休得埋怨于我。”遂执刀向前来杀。本荣见了，吓得魂飞天外，连忙跪在地下苦苦哀告道：“李四哥听禀：他在上蔡时，我多有恩于他。他今日见我妻美貌，恩将仇报，图财害命，谋夫占妻，生此冤惨。乞怜我有七旬父母无人侍养，饶我残生，阴功莫大。”李四听了说道：“只是我奉主命，就要宝物回去。且问汝宝物现在何处?”本荣道：“宝物随身在此，任君拿去，乞放残生。”李四见了宝物，又道：“吾闻图人财者，不害其命；今已有宝物，更要取你头巾为证，又要刀上见血迹方可回报，不然，吾亦难做人情。”本荣道：“此事容易。”遂将头巾脱下，又咬破舌尖，喷血刀上。李四道：“我今饶你性命，你可急往别处去躲。”本荣道：“吾得性命，自当远离。”即拜辞而去。

当日李四得了宝物，急急回家与李中立交清楚。中立大喜，吩咐置酒，在后堂请嫂嫂江玉梅出来。玉梅见天色已晚，乃对中立道：“叔叔令丈夫去看庄所，缘何此时不见回来?”李中立道：“吾家亦颇富足，贤嫂与我成了夫妇，亦够快活一世，何必挂念丈夫?”玉梅道：“妾丈夫现在，叔叔何得出此牛马之言?岂不自耻!”李中立见玉梅秀美，乃向前搂住求欢。玉梅大怒，将中立推开道：“妾闻在家从父，出嫁从夫。妾夫又无弃妾之意，安肯伤风败俗，以污名节!”李中立道：“汝丈夫今已被我杀死，若不信时，吾将物事拿来你看，以绝念头。”言罢，即将数物丢在地下道：“娘子，你看这头巾，刀上有血。若不顺我时，想亦难免。”玉梅一见数物，哭倒在地。中立向前抱起道：“嫂嫂不须烦恼，汝丈夫已死，吾与汝成了夫妇，谅亦不玷辱了你，何故执迷太甚!”言罢，情不能忍，又强欲求欢。

玉梅自思：这贼将丈夫谋财杀命，又要谋我为妾，若不从，必遭其毒手。遂对中立道：“妾有半年身孕，汝若要妾成夫妇，待妾分娩之后，再作区处；否则妾实甘一死，不愿与君为偶。”中立自思：分娩之后，谅不能逃。遂从其言。就唤王婆分付道："汝同这娘子往深村中山神庙边，我有一所空房在彼，你可将他藏在此处，等他分娩之后，不论男女，将来丢了，待满月时报我知道。"当日王婆依言，领江玉梅去了。

话分两头。且说本荣父亲金彦龙，在家思念儿子、媳妇不归，音信并无。彦龙乃与妻将家私封记，收拾金银，沿路来寻不题。

不觉光阴似箭，日月如梭，江玉梅在山神庙旁空房内住了数月，忽一日肚疼，生下一个男儿。王婆近前道："此子只好丢在水中，恐李长者得知，连累老身。"玉梅再三哀告道："念他父亲痛遭横祸，看此儿亦投三光出世，望乞垂怜，待他满月，丢了未迟。"王婆见江玉梅情有可矜，心亦怜之，只得依从。不觉又是满月，玉梅写了生年月日，放在孩儿身上，丢在山神庙中候人抱去抚养，留其性命。遂与王婆抱至庙中，不料金彦龙夫妻正来这山神庙中问个吉凶，刚进庙来，却撞见江玉梅。公婆二人大惊，问其夫在何处，玉梅低声诉说前事，彦龙听了，苦不能忍，急急具状告理。

却值包公访察，缉知其事。次日，即差无情汉领了关文一道，径投郑州管下汜水县下了马，拘拿李中立起解到台，令左右将中立先责一百杖，暂且收监，未及审勘。王婆又欲充作证见，凭玉梅报谢。包公令金彦龙等在外伺候。

且说金本荣，自离了汜水县，无处安身，径来山中，撞见雪涧师父，留在庵中修行出家，不知父母妻子下落，心中忧愁不乐。忽一日，师父与金本荣道："我今日教你去开封府抄化，有你亲眷在彼，你可小心在意，回来教我知道。"金本荣拜辞了师父，径投开封府来，遂得与父母妻子相见，同到府前。正值包公升堂，彦龙父子即将前事又哭告一番。包公即令狱中取出李中立等审勘，李中立不敢抵赖，一一供招：贪财谋命是实，强占伊妻是真。包公叫取长枷脚镣肘锁，送下死牢中去。将中立家财一半给赏李四，一半给赏王婆；追出宝物给还金本荣；李中立妻子发边远充军。闻者快心。

龙 窟

话说东京离城五里，地名湘潭村，有一人姓邱名惇，家业殷实，娶本处陈旺之女为妻。陈氏甚是美貌，却是个水性妇人，因见其夫敦重，甚不相乐。时镇西有个牙侩，姓汪名琦，生得清秀，是个风流浪子，常往来邱惇家，惇以契交兄弟情义待之。汪出入稔熟，常与陈氏交接言语。

一日，汪琦来到邱家，陈氏不胜欢喜，延入房中坐定，对汪道："丈夫到庄上算田租，一时未还。难得今日你到此来，有句话要对你说。且请坐着，待我到厨下便来。"汪琦正不知是何缘故，只得应诺，遂安坐等候。不多时陈氏整备得一席酒肴入房中来，与汪琦对饮。酒至半酣，那陈氏有心，向汪琦道："闻得叔叔未娶婶婶，夜来独眠，岂不孤单？"汪答道："小可命薄，姻缘迟缓，衾枕独眠，是所甘愿也。"陈氏笑道："叔叔休瞒我，男子汉无有妻室，度夜如年。适言甘愿，乃不得已之情，非实意也。"汪琦初则以朋友分上，尚不敢乱言，及被陈氏将言语调戏，不觉心动，说道："贤嫂既念小叔孤单，今日肯怜念我么？"陈氏道："我倒有心怜你，只恐叔叔无心恋我。"

二人戏谑良久，彼此乘兴，遂成云雨之交。正是色胆大如天，两下意投之后，情意稠密，但遇邱惇不在家，汪某遂留宿于陈氏房中，邱惇全不知觉。

邱之家仆颇知其事，欲报知于主人，又恐主人见怒；若不说知，甚觉不平。忽值那日邱惇正在庄所与佃户算账，宿于其家。夜半，邱惇对家仆道："残秋天气，薄被生寒，未知家下亦若是否？"家仆答道："只亏主人在外孤寒，家下夜夜自暖。"邱惇怪而疑之，便问："你如何出此言语？"家仆初则不肯说，及至问得急切，乃直言主母与汪某往来交密之情。邱听此言，恨不得一时天晓。次日，回到家下，见陈氏面带春风，越疑其事。是夜，盘问汪某来往情由，陈氏故作遮掩模样道："你若不在家时，便闭上内外门户，哪曾有人来我家？却将此言诬我！"邱道："不要性急，日后自有端的。"那陈氏惧怕不语。

次日侵早，邱惇又往庄所去了。汪某进来，见陈氏不乐，问其故，陈氏不隐，遂以丈夫知觉情由告知。汪某道："既如此，不须忧虑，从今我不来你家便无事了。"陈氏笑道："我道你是个有为丈夫，故有心从汝；原来是个没志量的人！我既与你情密，须图终身之计，缘何就说开交的话？"汪某道："然则如之奈何？"陈氏道："必须谋杀吾夫，可图久远。"汪沉吟半晌，没有计较处，忽计从心上来，乃道："娘子的有实愿，我谋害之计有了。"陈氏问："何计？"汪道："本处有一极高山巅上原有龙窟，每见烟雾自窟中出则必雨，若不雨必主旱伤。目下乡人于此祈祷，汝夫亦与此会，候待其往，自有处置的计。"陈氏喜道："若完事后，其余我自有调度。"汪宿了一夜而去。

次日，果是乡人鸣锣击鼓，径往山巅祈祷，邱惇亦与众人随登，汪琦就跟到窟前。不觉天色黄昏，众人祈祷毕先散去，独汪琦与邱惇在后，经过龙窟，汪戏道："前面有龙露出爪来。"惇惊疑探看，被汪乘势一推，惇立脚不定，坠入窟中。当下汪某跑走回来，见陈氏说知其事。陈氏欢喜道："想我今生原与你有缘。"自是汪某出入其家无忌，不顾人知。有亲戚问及邱某多时不见之故，陈氏掩讳，只告以出外未回。然其家仆见主人没下落，甚是忧疑，又见陈氏与汪某成了夫妇，越是不忿，欲告首于官，根究其事。陈氏密闻之，遂将家仆逐赶出去。

后将近一月余，忽邱惇复归家。正值陈氏与汪某围炉饮酒，见惇自外入，汪大惊，疑其是鬼，抽身入房中取出利刀呵叱，逐之出门。惇悲咽无所往，行到街前，遇见家仆，遂抱住主人问其来由。惇将当日被汪推落窟中的事说了一遍。家仆哭道："自主不回，我即致疑；及见主母与汪某成亲，想他必然谋害于你。待诉之官，根究主人下落，竟被他赶出。不意吉人天相，复得相见，当以此情告于开封府，以雪此冤。”

惇依言，即具状赴开封府衙门。包公审问道：“既当日推落龙窟，焉得不死，复能归乎？”邱惇泣诉道：“正不知因何缘故，方推下的时节，窟旁皆茅苇，因傍茅苇而落，故得无伤。窟中甚黑，久而渐光，见一小蛇居中盘旋不动。窟中干燥，但有一勺之水清甚，掬其水饮之，不复饥渴。想着那蛇必是龙也，常乞此蛇庇佑，蛇亦不见相伤，每于窟中轻移旋绕，则蛇渐大，头角峥嵘，出窟而去，俄而雨下，如此者六七日。一日，因攀拿龙尾而上，至窟外则龙尾掉摇，坠于窟旁茅丛去了。因即归家，正见妻与汪琦同饮，被汪利刀赶逐而出。特来具告。”言讫不胜痛哭。

包公审实明白，即差公牌张龙、赵虎，到邱家捉拿汪琦、陈氏。是时汪琦正在疑惑此事，不提防邱某已再生回家，竟具状开封府，公牌拘到府衙对理。包公审问汪琦。琦诉道：“当时乡人祈祷，各自早散回家，邱至黄昏误落窟中，哪有谋害之情？又其家紧密，往来有数，哪有通奸之事？”此时汪某争辩不已，包公着令公牌去陈氏房中取得床上睡席来看，见有二人新睡痕迹。包公道：“既说彼家门户紧密，缘何有二人席痕？分明是你谋害，幸至不死，尚自抵赖！”即令严刑拷究，汪只得供招。将汪琦、陈氏皆定死罪；邱惇回家。见者欣喜。

善恶罔报

话说“善有善报，恶有恶报，莫道无报，只分迟早。”这几句话是阴间法令，也是口头常谈；哪晓得这几句也有时信不得。东京有个姚汤，是三代积善之家，周人之急，济人之危，斋僧布施，修桥补路，种种善行，不一而足。人人都说姚家必有好子孙在后头。西京有个赵伯仁，是宋家宗室，他倚了是金枝玉叶，谋人田地，占人妻子，种种恶端，不可胜数。人人都说赵伯仁倚了宗亲横行无状，阳间虽没奈何他，阴司必有冥报。哪晓得姚家积善倒养出不肖子孙，家私、门户，弄得一个如汤泼雪；赵家行恶倒养出绝好子孙，科第不绝，家声大振。因此姚汤死得不服，告状于阴间：

告为报应不明事：善恶分途，报应异用；阳间糊涂，阴间电照；迟早不同，施受岂爽。今某素行问天，存心对日，泼遭不肖子孙，荡覆祖宗门户。降罚不明，乞台查究。上告。

包公看完道："姚汤，怎的见你行善就屈了你?"姚汤道："我也曾周人之急，济人之危，也曾修过桥梁，也曾补过道路。"包公道："还有好处么?"姚汤道："还有说不尽处，大头脑不过这几件；只是赵伯仁作恶无比，不知何故子孙兴旺?"包公道："我晓得了，且带在一边，再拘赵伯仁来审。"

不多时，鬼卒拘赵伯仁到。包公道："赵伯仁，你在阳世行得好事！如何敢来见我?"赵伯仁道："赵某在阳间虽不曾行善事，也是平常光景，亦不曾行甚恶事来。"包公道："现有对证在此，休得抵赖。带姚汤过来。"姚汤道："赵伯仁，你占人田地是有的，谋人妻女是有的，如何不行恶?"赵伯仁道："并没有此事，除非是李家奴所为。"包公道："想必是了。人家常有家奴不好，主人是个进士，他就是个状元一般；主人是个仓官驿丞，他就是个枢密宰相一般；狐假虎威，借势行恶，极不好的。快拘李家奴来！"

不一时，李奴到。包公问道："李家奴，你如何在阳间行恶，连累主人有不善之名?"李奴终是心虚胆怯，见说实了，又且主人在面前，哪里还敢则声。包公道："不消究得了，是他做的一定无疑。"赵伯仁道："乞大人一究此奴，以为家人累主之戒。"包公道："我自有发落。"叫姚汤："你说一生行得好事，其实不曾存得好心。你说周人、济人、修桥、补路等项，不过舍几文铜钱要买一个好名色，其实心上割舍不得，暗里还要算计人，填补舍去的这项钱粮。正是暗室亏心，神目如电。大凡做好人只要心田为主；若不论心田，专论财帛，穷人没处积德了。心田若好，一文不舍，不害其为善；心田不好，日舍万文钱，不掩其为恶。你心田不好，怎教你子孙会学好？赵伯仁，你虽有不善的名色，其实本心存好，不过恶奴累了你的名头，因此你自家享尽富贵，子孙科第连芳。皇天报应，昭昭不爽。”仍将李恶奴发下油锅，余二人各去。这一段议论，包公真正发人之所未发也。

寿夭不均

话说阴间有个注寿官，注定哪一年上死，准定要死的；注定不该死，就死还要活转来。又道阴骘可以延寿，人若在世上做得些好事，不免又在寿簿上添上几竖几画；人若在世上做得不好事，不免又在寿簿上去了几竖几画。若是这样说起来，信乎人的年数有寿夭不同，正因人生有善恶不同。哪晓得这句话也有时信不得。

山东有个冉道，持斋把素，一生常行好事，若损阴骘的，一无所为，人都叫他是个佛子；有个陈元，一生做尽不好事，夺人之财，食人之肝，人都唤他是个虎夜叉。依道理论起来，虎夜叉早死一日，人心畅快一日；佛子多活一日，人心欢喜一日。不期佛子倒活得不多年纪就夭亡了，虎夜叉倒活得九十余岁，得以无病善终。人心自然不服了，因此那冉佛子死到阴司之中告道：

> 告为寿夭不均事：阴骘延寿，作恶夭亡；冥府有权，下民是望。今某某等为善夭，为恶寿。佛子速赴于黄泉，虽在生者不敢念佛；虎叉久活于人世，恐祝寿者尽皆效虎。漫云夭死是为脱胎，在生一日胜死千年。上告。

包公见状即问道：“冉道，你怎么就怨到寿夭不均?”冉道道：“怨字不敢说，但是冉某平素好善，便要多活几年也不为过。恐怕阴司簿上偶然记差了，屈死了冉某也未可知。”包公道：“阴司不比阳间容易入人之罪，没人之善，况夫生死大事，怎么就好记差了！快唤善恶司并注寿官一齐查来。”

不多时，鬼使报道：“他是口善心不善的。”包公道：“原来如此。”对冉道说：“大凡人生在世，心田不好，持斋把素也是没用的；况如今阳间的人，偏是吃素的人心田愈毒，借了把素的名色，弄出拈枪的手段。俗语说得好，是个佛口蛇心。你这样人只好欺瞒世上有眼的瞎子，怎逃得阴司孽镜！你的罪比那不吃素的还重，如何还说不服早死！”冉道说：“冉某服罪了。但是陈元这样恶人，如何倒活得寿长？”包公即差鬼卒拘陈元对审。

陈元到了，包公道：“且不要问陈元口词，只去善恶簿上查明就是。”不多时，鬼吏报道：“不差，不差！”包公道：“怎么反不差？”鬼吏道：“他是三代积德之家。”包公道：“原来如此。一代积善，犹将十世宥之，何况三代？但是阳世作恶，虽是多活几年，免不得死后受地狱之苦。”遂批道：

审得：冉道以念佛而夭亡，遂怨陈元以作恶而长寿。岂知善不善在心田，不在口舌；哪晓恶不恶论积累，不论一端。口里吃素便要得长寿，将茹荤者尽短命乎？一代积善，可延数世；彼小疵者，能不宥乎？佛在口而蛇在心，更加重罪；行其恶而长其年，难免冥苦。毋得混淆，速宜回避。

批完，二人首服而去。

三　娘　子

话说广东潮州府揭阳县有赵信者，与周义相交。义相约同往京中买布，先一日讨定张潮艄公船只，约次日黎明船上会。至期，赵信先到船，张潮见时值四更，路上无人，将船撑向深处去，将赵信推落水中而死，再撑船近岸，依然假睡。黎明，周义至，叫艄公，张潮方起。等至早饭过，不见赵信来，周义乃令艄公去催。张潮到信家，连叫几声三娘子，方出开门，盖因早起造饭，夫去后复睡，故反起迟。潮因问信妻孙氏道：“汝三官人昨约周官人来船，今周官人等候已久，三官人缘何不来？”孙氏惊道：“三官人出门甚早，如何尚未到船？”潮回报周义，义亦回去，与孙氏家遍寻四处，三日无踪。义思：信与我约同买卖，人所共知，今不见下落，恐人归罪于我。因往县去首明，为急救人命事，外开干证艄公张潮，左右邻舍赵质、赵协及孙氏等。

知县朱一明准其状，拘一干人犯到官，先审孙氏，称："夫已食早饭，带银出外，后事不知。"次审艄公，张潮道："前日周、赵二人同来讨船是的。次日，天未明，只周义到，赵信并未到，附帮数十船俱可证。及周义令我去催，我叫'三娘子'，彼方睡起，初开大门。"又审左右邻赵质、赵协，俱称："信前将往买卖，妻孙氏在家吵闹是实。其侵早出门事，众俱未见。"又问原告道："此必赵信带银在身，汝谋财害命，故抢先糊涂来告此事。"周义道："我一人岂能谋得一人，又焉能埋没得尸身？且我家胜于彼家，又是至相好之友，尚欲代彼伸冤，岂有谋害之理！"孙氏亦称："义素与夫相善，决非此人谋害。但恐先到船，或艄公所谋。"张潮辩称："我一帮船几十只，何能在口岸头谋人，怎瞒得人过？且周义到船，天尚未明，叫醒我睡已有明证。彼道夫早出门，左右邻里并未知之，及我去叫，他睡未起，门未开，分明是他自己谋害。"朱知县将严刑拷勘孙氏，那妇人香姿弱体，怎当此刑，只说："我夫已死，我拼一死陪他。"遂招认"是我阻挡不从，因致谋死"。又拷究尸身下落，孙氏说："谋死者是我，若要讨他尸身，只将我身还他，何必更究！"再经府复审，并无变异。

次年秋谳，请决孙氏谋杀亲夫事，该至秋行刑。有一大理寺左任事杨清，明如冰鉴，极有见识，看孙氏一宗案卷，忽然察到，因批曰："敲门便叫三娘子，定知房内已无夫。"只此二句话，察出是艄公所谋，再发巡行官复审。

时包公遍巡天下，正值在潮州府，单拘艄公张潮问道："周义命汝去催赵信，该叫三官人，缘何便叫三娘子？汝必知赵信已死了，故只叫其妻！"张潮闻此话，愕然失对。包公道："明明是汝谋死，反陷其妻！"张潮不肯认，发打三十；不认，又夹打一百；又不认，乃监起。再拘当日水手来，一到，不问便打四十。包公道："汝前年谋死赵信。张潮艄公诉说是你，今日汝该偿命无疑！"

水手一一供招："因见赵信四更到船，路上无人，帮船亦不觉，是艄公张潮移船深处推落水中，复撑船近岸，解衣假睡。天将亮周义乃到。此全是张潮谋人，安得陷我？"后取出张潮与水手对质，潮无言可答。将潮偿命；孙氏放回；罢朱知县为民。可谓狱无冤民，朝无昏吏矣。

贼　总　甲

话说平凉府有一术士，在府前看相，众人群聚围看。时有卖缎客毕茂，袖中藏帕，包银十余两，亦杂在人丛中看，被一光棍手托其银，从袖口而出，下坠于地。茂即知之，俯首下捡，其光棍来与相争。茂道："此银是我袖中坠下的，与你何干？"光棍道："此银不知何人所坠，我先见要捡，你安得自认？今不如与这众人，大家分一半，有何不可？"众人见光棍说均分，都来帮助。

毕茂哪里肯分，相扭到包公堂上去。光棍道："小的名罗钦，在府前看术士相人，不知谁失银一包在地，小的先捡得，他要来与我争。"毕茂道："小的亦在此看相人，袖中银包坠下，遂自捡取，彼要与我分。看罗钦言谈似江湖光棍，或银被他剪绺，因致坠下，不然我两手拱住，银何以坠？"罗钦道："剪绺必割破衣袖，看他衣袖破否？况我同家人进贵在此卖锡，颇有本钱，现在南街李店住，怎是光棍？"包公亦会相面，罗钦相貌不良，立令公差往南街拿其家人并账目来看，果记有卖锡账目明白，乃不疑之。因问毕茂道："银既是你的，可记得多少两数？"毕茂道："此银身上用的，忘记数目了。"包公又命手下去府前混拿两个看相人来问之，二人同指罗钦身上去道："此人先见。"再指毕茂道："此人先捡得。"包公道："罗钦先见，还口说他捡么？"二人道："正是。听得罗钦说道：那里有个甚包。毕茂便先捡起来，见是银子，因此两下相争。"包公道："毕茂，你既不知银数多少，此必他人所失，理合与罗钦均分。”遂当堂分开，各得八两而去。

包公令门子俞基道：“你密跟此二人去，看他如何说?”俞基回报道：“毕茂回店埋怨老爷，他说被那光棍骗去。罗钦出去，那两个干证索他分银，跟在店中，不知后来如何。”包公又令一青年外郎任温道：“你与俞基各去换假银五两，又兼好银几分，汝路上故与罗钦看见，然后往入闹处去，必有人来剪绺的，可拿将来，我自赏你。”任温遂与俞基并行至南街，却遇罗钦来。任温故将银包解开买樱桃，俞基亦将银买，道：“我还要买来请你。”二人都买过，随将樱桃食讫，径往东岳庙去看戏。俞基终是个小后生，袖中银子不知几时剪去，全然不知。任温眼虽看戏，只把心放在银上，要拿剪绺贼。

少顷，身旁众人挨挤甚紧，背后一人以手托任温的袖，其银包从袖中挨手而出。任温乃知剪绺的，便伸手向后拿道：“有贼在此。”两旁二人益挨进，任温转身不得，那背后人即走了。任温扯住两旁二人道：“包爷命我二人在此拿贼，今贼已走脱，你二人同我去回复。”其二人道：“你叫有贼，我正翻身要拿，奈人挤住，拿不着。今贼已走，要我去见老爷何干?”任温道：“非有他故，只要你做干证，见得非我不拿，只人丛中拿不得。”地方见是外郎、门子，遂来助他，将二人送到包公前，说知其故。

包公问二人姓名，一是张善，一是李良。包公道：“你何故卖放此贼?今要你二人代罪。”张善道：“看戏相挤人多，谁知他被剪绺，反归罪于我。望仁天详察。”包公道：“看你二人姓张姓李，名善名良，便是盗贼假姓名矣。外郎拿你，岂不的当!”各打三十，拟徒二年，令手下立押去摆站。私以帖与驿丞道：“李良、张善二犯到，可重索他礼物，其所得的原银，即差人送上，此嘱。”邱驿丞得此帖，及李良、张善解到，即大排刑具，惊吓道：“各打四十见风棒!”张善、李良道：“小的被贼连累，代他受罪。这法度我也晓得，今日解到辛苦，乞饶蚁命。”即托驿书吏手将银四两献上，叫三日外即放他回。

邱驿丞即将这银四两亲送到衙。包公令俞基来认之，基道：

"此假银即我前日在庙中被贼剪去的。"包公发邱驿丞回，即以牌去提张善、李良到，问道："前日剪绺任温的贼可报名来，便免你罪。"张善道："小的若知，早已说出，岂肯以自己皮肉代他人枉受苦楚?"包公道："任温银未被剪去，此亦罢了；但俞基银五两零被他剪去，衙门人的银岂肯罢休！你报这贼来也就罢。"李良道："小的又非贼总甲，怎知哪个贼剪绺俞基的银子?"包公道："银子我已查得了，只要得个贼名。"李良道："既已得银两，即捕得贼，岂有贼是一人，用银又是一人?"包公以四两假银掷下去："此银是你二人献与邱驿丞的，今早献来。俞基认是他的，则你二人是贼无疑。又放走剪任温银之贼，可速报来。"

张善、李良见真情已露，只得从实供出："小的做剪绺贼者有二十余人，共是一伙。昨放走者是林泰，更前日罗钦亦是，这回祸端由他而起。尚有其余诸人未犯法。小的贼有禁议，至死也不相扳。"再拘林泰、罗钦、进贵到，勒罗钦银八两与毕茂去讫。将三贼各拟徒二年，仍派此二人为贼总甲，凡被剪绺者仰差此二人身上赔偿，人皆叹异。

卷之八

江岸黑龙

话说西京有一姓程名永者，是个牙侩之家，通接往来商客，令家人张万管店，凡遇往来投宿的，若得经纪钱，皆记了簿书。

一日，有成都幼僧姓江名龙，要往东京披剃给度牒，那日恰行到大开坡，就投程永店中借歇。是夜，江僧独自一个于房中收拾衣服，将那带来银子铺于床上。正值程永在亲戚家饮酒回来，见窗内灯光露出，近前视之，就看见了银子。忖道：这和尚不知是哪里来的，带这许多银两。

正是财物易动人心，不想程永就起了个恶念，夜深时候，取出一把快利尖刀，挨开僧人房门进去，喝声道：“你谋了人许多财物，怎不分我些?”江僧听了大惊，措手不及，被程永一刀刺死，就掘开床下土埋了尸首，收拾起那衣物银两，进房睡去。次日起来，就将那僧人银两去做买卖，未数年，起成大家，娶了城中许二之女为妻。生下一子，取名程惜，容貌秀美，爱如掌上之珠。年纪稍长，不事诗书，专好游荡。程永以其只得一个儿子，不甚拘管他；或好言劝之，其子反怒恨而去。

一日，程惜央匠人打一把鼠尾尖刀，蓦地来到父亲的相好严正家来。严正见是程惜，心下甚喜，便令黄氏妻安顿酒食，引惜至偏舍款待。严正问道：“贤侄难得到此，父亲安否?”惜听得问及父亲，不觉怒目反视，欲说又难于启口。严怪而问道：“侄有何事?但说无妨。”惜道：“我父是个贼人，侄儿必要刺杀之。已准备利刀在此，特来通知叔叔，明日便下手。”严正听了此言，吓得魂飞天外，乃道：“侄儿，父子至亲，休要说此大逆之话。倘若外人知道，非同小可！”惜道：“叔叔休管，管教他身上掘个窟窿。”言罢，抽身走起去了。

严正惊慌不已，将其事与黄氏说知。黄氏道：“此非小可，彼未曾与夫说知，或有不测，尚可无疑；今既来我家说知，久后事露，如何分说？”严正道：“然则如之奈何？”黄氏道：“为今之计，莫若先去告首官府，方免受累。”严正依其言，次日，具状到包公衙内首告。

包公审状，甚觉不平，乃道：“世间哪有此等逆子！”即拘其父母来问，程永直告其子果有谋弑之心；究其母，母亦道：“不肖子常在我面前说要弑父亲，屡屡被我责谴，彼不肯休。”拘其子来根勘之，程惜低头不答；再唤程之邻里数人，逐一审问，邻里皆道其子有弑父的意，身上不时藏有利刀。包公令公人搜惜身上，并无利刀。其父复道：“必是留在睡房中。”包公差张龙前到程惜睡房搜检，果于席下搜出一把鼠尾尖刀，回衙呈上。包公以刀审问程惜，程惜无语。包公不能决，将邻里一干人犯都收监中，退入后堂，自忖道：彼嫡亲父子，并无他故，如何其子如此行凶？此事深有可疑。思量半夜，辗转出神。将近四更，忽得一梦。正待唤渡艄过江，忽江中现出一条黑龙，背上坐一神君，手执牙笏，身穿红袍，来见包公道：“包大人休怪其子不肖，此乃是二十年前之事。”道罢竟随龙而没。包公俄而惊觉，思忖梦中之事，颇悟其意。

次日升堂，先令狱中取出程某一干人审问。唤程永近前问道：“你成的家私还是祖上遗下的，还是自己创起的？”程永答道：“当初曾做经纪，招接往来客商，得牙钱成家。”包公道：“出入是自己管理么？”程永道：“管簿书皆由家人张万之手。”包公即差人拘张万来，取簿书视之，从头一一细看，中间却写有一人姓江名龙，是个和尚，于某月日来宿其家，甚注得明白。包公忆昨夜梦见江龙渡江之事，豁然明白，就独令程永进屏风后说与永道：“你子大逆，依律该处死，只汝之罪亦所难逃。你将当年之事从直供招，免累众人!”程永答道：“吾子不孝，既蒙处死，此乃甘心，小人别无甚事可招。”包公道：“我已得知多时，尚想瞒我?江龙幼僧告你二十年前之事，你还记得么?”

程永听了“二十年前幼僧”一句，毛发悚然，仓皇失措，不能抵饰，只得直吐供招。包公审实，复出升堂，差军牌至程家客舍睡房床下，果然掘出一僧人尸首，骸骨已朽烂，惟面肉尚留些。包公将程永监收狱中。邻里干证并行释放。因思其子必是幼僧后身，冤魂不散，特来投胎取债，乃唤其子再审道：“彼为你的父亲，你何故欲杀之?”其子又无话说。包公道：“赦你的罪，回去别做生计，不见你父，如何?”程惜道：“某不会做甚生计。”包公道：“你若愿做什么生理，我自与你一千贯钱去。”惜道：“若得千贯钱，我便买张度牒出家为僧罢了。”包公的信其然，乃道：“你且去，我自有处置。”次日，委官将程永家产变卖千贯与程惜去。遂将程永发去辽阳充军，其子竟出家为僧。冤怨相报，毫发不爽。

牌下土地

话说郑州离城十五里王家村，有兄弟二人，常出外为商，行至本州地名小张村五里牌，遇着个客人，乃是湖南人，姓郑名才，身边多带得有银两，被王家弟兄看见，小心陪行，到晚边将郑才谋杀，搜得银十斤，遂将尸首埋在松树下。兄弟商量，身边有十斤银子，带得艰难，趁此无人看见，不如将银埋在五里牌下，待为商回来，却取分之。二人商议已定，遂埋了银子而去。

后又过着六年，恰回家又到五里牌下李家店安住。次日侵早，去牌下掘开泥土取那银子，却不见了。兄弟思量：当时埋这银子，四下并无人见，如何今日失了?烦恼一番，思忖只有包待制见事如神，遂同来东京安抚衙陈状，告知失去银两事情。包公当下看状，又没个对头，只说五里牌偷盗，想此二人必是狂夫，不准他状子。

王客兄弟啼哭不肯去。包公道："限一个月，总须要寻个着落与你。"兄弟乃去。

又候月余，更无分晓，王客复来陈诉。遂唤陈青分付道："来日差你去追一个凶身。今与你酒一瓶，钱一贯省家，来日领文引。"陈青欢喜而回，将酒饮了，钱收拾得好。次日，当堂领得公文去郑州小张村追捉五里牌。陈青复禀："相公，若是追人，即时可到；若是追五里牌，他不会行走，又不会说话，如何追得？望老爷差别人去。"包公大怒道："官中文引，你若推托不去，即问你违限的罪。"陈青不得已，只得前去，遂到郑州小张村李家店安歇。其夜，去五里牌下坐一会，并不见个动静。思量无计奈何，遂买一炷香钱，至第二夜来焚献牌下土地，叩祝道："奉安抚文引，为王客来告五里牌取银子十斤，今差我来此追捉，土地有灵，望以梦报。"

其夜，陈青遂宿于牌下。将近二更时候，果梦见一老人前来，称是牌下土地。老人道："王客兄弟没天理，他岂有银寄此？原系湖南客人郑才银子十斤，与王客同行，被他兄弟谋杀，其尸首现埋在松树下，望即将郑才骸骨并银子带去，告相公为他伸冤。"言罢，老人便去。

陈青一梦醒来，记得明白。次日，遂与店主人借锄掘开松树下，果有枯骨，其边有银十斤。陈青遂将枯骨、银两俱来报安抚。包公便唤客人理问，客人不肯招认，遂将枯骨、银子放于厅前。只听冤魂空中叫道："王客兄弟须还我性命！"厅上公吏听见，人人失色；枯骨自然跳跃起来。再将王客兄弟根勘，抵赖不得，遂一一招认。案卷既成，将王客兄弟问拟谋财害命，押赴市曹处斩；郑才枉死无亲人，买地安葬，余银入官。土地搬运报冤，亦甚奇矣。

木　印

话说包公一日与从人巡行，往河南进发，行到一处地方名横坑，那三十里程途都是山僻小路，没有人烟。当午时候，忽有一群蝇蚋逐风而来，将包公马头团团围了三匝，用马鞭挥之，才起而又复合，如是者数次。包公忖道：蝇蚋尝恋死人之尸，今来马头绕集，莫非此地有不明的事？即唤过李宝，喝声道："蝇蚋集我马首不散，莫非有冤枉事？汝随前去根究明白，即来报我。"道罢，那一群蝇蚋一齐飞起，引着李宝前去。行不上三里，到一岭畔松树下，直钻入去。李宝知其故，即回复包公。

包公同众人亲到其处，着李宝掘开二尺土，见一死尸，面色不改，似死未久的。反复看他身上，别无伤痕，惟阳囊碎裂如粉，肿尚未消，包公知被人谋死。忽见衣带上系一个木刻小小印子，却是卖布的记号，包公令取下，藏于袖中，仍令将尸掩了而去。到晚边，只见亭子上一伙老人并公吏在彼迎候，包公问众人："何处来的？"公吏禀道："河南府管下陈留县宰，闻得贤侯经过本县，特差小人等在此迎候。"包公听了，分付："明日开厅，与我坐二三日，有公事发放。"公吏等领诺，随马入城，本县官接至馆驿中歇息。

次日，打点衙门与包公升堂干事。包公思忖：路上被谋死尸离城郭不远，且死者只在近日，想谋人贼必未离此。乃召本县公吏分付道："汝此处有经纪卖上好布的唤来，我要买几匹。"公吏领命，即来南街领得大经纪张恺来见。包公问道："汝做经纪，卖的哪一路布？"恺复道："河南地方俱出好布，小人是经纪之家，来者即卖，不拘所出。"包公道："汝将众人各样布各拣一匹来我看，中意者即发价买。"张恺应诺而出，将家里布各选一匹好的来交。

堂上公吏人等哪个知得包公心事，只说真是要买布用。比及包公逐一看过，最后看到一匹，与前小印字号暗合，包公遂道："别者皆不要，只用得此样布二十匹。"张恺道："此布日前太康县客人李三带来，尚未货卖，既大人用得，就奉二十匹。"包公道："可着客人一同将布来见。"张恺领诺，到店中同卖布客人李三拿了二十匹精细上好的布送入。包公复取木印记对之，一些不差。乃道："布且收起。汝卖布客伴还有几人？"李三答道："共有四人。"包公道："都在店里否？"李三道："今日正要发布出卖，听得大人要布，故未起身，都在店里。"包公即时差人唤得那三个来，跪在一堂。包公用手捻着须微笑道："汝这起劫贼，有人在此告首，日前谋杀布客，埋在横坑半岭松树下，可快招来！"李三听说，即变了颜色，强口辩道："此布小人自买来的，哪有谋劫之理？"包公即取印记着公吏与布号一一合之，不差毫厘，强贼尚自抵赖。喝令用长枷将四人枷了，收下狱中根勘。四人神魂惊散，不敢抵赖，只得将谋杀布商劫取情由，招认明白。叠成案卷，判下：为首谋者合该偿命，将李三处决；为从三人发配边远充军；经纪家供明无罪。判讫，死商之子得知其事，径来诉冤。包公遂以布匹给还尸主，其子感泣，拜谢包公，将父之尸骸带回家去。可谓生死沾恩。

石　碑

话说浙江杭州府仁和县，有一人姓柴名胜，少习儒业，家亦富足，父母双全，娶妻梁氏，孝事舅姑。胜弟柴祖，年已二八，俱各成婚。一日，父母呼柴胜近前教训道："吾家虽略丰足，每思成立之难如升天，覆坠之易如燎毛，言之痛心，不能安寝。今名卿士大夫的子孙，但知穿华丽衣，吃甘美食，谀其言语，骄傲其物，遨游宴乐，交朋集友，不以财物为重，轻费妄用，不知己身所以耀润者，皆乃祖乃父平日勤营刻苦所得。汝等不要守株待兔，吾今欲令次儿柴祖守家，令汝出外经商，得获微利，以添用度。不知汝意如何?”柴胜道：“承大人教诲，不敢违命。只不知大人要儿往何处?”父道：“吾闻东京开封府极好卖布，汝可将些本钱就在杭州贩买几挑，前往开封府，不消一年半载，自可还家。”柴胜遵了父言，遂将银两贩布三担，辞了父母妻子兄弟而行。

在路夜住晓行，不消几日，来到开封府，寻在东门城外吴子琛店里安下发卖。未及两三日，柴胜自觉不乐，即令家童沽酒散闷，贪饮几杯，俱各酒醉。不防吴子琛近邻有一夏日酷，即于是夜三更时候，将布三担尽行盗去。次日天明，柴胜酒醒起来，方知布被盗去，惊得面如土色。就叫店主吴子琛近前告诉道：“你是有眼主人，吾是无眼孤客。在家靠父，出外靠主。何得昨夜见吾醉饮几杯，行此不良之意，串盗来偷吾布?你今不根究来还我，必与汝兴讼!”吴子琛辩说道：“吾为店主，以客来为衣食之本，安有串盗偷货之理?”柴胜并不肯听，一直径到包公台前首告。包公道：“捉贼见赃，方好断理；今既无赃，如何可断?”不准状词。柴胜再三哀告，包公即将子琛当堂勘问，吴子琛辩说如前，包公即唤左右将柴胜、子琛收监。次日，分付左右，径往城隍庙行香，意欲求神灵验，判断其事。

却说夏日酷当夜盗得布匹，已藏在村僻去处，即将那布首尾记号尽行涂抹，更以自己印记印上，使人难辨。然后零碎往城中去卖，多落在徽州客商汪成铺中，夏贼得银八十，并无一人知觉。包公在城隍庙一连行香三日，毫无报应，无可奈何，忽然生出一计，令张龙、赵虎将衙前一个石碑抬入二门之下，要问石碑取布还客。其时府前众人听得，皆来聚观。包公见人来看，乃高声喝问：“这石碑如此可恶!”喝令左右打他二十。包公喝打已毕，无将别状来问。移时，又将石碑来打，如此三次，直把石碑扛到阶下。是时众人聚观者越多，包公即喝令左右将府门闭上，把内中为首者四人捉下，观者皆不知其故。包公作怒道：“吾在此判事，不许闲人混杂。汝等何故不遵礼法，无故擅入公堂?实难饶你罪责!今着汝四人将内中看者报其姓名，粜米者即罚他米，卖肉者罚肉，卖布者罚布，俱各随其所卖者行罚。限定时刻，汝四人即要拘齐来秤。”

当下四人领命，移时之间，各样皆有，四人进府交纳。包公看时，内有布一担，就唤四人分付道："这布权留在此，待等明日发还，其余米、肉各样，汝等俱领出去退还原主，不许克落违误。"四人领诺而出。

包公即令左右提唤柴胜、吴子琛来。包公恐柴胜妄认其布，即将自己夫人所织家机二匹试之，故意问道："汝认此布是你的否?"柴胜看了告道："此布不是，小客不敢妄认。"包公见其诚实，复从一担布内抽出二匹，令其复认。柴胜看了，叩首告道："此实是小人的布，不知相公何处得之?"包公道："此布首尾印记不同，你这客人缘何认得?"柴胜道："其布首尾印记虽被他换过，小人中间还有尺寸暗记可验。相公不信，可将丈尺量过，如若不同，小人甘当认罪。"包公如其言，果然毫末不差。随令左右唤前四人到府，看认此布是何人所出。四人即出究问，知徽州汪成铺内得之，包公即便拘汪成究问。汪成指是夏日酷所卖，包公又差人拘夏贼审勘。包公喝令左右将夏贼打得皮开肉绽，体无完肤。夏贼一一招认，不合盗客布三担，止卖去一担，更有二担寄在僻处乡村人家。包公令公牌跟去追究，柴胜、吴子琛二人感谢而去。包公又见地方、邻里俱来具结，夏日酷平日做贼害人。包公即时拟发边远充军，民害乃除。

屈杀英才

话说西京有个饱学生员，姓孙名彻，生来绝世聪明，又且苦志读书，经史无所不精，文章立地而就，吟诗答对，无所不通，人人道他是个才子，科场中有这样人，就中他头名状元也不为过。哪晓得近来考试，文章全做不得准，多有一字不通的，试官反取了他；三场精通的，试官反不取他。正是"不愿文章服天下，只愿文章中试官"，若中了试官的意，精臭屁也是好的；不中试官意，便锦绣也是没用。怎奈做试官的自中了进士之后，眼睛被簿书看昏了，心肝被金银遮迷了，哪里还像穷秀才在灯窗下看得文字明白，遇了考试，不觉颠之倒之，也不管人死活。因此，孙徇虽则一肚锦绣，难怪连年不捷。

一日，知贡举官姓丁名谈，正是奸臣丁谓一党。这一科取士，比别科又甚不同，论门第不论文章，论钱财不论文才。也虽说道粘卷糊名，其实是私通关节，把心上人都收尽了，又信手抽几卷填满了榜，就是一场考试完了。可怜孙徇又做孙山外人。有一同窗友姓王名年，平昔一字不通，反高中了，不怕不气杀人！因此孙徇竟郁郁而死，来到阎罗案下告明：

> 告为屈杀英才事：皇天无眼，误生一肚才华；试官有私，屈杀七篇锦绣。科第不足重轻，文章当论高下。糠秕前扬，珠玉沉埋。如此而生，不如不生；如此而死，怎肯服死？阳无法眼，阴有公道。上告。

当日阎罗见了状词，大怒道："孙徇，你有什么大才，试官就屈了你?"孙徇道："大才不敢称，往往见中的没有什么大才。若是试官肯开了眼，平了心，孙徇当不在王年之下。原卷现在，求阎君龙目观看。"阎君道："毕竟是你文字深奥了，因此试官不识得。我做阎君的原不曾从几句文字考上来，我不敢像阳世，一字不通的，胡乱看人文字；除非是老包来看你的，就见明白。他原是天上文曲星，决没有不识文章的理。"

当日就请包公来断，包公把状词看了一看，便叹道："科场一事，受屈尽多。"孙徇又将原卷呈上，包公细看道："果是奇才。试官是什么人？就不取你?"孙徇道："就是丁谈。"包公道："这厮原不识文字的，如何做得试官！"孙徇道："但看王年这一个中了，怎么教人心服！"包公分咐鬼卒道："快拘二人来审。"鬼卒道："他二人现为阳世尊官，如何轻易拘得他！"包公道："他的尊官要坏在这一出上了，快拘来！"

不多时，二人拘到。包公道："丁谈，你做试官的，如何屈杀了孙徇的英才?"丁谈道："文章有一日之长短，孙徇试卷不合，故不曾取他。”包公道：“他的原卷现在，你再看来。”说罢，便将原卷掷下来。丁谈看了，面皮通红起来，缓缓道：“下官当日眼昏，偶然不曾看得仔细。”包公道：“不看文字，如何取士？孙彻不取，王年不通取了，可知你有弊。查你阳数尚有一纪，今因屈杀英才，当作屈杀人命论，罚你减寿一纪；如推眼昏看错文字，罚你来世做个双瞽算命先生；如果卖字眼关节，罚你来世做个双瞽沿街叫化，凭你自去认实变化。王年以不通幸取科第，罚你来世做牛，吃草过日子，以为报应。孙彻你今生读书不曾受用，来生早登科第，连中三元。”说罢，各各顿首无言。独有王年道：“我虽文理不通，兀自写得几句，还有一句写不出来的。今要罚年吃草，阳世吃草的不亦多乎？”包公道：“正要你去做一个榜样。”即批道：

审得：试官丁谈，称文章有一日之短长，实钱财有轻重之分别。不公不明，暗通关节；携张补李，屈杀英才。阳世或听嘱托，可存缙绅体面；阴司不徇人情，罚做双瞽算命。王年变村牛而不枉，孙彻掇巍科亦应当。

批完，做成案卷，把孙彻的原卷一并粘上，连人一并解往十殿各司去看验。

侵冒大功

话说朝廷因杨文广征边，包公奉旨犒赏三军。马头过处，忽一阵旋风吹得包公毛骨悚然，中有悲号之声。包公道：“此地必有冤枉。”即叫左右曳住马头，宿于公馆，登赴阴床。忽见一群小卒，共有九名，纷纷告功，凄惨之状，怨气冲天：

告为侵冒大功事：兵凶战危，自古为然。将官亡身许国，士卒轻生赴敌，如为虎食之供，犹入枭羹之沸。生祈官赏半爵，故不惜万死；死冀褒封片纸，故不求一生。今总兵游某，夺人之功，杀人之头，了人之命，灭人之口。坐帷幄何颜折冲，杀犬鹰空思获兽。痛身等执戟荷戈，止送自己性命；拼身冒死，反肥主帅身家。颈血淋漓，愿肉骨于幽司；刀痕惨毒，请斧诛于冥道。烧寒灰而复照，在此日也；烟冰窟以生阳，更谁望哉！上告。

包公看罢道："你九名小卒，怎能杀退三千鞑子?"小卒道："正因说来不信，故此游总兵将我们的功劳录在自己名下去了。就如包老爷这样一个青天，兀自不肯轻信。"包公带笑道："你从直说来。"小卒道："当初鞑子势甚凶猛，游总兵领小卒五百人直撞过去，杀败而回。夜来小卒们不忿，便思量去劫寨营。共是九名，一更时分摸去，四下放起火来，三千鞑子一个不留。回到本营，指望论功升赏。莫说是不升我们的官，就是留我们的头还好！哪晓得游总兵将此功竟做在自己的名下，又将我们九人杀却以灭口。可怜做小卒的，有苦是小卒吃，有功是别人的；没功也要切头，有功又要切头。"包公听了道："有这样事?"唤鬼卒快拿游总兵来审问。

不移时，游总兵到。包公道："好一个有功总兵，你如何把九名小卒的功做了自己的功?既没了他的功，饶了他性命也罢了，怎么又杀了他?你只道杀了他就灭了口，哪晓得没了头还要来首告!"分付鬼卒将极刑根勘。总兵一款招认道："是游某一时差处，不合冒认他功，又杀了他。乞放还人间，旌表九人。"包公大怒道："你今生休想放回阳间，叫你吃不尽地狱之苦。"须臾，一鬼卒将一粒丸丹放入总兵口中，遍身火发，肌肉销烂，不见人形。鬼卒吹一口孽风，复化为人。总兵道："早知今日受这般苦，就把总兵之位让与小卒，也是情愿的。"小卒在旁道："快活快活！不想今日也有出气的日子。"

正说话间，忽然门外喊声大震，一个个啼哭不住，山云黯淡，天日无光。鬼卒报道："门外喊的喊，哭的哭，都是边上百姓，个个口内称冤，不下数千余人。"包公道："只放几名进来，余俱门外听候。"鬼卒遂引二名边民到公厅跪下。包公道："有何冤枉，从直诉来。"边民道："只为今日阎君勘问游总兵事，特来诉冤。小人等是近边百姓，常遭胡马掳掠，哪晓得这样还是小事。一日胡马过来，杀败而去，游总兵乘胜追赶，倒把我们自家百姓杀上几千，割下首级来受封受赏，可怜可怜！这样苦情，不在阎君案下告，叫我们在哪里去告?”包公道：“有此异事，游总兵永世不得人身了!”鬼卒复拿一粒丸丹放在总兵口中，须臾，血流满地，骨肉如泥。鬼卒吹一口孽风，又化为人形。边民道：“快活快活！但一人万割也抵不得几千民命。”包公道：“传语你们同受冤的百姓，既为胡虏受冤，休想报总兵一人之冤，可去做几千厉鬼杀贼，九名小卒做厉鬼首领，杀得贼来，我自有报效处。着游总兵，永堕一十八重地狱不得出世。”执笔批道：

> 审得：为将贵立大功，立功在能杀敌。今游某为将而不自立功，对敌而不能杀敌。没人之功，并杀有功之人以灭其口；不能杀敌，多杀边民首级以假作敌。有仁心者，固如是乎？今即杀游一人之身，不足以偿九人之命，而况枉杀边人数千之命乎？总之，死有余辜，永沉沦于地狱；报有未尽，宜罚及于子孙。

批完，押总兵入地狱去。仍以好言好语慰小卒并百姓人等，安心杀贼。两项人各欢喜而去。

扯　画　轴

话说顺天府香县有一乡官知府倪守谦，家富巨万，嫡妻生长男善继，临老又纳宠梅先春，生次男善述。善继悭吝爱财，贪心无厌，不喜父生幼子，分彼家业，有意要害其弟。守谦亦知其意，及染病，召善继嘱道：“汝是嫡子，又年长，能理家事。今契书账目家资产业，我已立定分关，尽付与汝。先春所生善述，未知他成人否，倘若长大，汝可代他娶妇，分一所房屋数十亩田与之，令勿饥寒足矣。先春若愿嫁可嫁之，若肯守节，亦从其意，汝勿苦虐之。”

善继见父将家私尽付与他，关书开写分明，不与弟均分，心中欢喜，乃无害弟之意。先春抱幼子泣道："老员外年满八旬，小妾年方二十二，此孤儿仅周岁，今员外将家私尽付与大郎，我儿若长成人，日后何以资身？"守谦道："我正为汝青年，未知肯守节否，故不把言语嘱咐汝，恐汝改嫁，则误我幼儿事。"先春发誓道："若不守节终身，粉身碎骨，不得善终！"守谦道："既如此，我已准备在此。我有一轴画交付与你，千万珍藏之。日后大儿善继倘无家资分与善述，可待廉明官来，将此画轴去告，不必作状，自然使幼儿成个大富。"数月间，守谦病故。

不觉岁月如流，善述年登十八，求分家财。善继霸住，全然不与，说道："我父年上八旬，岂能生子？汝非我父亲骨肉，故分关开写明白，不分家财与汝，安得又与我争执？"先春闻说，不胜忿怒，又记夫主在日曾有遗嘱，闻得官府包公极其清廉，又且明白，遂将夫遗画一轴，赴衙中告道："氏幼嫁与故知府倪守谦为妾，生男善述，甫周岁而夫故，遗嘱谓，嫡子善继不与家财均分，只将此画轴在廉明官处去告，自能使我儿大富。今闻明府清廉，故来投告，伏念作主。"

包公将画轴展开看时，其中只画一倪知府像，端坐椅上，以一手指地。不晓其故，退堂，又将此画挂于书斋，详细想道：指天谓我看天面，指心谓我察其心，指地岂欲我看地下人分上？此必非是。叫我何以代他分得家财使他儿子大富！再三看道："莫非即此画轴中藏有甚留记？"拆开视之，其轴内果藏有一纸，书道："老夫生嫡子善继，贪财昧心；又妾梅氏生幼子善述，今仅周岁，诚恐善继不肯均分家财，有害其弟之心，故写分关，将家业并新屋二所尽与善继。惟留右边旧小屋与善述，其屋中栋左边埋银五千两，作五埕；右间埋银五千两，金一千两，作六埕。其银交与善述，准作田园。后有廉明官看此画轴，猜出此画，命善述将金一千两酬谢！"

包公看出此情，即呼梅氏来道："汝告分家业，必须到你家亲勘。"遂发牌到善继门首下轿。故作与倪知府推让形状，然后登堂，又相与推让，扯椅而坐，乃拱揖而言道：“令如夫人告分产业，此事如何？”又自言道：“原来长公子贪财，恐有害弟之心，故以家私与之。然则次公子何以处？”少顷，又道：“右边一所旧小屋与次公子，其产业如何？”又自言道：“此银亦与次公子。”又自辞逊道：“这怎敢要，学生自有处置。”乃起立四顾，佯作惊怪道：“分明倪老先生对我言谈，缘何一刻不见了，岂非是鬼？”善继、善述及左右看者无不惊讶，皆以为包公真见倪知府。

由是同往右边去勘屋，包公坐于中栋，召善继道：“汝父果有英灵，适间显现，将你家事尽说与我知，叫你将此小屋分与汝弟，你心下如何？”善继道：“凭老爷公断。”包公道：“此屋中所有的物尽与汝弟，其外田园照旧与你。”善继道：“此屋之财，些小物件，情愿都与弟去。”包公道：“适间倪老先生对我言，此屋左间埋银五千两，作五埕，掘来与善述。”善继不信道：“纵有万两亦是我父与弟的，我决不要分。”包公道：“亦不容汝分。”命二差人同善继、善述、梅先春三人去掘开，果得银五埕，一埕果一千两。善继益信是父英灵所告。包公又道：“右间亦有五千两与善述，更有黄金一千两，适闻倪老先生命谢我，我决不要，可与梅夫人作养老之资。”

善述、先春母子二人闻说，不胜欢喜，向前叩头称谢。包公道：“何必谢我，我岂知之？只是你父英灵所告，谅不虚也。”即向右间掘之，金银之数，一如所言。时在见者莫不称异。包公乃给一纸批照与善述母子执管。包公真廉明者也。

审　遗　嘱

话说京中有一长者，姓翁名健，家资甚富，轻财好施；邻里宗族，加恩抚恤；出见斗殴，辄为劝谕；或遇争讼，率为和息；人皆爱慕之。年七十八，未有男儿，只有一女，名瑞娘，嫁夫杨庆。庆为人多智，性甚贪财，见岳丈无子，心利其资，每酒席中对人道："从来有男归男，无男归女。我岳父老矣，定是无子，何不把那家私付我掌管！"其后翁健闻知，心怀不平，然自念实无男嗣，只有一女，又别无亲人，只得忍耐。乡里中见其为人忠厚而反无子息，常代为叹息道："翁老若无子，天公真不慈。"

过了二年，翁健且八十矣，偶妾林氏生得一男，取名翁龙。宗族乡邻都来庆贺，独杨庆心上不悦，虽强颜笑语，内怀愠闷。翁健自思：父老子幼，且我西山暮景，万一早晚间死，则此子终为所鱼肉。因生一计道：算来女婿总是外人，今彼实利吾财，将欲取之，必姑与之，此两全之计也。过了三月，翁健疾笃，自知不起，因呼杨庆至床前，泣与语道："吾只一男一女，男是吾子，女亦是吾子；但吾欲看男而济不得事，不如看女更为长久之策。吾将这家业尽付与汝管。"因出具遗嘱，交与杨庆，且为之读道："八十老人生一子，人言非是吾子也，家业田园尽付与女婿，外人不得争执。"杨庆听读讫，喜不自胜，就在匣中藏了遗嘱，自去管业。不多时，翁健竟死，杨庆得了这许多家业。

将及二十余年，那翁龙已成人长大，深谙世事，因自思道："我父基业，女婿尚管得，我是个亲男，有何管不得？"因托亲戚说知姐夫，要取原业。杨庆大怒道："那家业是岳父尽行付我的，且岳翁说那厮不是他子，安得又与我争？"事久不决，因告之官，经数次衙门，上下官司俱照遗嘱断还杨庆，翁龙心终不服。

时包公在京，翁龙密抱一张词状径去投告。包公看状，即拘杨庆来审道："你缘何久占翁龙家业，至今不还？"杨庆道："这家业都是小人外父交付小人的，不干翁龙事。"包公道："翁龙是亲儿子，即如他无子，你只是半子，有何相干？"杨庆道："小人外父明说他不得争执，现有遗嘱为证。"遂呈上遗嘱。包公看罢笑道："你想得差了。你不晓得读，分明是说'八十老翁生一子，家业田园尽付与'，这两句是说付与他亲儿子了。"杨庆道："这两句虽说得去。然小人外父说，翁龙不是他子，那遗嘱已明白说破了。"包公道："他这句是瞒你的。他说'人言非，是我子也'。"杨庆道：

"小人外父把家业付小人，又明说别的都是外人，不得争执。看这句话，除了小人都是外人了。"包公道："只消自家看你儿子，看你把他当外人否？这外人两字分明连上'女婿'读来，盖他说，你女婿乃是外人，不得与他亲儿子争执也。此你外父藏有个真意思在内，你反看不透。"杨庆见包公解得有理，无言可答，即将原付文契一一交还翁龙管业。知者称为神断。

箕帚带入

话说河南登州府霞照县有民黄士良，娶妻李秀姐，性妒多疑。弟士美，娶妻张月英，性淑知耻。兄弟同居，妯娌轮日打扫，箕帚逐日交割。忽黄士美往庄取苗，及重阳日，李氏在小姨家饮酒，只有士良与弟妇张氏在家，其日轮该张氏扫地，张氏将地扫完，即将箕帚送入伯姆房去，意欲明日免得临期交付。此时士良已出外，绝不晓得。

及晚，李氏归，见箕帚在己房内，心上道：今日婶娘扫地，箕帚该在伊房，何故在我房中？想是我男人扯他来奸，故随手带入，事后却忘记拿去。晚来问其夫道："你今干甚事来？可对我说。"夫道："我未干甚事。"李氏道："你今奸弟妇，何故瞒我！"士良道："胡说，你今日酒醉，可是发酒疯了？"李氏道："我未酒疯，只怕你风骚忒甚，明日断送你这老头皮，休连累我。"士良心无此事，便骂道："这泼贱人说出没忖度的话来！讨个证见来便罢；若是悬空诬捏，便活活打死你这贱妇！"李氏道："你干出无耻事，还要打骂我，我便讨个证见与你！今日婶娘扫地，箕帚该在他房，何故在我房中？岂不是你扯他奸淫，故随手带入？"士良道："他送箕帚入我房，那时我在外去，亦不知何时送来，怎以此事证得？你不要说这无耻的话，恐惹旁人取笑。"

李氏见夫赔软，越疑是真，大声呵骂。士良发起怒性，扯倒乱打，李氏又骂及婶娘身上去。张氏闻伯与姆终夜吵闹，潜起听之，乃是骂己与大伯有奸。意欲辩之，想：彼二人方暴怒，必激其厮打。又退入房去，却自思道：适我开门，伯姆已闻，又不辩而退，彼必以我为真有奸，故不敢辩。欲再去说明，他又平素是个多疑妒忌的人，反触其怒，终身被他臭口。且是我自错，不合送箕帚在他房去，此疑难洗，污了我名，不如死以明志。遂自缢死。

次早饭熟，张氏未起，推门视之，见缢死梁上。士良计无所措。李氏道："你说无奸，何怕羞而死?"士良难以与辩，只跑去庄上报弟知。及士美回，问妻死之故，哥嫂答以夜中无故彼自缢死。士美不信，赴县告为生死不明事。陈知县拘士良来问："张氏因何缢死?"士良道："弟妇偶沾心痛之疾，不少苦痛，自忿缢死。"士美道："小的妻子素无此症，若有此病，怎不叫人医治?此不足信。"李氏道："婶娘性急，夫不在家，又不肯叫人医，只轻生自死。"士美道："小人妻性不急，此亦不信。"陈公将士良、李氏夹起，士良不认，李氏受刑不过，乃说出扫地之故，因疑男人扯婶入房，两人自口角厮打，夜间婶娘缢死，不知何故。士美道："原来如此。"陈公喝道："若无奸情，彼不缢死。欺奸弟妇，士良你就该死的了。"勒逼招承定罪。

正值包公巡行审重犯之狱，及阅欺奸弟妇这卷，黄士良上诉道："今年之死该屈了我。人生世上，王侯将相终归于不免，死何足惜?但受恶名而死，虽死不甘。"包公道："你经几番录了，今日更有何冤?"士良道："小人本与弟妇无奸，可剖心以示天日。今卒陷如此，使我受污名，弟妇有污节，我弟疑兄、疑妻之心不释。一狱三冤，何谓无冤?"

包公将文卷前后反复看过，乃审李氏道："你以箕帚证出夫奸，是你明白了。且问你当日扫地，其地都扫完否?"李氏道："前后都扫完了。"又问道："其粪箕放在你房，亦有粪草否?"李氏道："已倾干净，并无渣草。"包公又道："地已扫完，渣草已倾，此是张氏自己以箕帚送入伯姆房内，以免来日临期交付，非干士良扯他去奸也。若是士良扯奸，他未必扫完而后扯，粪箕必有渣草；若已倾渣草而扯，又不必带箕帚入房。此可明其绝无奸矣。其后自缢者，以自己不该送箕帚入伯姆房内，启其疑端，辩不能明，污名难洗，此妇必畏事知耻的人，故自甘一死而明志，非以有奸而惭。李氏陷夫于不赦之罪，诬婶以难明之辱，致叔有不释之疑，皆由泼妇无良，故逼无辜郁死，合以威逼拟绞；士良该省发。”

士美磕头道：“吾兄平日朴实，嫂氏素性妒忌，亡妻生平知耻。小的昔日告状，只疑妻与嫂氏争忿而死，及推入我兄奸上去，使我蓄疑不决。今老爷此辩极明，真是生城隍，一可解我心之疑，二可雪吾兄之冤，三可白亡妻之节，四可正妒妇之罪。愿万代公侯。”李氏道：“当日丈夫不似老爷这样辩，故我疑有奸；若早些辩明，我亦不与他打骂。老爷既赦我夫之罪，愿同赦妾之罪。”士美道：“死者不能复生，亡妻死得明白，我心亦无恨，要他偿命何益？”包公道：“论法应死，吾岂能生之！”此为妒妇之儆戒。

房门谁开

话说有民晏谁宾，污贱无耻。生男从义，为之娶妇束氏，谁宾屡挑之，束氏初拒不从，后积久难却，乃勉强从之。每男外出，则夜必入妇房奸宿。

一日，从义往贺岳丈寿，束氏心恨其翁，料夜必来，乃哄翁之女金娘道：“你兄今日出外去，我独自宿，心内惊怕，你陪我睡可好？”金娘许之。其夜，翁果来弹门，束氏潜起开门，躲入暗处。翁遂登床行奸。金娘乃道：“父亲，是我也，不是嫂嫂。”谁宾方知是错，悔无及矣，便跳身走去。

次日早饭，女不肯出同餐，母不知其故。其父心知之，先饭而出。母再去叫，女已缢死在嫂嫂房内。束氏心中害怕，即回娘家达知其事。束氏之兄束棠道：“他家没伦理，当去告首他绝亲，接妹归来另行改嫁，方不为彼所染。”遂赴县呈告。包公即令差人去拘。晏谁宾情知恶逆，天地不容，即自缢死。后拘众干证到官，束棠道："晏谁宾自知大恶弥天，王法不容，已自缢死；晏从义恶人孽子，不敢结亲，愿将束氏改嫁，例有定议，各服其罪。余人俱系干证，与他无干；小的已告诉得实，乞都赐省发，众人感激。"

包公见状中情甚可恶，且将来审问道："束氏原与翁有奸否?"束棠道："并无。"包公道："即与翁无奸，今翁已死，何再求改嫁?"束棠道："禽兽之门，恶人之子，不愿与之结亲，故敢恳求改嫁。"包公道："金娘在束氏房中睡，房门必闭，是谁开门?"束棠道："那晏贼已躲房中在先。"包公道："晏贼意在要奸谁?"束棠道："不知。"束氏道："彼意在我，误及于女。"包公道："你二人相伴，何不喊叫起来?"束氏道："小妾怕羞，且未及我，何故喊起?"包公终不信，将束氏夹起道："必你先与翁有奸，那一夜你睡姑床，姑睡你床，故陷翁于误。"束氏受刑不过，乃从直招认。包公道："你与翁通奸，罪本该死；你叫姑伴睡，又自躲开，陷翁于误，陷姑于死，皆由于你，死有余辜。"本秋将束氏处决，又移文去拆毁晏谁宾之宅，以其地开潴水之池，意晏贼之肉犬豖不屑食之。

卷之九

兔 戴 帽

话说武昌府江夏县民郑日新，与表弟马泰自幼相善，新常往孝感贩布，后泰与同往一次，甚是获利。次年正月二十日，各带纹银二百余两，辞家而去，三日到阳逻驿。新道："你我同往孝感城中，一时难收多货，恐误日久。莫若二人分行，你往新里，我去城中，何如？"泰道："此言正合我意。"入店买酒，李昭乃相熟店主，见二人来，慌忙迎接，即摆酒来款待，劝道："新年酒多饮几杯，一年一次。"二人皆醉，力辞方止，取银还昭，昭亦再三推让，勉强收下。

三人揖别，新往城中去讫。临别嘱泰道："随数收得布匹，陆续发夫挑入城来。"泰应诺别去。行不五里，酒醉脚软，坐定暂息，不觉睡倒。正是：醉梦不知天早晚，起来但见日沉西。忙趱路行五里，地名叫做南脊，前无村，后无店，心中慌张。偶在高岗遇吴玉者，素惯谋财，以牧牛为名，泰偶遇之。玉道："客官，天将晚矣，尚不歇宿？近来此地不比旧时，前去十里，孤野山冈，恐有小人。"泰心已慌，又被吴玉以三言四语说得越不敢行，乃问玉道："你家住何地？"玉道："前面源口就是。"泰道："既然不远，敢借府上歇宿一宵，明日早行，即当厚谢。"玉佯辞道："我家又非客店酒馆，安肯留人歇宿？我家床铺不便，凭你前行亦好，后转亦好，我家决住不得。"泰道："我知宅上非客店，但念我出外辛苦，亦是阴骘。"再三恳求。玉佯转道："我见你是忠厚的人，既如此说，我收了牛与你同回。”

二人回至家中，玉谓妻龚氏道：“今日有一客官，因夜来我家借宿，可备酒来吃。”母与龚氏久恶玉干此事，见泰来，甚是不悦。泰不知，以为怒己，乃缓词慰道：“小娘休恼，我自当厚谢。”龚氏睨视，以目一丢，泰竟不知其故。俄而玉妻出，乃召入泰来，其妻只得摆设厚席，玉再三劝饮。泰先酒才醒，又不能却玉之情，连饮数杯甚醉，玉又以大杯强劝二瓯。泰不知杯中下有蒙药在内，饮后昏昏不知人事，玉送入屋后小房安歇。候更深人静，将泰背至左旁源口，又将泰本身衣服裹一大石背起，推入荫塘，而泰之财宝尽得之矣。其所害者非止一人，所为非止一次也。

日新到孝感二三日，货已收二分，并未见泰发货至。又等过十日，日新自往新里街去看泰，到牙人杨清家，清道：“今年何故来迟?”新愕然道：“我表弟久已来你家收布，我在城中等他，如何久不发布来?”清道：“你那表弟并未曾到。”新道：“我表弟马泰，旧年也在你家，何推不知?”清道：“他几时来?”新道：“二十二日同到阳逻驿分行。”满店之人皆说没有。新心中疑惑，又去问别的牙家，皆无。

是夜，清备酒接风，众皆欢饮，新闷闷不悦。众人道：“想彼或往别处收买货去，不然，人岂会不见?”新想：他别处皆生，有何处去得?只宿过一晚，次早往阳逻驿李昭店问，亦道自二十二日别后未转。乃自忖道：或途中被人打抢?新一路探问，皆说今新年并未见打死人；又转新里街问店中众客是几时到，都说是二月到的。新乃心中想道：此必牙家见他银多身孤，利财谋害，亦未见得。新谓清道：“我表弟带银二百两来汝家收布，必是汝谋财害命。遍问途中并无打抢；设若途中被人打死，必有尸在；怎的活活一人哪里去了?”清道：“我家满店客人，如何干得此事!”新道：“你家店中客人都是二月到的，我那表弟是正月里来的，故受你害。”清道：“既有客到，邻里岂无人见?街心谋人，岂无人知?你平白黑心说此大冤。”二人争论，因而相打。新写信雇一人驰报家中，次日具状告县。

孝感知县张时泰准状行牌。次日杨清亦是诉状，县主遂行牌拘集一干人犯齐赴台前听审。县主问："日新你告杨清谋死马泰，有何影响?"新道："奸计多端，弥缝自密，岂露踪影？乞爷严究自明。"清道："日新此言皆天昏地黑，瞒心昧己。马泰并未来家，若见他一面，甘心就死。此必是日新谋死，佯告小的，以掩自己。"新道："小人分别在李昭店买酒吃过，各往东西。"县主便问李昭，昭道："是日到店买酒，小的以他新年初到，照例设酒，饮后辞别，一东一西，怎敢胡言?"清道："小的家中客人甚多，他进小的家中，岂无人见？本店有客伴可问，东西有邻里可察。"

县主即各拘来问道："你们见马泰到杨清店否?"客伴皆道不见。新道："邻里皆伊相知，彼纵晓得亦不肯说；客伴皆是二月到的，马泰乃正月到他家里，他们哪里得知？大抵马泰一人先到，杨清方起此不良之心，乞爷法断偿命。"县主见邻里客人各皆推阻，勒清招认。清本无辜，岂肯招认？县主喝令将清重责三十，不认，又令夹起，受刑不过，乃乱招承。县主道："既招谋害，尸在何处？原银在否?"清道："实未谋他，因爷爷苦刑，当受不起，只得屈招。"县主大怒，又令夹起，即刻昏迷，久而方醒。自思：不招亦是死，不若暂且招承，他日或有明白。遂招道："尸丢长江，银已用尽。"县主见他招承停当，即钉长枷，斩罪已定。

未及半年，适包公奉旨巡行天下，来到湖广，历至武昌府。是夜，详察案卷，阅至此案，偶尔精神困倦，隐几而卧，梦见一兔，头戴帽子，奔走案前。既觉，心中思忖：梦兔戴帽，乃是冤字。想此中必有冤枉。

次日，单吊杨清一起勘审。问李昭，则道"吃酒分别是的"，问杨清、邻店，皆道"未见"。心中自思：此必途中有变。次日，托疾不出坐堂，微服带二家人往阳逻驿一路察访。行至南脊，见其地甚是孤僻，细察仰观，但见前面源口鸦鹊成群在荫塘岸边。三人进前观之，但见有一死人浮于水面，尚未甚腐。包公一见，令家人径至阳逻驿讨驿卒二十名，轿一乘，到此应用。驿丞知是包公，即唤轿夫自来迎接。参见毕，包公即令驿卒下塘取尸。其深莫测，内有一卒赵忠禀道："小人略知水性，愿下水取之。"包公大悦，即令下塘，洑至中间，拖尸上岸。包公道："你各处细搜，看有何物？"赵忠一直闯下，见内有死尸数人，皆已腐烂，不能得起，乃上岸禀知包公。包公即时令驿卒擒捉上下左右十余家人，问道："此塘是谁家的？"众道："此乃一源灌荫之塘，非一家非一人所有。"包公道："此尸是何处人的？"皆不能识。

将十数余人带至驿中，路上自思：这一干人如何审得，将谁问起？安得人人俱加刑法？心生一计，回驿坐定。驿卒带一干人进，包公着令一班跪定，各报姓名，令驿书逐一细开其名呈上。包公看过一遍乃道："前在府中，夜梦有数人来我台前告状，被人谋死，丢在塘中。今日亲自来看，果得数尸，与梦相应；今日又有此人名字。"佯将朱笔乱点姓名，纸上一点，高声喝道："无辜者起去，谋死人者跪上听审。"众人心中无亏，皆走起来，惟吴玉吓得心惊胆战，起又不是，不起又不是。正欲起来，包公将棋子一敲骂道："你是谋人正犯，怎敢起去！"吴玉低首无言。喝打四十，问道："所谋之人乃是何等之人？从直招来，免动刑法！"吴玉不肯招认，包公令取夹棍夹起，乃招承道："此乃远方孤客，小人以牧牛为由，见天将晚，遂花言巧语，哄他到小的家中借歇，将毒酒醉倒，丢入塘中，皆不知姓名。"包公道："此未烂尸首，今年几时谋死的？"吴玉道："此乃正月二十二日晚下谋死的。"包公自思：此人死日恰与郑日新分别同时，想必是此人了。即唤李昭来问。驿卒禀道："前日往府听审未回。"包公令众人各回，将吴玉锁押。

次日，包公起马往府，府中官僚人等不知所以，出郊迎接，皆问其故。包公一一道知，众皆叹服。又次日，吊出杨清等略审，即令郑日新往南脊认尸明白回报，取出吴玉出监勘审。乃问清道："当时你未谋人，为何招承？"清道："小人再三诉告并无此事，因本店客人皆说二月到的，邻里都怕累身，各自推说不知，故此张爷生疑，苦刑拷究，昏晕几绝。自思：不招亦死，不若暂招，或有见天之日。今日幸遇青天，访出正犯，一则老爷明察沉冤，次则皇天不昧。"包公令打开杨清枷锁。又问日新道："你当时不察，何故妄告?”新道:“小人一路遍问,岂知这贼弥缝如此缜密!小人告清,亦不得已。”包公道:“马泰当时带银多少?”新道:“二百两。”又问吴玉道:“你谋马泰得银多少?”玉道:“只用去三十两,余银犹在。”包公即差数人往取原赃。其母以为来捉己身受刑,乃赴水而死。龚氏见姑赴水,亦同跳下,公差救起。搜检原银,封锁家财,令邻里掌住,公差带龚氏到官。龚氏禀道:“丈夫凶恶,母谏成仇,何况于妾?婆婆今死,妾亦愿随。”包公道:“你既苦谏不从,与你无干,今发官嫁。日新,本该问你诬告的罪,但要你搬尸回葬,罪从免拟。”日新磕头叩谢。吴玉市曹斩首。

鹿 随 獐

话说大田县高村坡有一峻岭,名曰枯蹄岭,上通大田,下往九溪。有一贩布孤客往乡收账,路经其地。山凹有一人家姓张,兄弟二人,名禄三、禄四,假以砍薪为名,素行打抢,遇有孤客,便起歹意。客欲问路,望见二人迤逦而来,近前拱手问道:“此去二十九都多少路程?”禄三答道:“只有半日之遥。你从何来?”客道:“我在各乡收账回家,闻此处有一条小路甚是便捷,不意来此失路,望二位指引。”禄四道:“过岭十里即是大路。”客以为真是樵夫,遂任意行去。及到前途,乃是峻岭绝路,只得坐于石上等人借问。忽见禄四兄弟盘山而来,一刀挥下,客未曾提防,连砍四刀,登时气绝。二人搜其腰间,得碎银七八两,又有银簪二根。兄弟将尸埋掩山旁,将银均分。倏尔半年有余,毫无人知。

适有近地钱五秀、范体忠两家争山界不明,钱五秀访知包公巡行,即往告状。时包公亲自往山踏勘,五秀得理,断山与他管照,范体忠受刑问罪。包公分付回衙,来到山旁,忽狂风骤起,包公思想半晌,莫非此地有甚冤枉?即令二人于各处寻觅,于山旁有一死尸,被兽掘开土块,露尸在外,二人回复。包公亲往视之,令左右起土开看，见颈项上四刀，乃知被人谋死，复令左右为之掩覆。回衙，不知谁人谋死，无计可施。

包公道："我日断阳间，夜断阴间，这件事我阳间不得明白，要向阴间讨个真实消息。"便登赴阴床，叫阴司手下人分付道："枯蹄山旁谋杀一人，露出尸首，带了重伤，不知此尸身是谁杀死，必有冤魂到此告状，汝等俱各伺候，放他进来。"话毕，霎时阴风惨惨，烛影不明，遂觉精神困倦，隐几而卧，似梦非梦。须臾，一人身血淋漓，前有一獐，后有鹿随之，慌忙而窜。包公惊觉，不见手下众人，浑如一梦。心下思想：莫非枯蹄山旁有叫张禄者？天明升堂，密差二人往彼处觅访，如有张禄，拿来见我。二人应诺而去。

及至枯蹄访问，果有姓张名禄三、禄四者兄弟二人。不敢往捉，回衙见包公道："小的奉差访拿张禄，其地果有张禄三、禄四兄弟二人。"包公道："既有此人名，叫书吏可发牌，火速拿来见我。"二人复去拘得至官审问。包公喝道："你二人抢劫客人货物，好生直招，免受重刑！"二人强硬不认，包公喝令左右将二人各责六十重杖。兄弟受刑不起，只得从实招道："有一客人，往乡收账回家，因迷失路途，小的佯指令入僻处杀死是实。今蒙访出，此亦冤魂不散。"包公见他招明，即判处决。

遗　帕

话说池州府青阳县民赵康，家私巨富，生子嘉宾，恃财恣性，奸淫博弈，彻夜讴歌。一日，命仆跟随在后，径往南庄闲游，偶见二女子，年方二八，淡妆素服，自然雅洁，观不厌目，尽可赏心。问仆人道："此谁家妇？"仆道："此山后丘四妻妹，因夫出外经商，数载未回，常往庵庙求签。"嘉宾道："你去问他，家中若少银米，随他要多少，我把借他。"仆道："伊亲颇富，纵有不给，必自周济。”宾是夜想二妇的颜色，竟不能寐。

次日饭后，取一锭银子约有十两，往其家调奸。二妇贞节不从，厉色骂詈，叫喊邻人。宾见不可，拂袖而出。思谋无策，即着仆去请友人李化龙、孙必豹二人来庄，令庄人备酒。饮至半酣，二友道：“今日蒙召，有何见谕？”宾道：“今日一事甚扫我兴，特请二位同设一计。”二人问道：“何事？快请教。”宾道：“昨日闲游，偶遇丘四妻、妹二人朝神过此，貌均奇绝。今上午将银一锭到彼家，只求一会，不惟不许，反被恶言骂詈，故拂我意。”二人道：“此事甚易。”宾道：“兄有何妙计，请教一二。”友道：“今夜候至三更，将一人后山呐喊，两人前门进去擒此二妇，放在山窠，任你摆布，何难之有？”宾道：“此计甚妙。”

是夜，饮酒候至三更，瞒了庄人，私自潜山，把一人在山后呐喊，二人向前冲门而进。佣工人即忙起看，二人就将工人绑缚丢入地下，使不能出喊。遂入房中，只捉得曾氏一人。不意丘四妹子因家有事，傍晚接回。三人将曾氏捉入山中平窠内，至天微明，三人散去，宾不意遗一手帕在旁。

次早，邻人方知曾氏家被劫，众人入看，解放工人，即报丘四妹家。许早夫妇往看，遍觅无踪，寻至山窠，只听哀哀叫苦，三人近看，羞不能遮，不能动止。许早背回曾氏，姑以汤灌，久之略苏，方能言语。姑道：“因何如此？”曾氏羞言，姑问再三，乃道：“昨夜三更，二人冲门而进，我以为贼，起身欲走，穿衣不及，二人进房捉上山去，三人强奸。”姑曰：“三人认得否？”曾氏道：“昏月之下认人不真。”许早拾得白绫手帕，解开一看，只见帕上写有嘉宾之名，乃是戏妇所赠。其妻知之，乃告夫许早道：“昨日上午，嘉宾将银一锭来家求奸，被我骂去，想必不甘心，晚上凑合光棍来捉强奸。幸我不在，不然亦难逃矣。”许早听了妻子言语，即具状首于包公：

呈首为获实强奸事：鹰鹯搏击，鸠雀无遗；虎豹纵横，犬羊无类。淫豪赵嘉宾，逞富践踏地方，两三丘度荒秀麦，止供群马半餐；恃强派食庄户，百十斤抵债洪猪，不够多人一嚼。

无犯平民泪汪汪，常遭棰楚；有貌少妇眉蹙蹙，弗洗污淫。金银包胆，奸宿匪彝。瞰舅丘四远出，来家掷银调奸，舅妇曾氏，贞节不从，喊邻逐出，恶即串党数人，标红抹黑，执斧持刀，黉夜明火入室，突冲擒入山窠，彼此更番，轮奸几死。夫早觅获，命若悬丝。遗帕存证，四邻惊骇痛恨。黑夜入人家，老少闻风股栗；山坞奸妇人，樵牧见影胆寒。不啻斜阳闭户，止声于夜啼之儿；真同明月满村，吠瘦乎守家之犬。见者睡不贴席，即如越王勾践卧薪；闻者梦不至酣，酷似司马温公警木。山路滚滚尘飞，合村洋洋鼎沸。恳天验帕剿恶，烛奸正法。遗帕不止乎绝缨，荒野倍惨于暗室。万民有口，三尺有法。上告。

包公即拘齐人犯，先问邻右萧兴等道："你是近邻，知其详否?"兴道："是夜之事，小人通未知之。次早起来，听得佣工人喊叫，众人入内，看见工人绑入地下，遂即解放，报知许早夫妇，觅至山窠，才获曾氏，不能行止，遗帕在旁是的。余事不知，不敢妄言。"包公道："旁遗有帕，帕上既有嘉宾的名，必是他无疑了。"宾道："小人三日前遗此帕于路，并未在山；况一人安能捉人而绑人？此皆夙仇诬陷。"早道："日间分明是你掷银调戏，二妇喊骂才出，是晚被劫，并未去财，况有手帕硬证；若是贼劫，必定掳财，何独奸妇？乞老爷严刑拷出同党，以伸此冤。"包公喝叫将宾重打二十，令其招认，宾仍前巧言争辩。包公令将原被告二人一起收监，邻证发出。私嘱禁子道："你谨守监门，若有甚闲人来看嘉宾，不可令他相见，速拿来见我，明日赏你；若泄漏卖放，杖六十革役!"禁子道："不敢。"包公退堂，禁子坐守。

不移时，有二人来监门前呼宾，禁子开了头门，守堂皂隶齐出，扭住二人，进堂敲梆，包公升堂。禁子道："获得二人，俱皆来探嘉宾的。"包公问明姓名，喝道："你二人同奸曾氏，嘉宾先已招出，正欲出牌捕捉，你却自来凑巧。"二人面皆失色，两不相照。化龙道："并无小人两个，彼何妄扳?"包公道："嘉宾说，若非你二人，他一人必干此事不得，从直招来!"化龙道："彼自干出，妄扳我等!”包公见其词遁，乃令各打二十，不招，又将二人夹起，远置廊下。监中取嘉宾出来，但见夹起二人，心中慌张。包公高声骂道：“分明是你这贼强奸曾氏，我已审出；二人系你同奸，彼已招承道是你叫他，非管他事，故将他夹起。”嘉宾更自争辩不已，仍令夹起。嘉宾畏刑，乃招道：“是日，小人不合到其家掷银，被他骂出，遂叫二人商议，计出化龙。乞老爷宽刑。”包公道：“你二人先说妄扳，嘉宾招明，各画供招来。”三人面面相视，无言抵答，只得招认。判道：

审得赵嘉宾，不羁浪子，恃富荒淫，罔知官法之如炉；尚倚爪牙，擒奸妇女，胜若探囊而取物。棍徒化龙等，既不能尽忠告以善道，抑且相助而为非；又不能陈药石之箴规，究且设谋以从欲。明火冲家，绑缚工人于地下；开门擒捉，轮奸曾氏于山中。败坏纪纲，强奸不容于宽宥；毋勿首从，大辟用戒乎刁淫。

借　衣

话说开封府祥符县县学生员沈良谟，生一子名猷。里人赵家庄进士赵士俊，妻田氏，年将半百，无子，止生一女名阿娇，有沉鱼落雁之容，闭月羞花之貌，时与沈良谟子猷结为秦晋。未经一载，良谟家遭水患所淹，因而家事萧条。士俊见彼落泊，思与退亲。其女阿娇贤淑，谓母田氏道：“爹爹既将我配沈门，宁肯再适他人?”田氏见女长成，急欲使之成亲，奈沈猷不能遣礼为聘。

一日，士俊往南庄公出，田氏竟令苍头往沈猷家，请猷往见，将银与彼作聘。猷闻大喜，奈身悬鹑百结，遂往姑娘家借衣。姑娘见侄到，问其到舍有何所议，沈猷道：“岳母见我家贫，昨遣人来叫我，将银与我以作聘礼，然后亲迎。奈无衣服，故到此欲向表兄借用，明日侵早奉还。”姑娘闻得亦喜，留午饭后，立命儿王倍取套新衣与侄儿去。谁料王倍是个歹人，闻得此事，即托言道："难得表弟到我家，须消停一日去，我要去拜一知友，明日即回奉陪。"故不将衣服借之，猷只得在姑娘家等。王倍自到赵家，诈称是沈猷，田夫人同女阿娇出见款待。见王倍礼貌荒疏，田氏道："贤婿是读书的人，为何粗率如此?"倍答道："财是人胆，衣是人貌。小婿家贫流落，居住茅屋，骤见相府，心不敢安，故致如此。"田夫人亦不怪他，留之宿，故疏放其女夜出与之偷情。次日，收拾银八十余两，又金银首饰、珠宝等约值百两，交与倍去。彼只以为真婿，怎知提防！倍得此金银回来见猷，只说他去望友而归，又缠住一日，至第三日，猷坚要去，乃以衣服借之。

及猷到岳丈家，遣人入报岳母，田夫人惊怪，出而见之，故问道："你是吾婿，可说你家中事与我听。"猷一一道来，皆有根据。但见言词文雅，气象雍容，人物超群，真是大家风范。田夫人心知此是真婿，前者乃光棍假冒，悔恨无及。入对女道："你出见之。"阿娇不肯出，只在帘内问道："叫你前日来，何故直至今日?"猷道："贱体微恙，故今日来。"阿娇道："你早来三日，我是你妻，金银皆有；今来迟矣，是你命也。"猷道："令堂遣盛价来约以银赠我，故造次至此；若无银相赠并不关甚事，何须以前日今日为辞！我若不写退书，任你守至三十年，亦是我妻。令尊虽有势，岂能将你再嫁他人?"言罢即起身要去。

阿娇道："且慢，是我与你无缘，你有好妻在后，我将金钿一对，金钗二股与你去读书，愿结下来生姻缘。"猷道："小姐何说此断头的话? 这钗钿与我，岂当得退亲财礼乎? 凭你令尊与我如何，我便不肯。"阿娇道："非是退亲，明日即见下落。你速去，则得此钗钿；稍迟，恐累及于你。"猷不懂，在堂上端坐。少顷，内堂忙报小姐缢死。猷还未信，进内堂看之，见解绳下，田夫人抱住痛哭，猷亦泪下如雨，心痛悲伤。田夫人促之出道："你速出去，不可淹留。"猷忙回姑娘家交还衣服，告知其故。后王母晓得是儿子去脱银奸宿，此女性烈缢死，心甚惊疑，不数日而死。倍妻游氏，亦美貌贤德，才入王门一月，见倍干此事，骂道："既得其银，不当污其身。你这等人，天岂容你！我不愿为你妇，愿求离归娘家。”倍道：“我有许多金银，岂怕无妇人娶！”即为休书离之。

再说赵士俊，数日归家，问女死之故，田夫人道：“女儿往日骄贵，凌辱婢妾，日前沈女婿自来求亲，见其衣冠褴褛，不好见面，想以为羞，遂自缢死。亦是他一时执迷，与女婿无干。”士俊说道：“我常要与他退亲，你教女儿执拗不肯。今来玷我门风，坑死我女儿，反说与他无干！我偏要他偿命。”即写状与家人往府赴告：

> 告为奸杀女命事：情莫切于父子，事莫大于死生。痛女阿娇，年甫及笄，许聘兽野沈猷，未及于归，猷潜来室，强逼成奸，女重廉耻，怀惭自缢。窃思闺门风化所关，男女嫌疑有别。先后是伊妻子，何故寅年吃了卯年粮；终久是伊家室，不合今日先讨明日饭。生者既死，同衾合枕之姻缘已绝；死者不生，偿命抵死之法律难逃。人命关天，哭女动地。上告。

赵进士财富势大，买贿官府，打点上下。叶府尹拘集审问，一任原告偏词，干证妄指，将沈猷拟死，不由分诉。

将近秋时，赵进士写书通知巡行包公，嘱将猷处决，勿留致累。田夫人知之，私遣家人往诉包公，嘱勿便杀。包公心疑道：“均是婿也，夫嘱杀，妻嘱勿杀，此必有故。”单吊沈猷，详问其来历，猷乃一一陈说。包公诘道：“当日赵小姐怨你不早来，你何故迟来三日？”猷道：“因无衣冠，在表兄王倍家去借，苦被缠留两日，故第三日才去。”包公闻得，心下明白，乃装作布客，往王倍家卖布。倍问他买二匹，故高抬其价，激得王倍发怒，大骂道：“小客可恶。”布客亦骂道：“谅你不是买布人。我有布，价二百两，你若买得，情肯减五十两与你，休欺我客小。”王倍道：“我不做客，要许多布何用？”布客道：“我料你穷骨头哪得及我！”王倍暗想：家中现有银七八十两，若以首饰相添，更不止一百五十两。乃道：“我银生放者多，现在者未满二百，若要首饰相添，我尽替你买来。”布客道：“只要实买，首饰亦好。”王倍随兑出银六十两，又以金银首饰作成九十两，问他买二十担好布。

包公既赚出此赃，乃召赵进士来，以金银首饰交与他认。赵进士大略认得几件，看道："此钗钿多是我家物，因何在此?"包公再拘王倍来问道："你脱赵小姐金银首饰来买布，当日还有奸否?"王倍见包公即是前日假装布客，真赃已露，情知难逃，遂招承道："前者因表弟来借衣服，小的果诈称沈猷先到赵家，小姐出见，夜得奸宿。今小姐缢死，表弟坐狱，天台察出，死罪甘受。"包公听着其情可恶，重责六十，即时死于杖下。

赵进士闻得此情，怒气冲天道："脱银尚恕得，只女儿被他污辱怀惭死了，此恨难消。险些又陷死女婿，误害人命，损我阴骘，今必更穷追其首饰，令他妻亦死狱中，方泄此忿。"王倍离妻游氏闻得前情，自往赵进士家去投田夫人说："妾游氏，自到王门，未满一月，因夫脱贵府金银，妾恶其不义，即求离异，已归娘家一载，与王门义绝，彼有休书在此可证。今闻老相公要追首饰，此物非我所得，望夫人察实垂怜。"赵进士看其休书，穷诘来历，果先因夫脱财事而自求离异，乃叹息道："此女不染污财，不居恶门，知礼知义，名家女子不过如是。"田夫人因念女不已，见夫称游氏贤淑，乃道："吾一女爱如掌珠，不幸而亡，今愿得汝为义女，以慰我心，你意何如?"游氏拜谢道："若得夫人提携，是妾之重生父母。"赵进士道："汝二人既结契母子，今游氏无夫，沈女婿未娶，即当与彼成亲，当作亲女婿相待何如?"田夫人道："此事真好，我思未及。"游氏心中喜甚，亦道："从父亲母亲尊意。"即日令人迎请沈猷来，入赘赵家，与游氏成亲，人皆快焉。

异哉，王倍利人之财，而横财终归于无；污人之妻，而己妻反为人得。天网恢恢，疏而不漏，此足徵矣。

壁隙窥光

话说庐州府霍山县南村，有一人姓章名新，素以成衣为业。年将五十，妻王氏少艾，淫滥无子。新抚兄子继祖养老，长娶刘氏，貌颇娇娆。有桐城县二人来霍山县做漆，一名杨云，一名张秀，与新有旧好，遂寄宿焉。日久愈厚，二人拜新为契父母，出入无忌，视若至亲。杨云与王氏先通，既而张秀皆然。一日新叔侄往乡成衣，杨云与王氏正在云雨，被媳撞见。王氏道："今日被此妇撞见不便，莫若污之以塞其口。"新叔侄至夜未回，刘氏独宿。杨云掇开刘氏房门，刘氏正在梦寐，杨云上床抱奸，手足无措，叫喊不从，王氏入房以手掩其口助之，刘氏不得已任其所寝，张秀亦与王氏就寝。由是二人轮宿，杨云宿姑，张秀宿媳；杨云宿媳，张秀宿姑。新叔侄出外日多，居家日少，如是者一年有余，四人意甚绸缪。不意为新所觉，欲执未获。杨、张二人与王氏议道："老狗已知，莫若阴谋杀之，免贻后患。"王氏道："不可，我你行事只要机密些，彼获不到，无奈你何。"

叔侄回来数日，新谓继祖道："今八月矣，家家收有新谷。今日初一不好去，明日早起，同往各处去讨些谷回来吃用。"次日清早，与侄同出，二处分行，新往望江湾略近，继祖往九公湾稍远。新账先完，次日午后即回，行至中途，突遇杨、张二人做漆回家，望见新来，交头附耳，前计可行，近前问道："契父回来了，包裹、雨伞我等负行。"行至一僻地山中，天色傍晚，二人哄新进一深源，新心慌大喊，并无人至，张秀一手扭住，杨云于腰间取出小斧一把，向头一劈即死，乃被脑骨陷住，取斧不出。倏忽风动竹声，疑是人来，忙推尸首连斧丢入莲塘。恐尸浮出，将大石压倒，二人即回。自谓得志，言于王氏。

王氏听得此言，心胆俱裂，乃道："事已成矣，切不可令媳妇知之，恐彼言语不谨，反自招祸。"王氏又道："倘继祖回，寻叔父，将如之何？"张秀道："我有一计，你若肯依，包管无事。"王氏道："计将安出？"张秀道："继祖回来，你先问他，若说不见，即便送官，诬以谋死叔父。若陷得他死罪，岂不两美？"王氏、杨云皆道："此计甚妙，可即依行。"

初六日，继祖回到家中，王氏问道："叔何不归？"继祖愕然道："我昨在望江湾住，欲等叔同回，都说初三日下午已回。"王氏变色道："此必是你谋害！"扭结投邻里锁住，自投击鼓。

正值朝廷差委包公巡行江北，县主何献出外迎接，王氏将谋杀事具告。包公接得此词，素知县主吏治清明，刑罚不苟，即批此状与勘审。当差汪胜、李标，即刻拿到邻右萧华，里长徐福，一起押送。县主道："你叔自幼抚养，安敢负恩谋死，尸在何方？从直招来。"继祖道："当日小人与叔同出，半路分行，小人往九公湾，叔往望江湾。昨日小人又到望江湾邀叔同回，众人皆道已回三日，可拘面证。小人自幼叨叔婶厚恩，抚养娶妇，视如亲子，常思图报未能，安忍反加杀死？乞爷细审详察。"王氏道："此子不肖，漂荡家资，嗔叔阻责，故行杀死，乞爷爷严刑拷究，追尸殓葬，断偿叔命。"县主唤萧华上平台下问道："继祖素行如何？"华道："继祖素行端庄，毫无浪荡事，事叔如父，小人不敢偏屈。"县主令华下去，又问徐福："继祖素行可端正？"徐福所答，默合华言。县主喝止。乃佯怒道："你二人受继祖买嘱，本该各责二十，看你老了。"县主知非继祖，沉吟半晌，心生一计，喝将继祖重打二十，即钉长枷，乃道："限三日令人寻尸还葬。"令牢子收监；发王氏还家。王氏叩头谢道："青天爷爷神见，愿万代公侯。"喜不自胜。

县主乃问门子道："继祖家在何处？"门子道："前村便是。"二人直至门首，各家睡静，惟王氏家尚有灯光，县主于壁隙窥之，见两男两女共席饮酒。杨云笑道："非我妙计，焉有今日？"众皆笑乐，惟刘氏不悦道："好好，你便这等快乐，亏了我夫无辜受刑，你等心上何安？"杨云道："只要你我四人长久享此快乐，管他则甚！大家饮一大杯，赶早好去行些乐事。"王氏道："都说何爷明白，亦未见得。"杨云道："闲话休说。"乃抱住刘氏。刘氏口中不言，心内怒起，乃回头不顾。王氏道："老爷限三日后追尸还葬，你放得停当否？"二人道："丢在莲塘深处，将大石压住，不久即烂。"王氏道："这等便好。"

县主大怒回衙，令门子击鼓点兵，众人莫知其故。兵齐，乘轿亲抵继祖家，将前后围定，冲开前门。杨、张二人不知风从何起，见官兵围住，遂向后走，被后面官兵捉住，并捉男女四人回衙，每人责三十收监。

次早出堂，先取继祖出监，问道：“你去望江湾，路可有莲塘否？”继祖思忖良久道：“只有山中那一丘莲塘，在里面深源山下。”即开继祖枷锁，令他引路，差皂快二十余人，亲自乘轿直至其地，果然人迹罕到。继祖道：“莲塘在此。”县主道：“你叔尸在此塘内。”继祖听了大哭，跳下塘中，县主又令壮丁几人下去同寻，直至中间，得一大石，果有尸首压于石下。取起抬上岸来，见头骨带一小斧，取之洗开，见斧上凿有杨云二字，奉上县主。县主问道：“此谁名也？”继祖道：“是老爷昨夜捉的人名。”又问：“二人与你家何等亲？”继祖道：“是叔之契子。”遂验明伤处，回县取出男妇四人，喝将杨云、张秀各打四十，令他招承。不认，乃丢下斧来：“此是谁的？”二人心慌，无言可答。喝令夹起，二人面面相视，苦刑难受，乃招道：“小人与王氏有奸，被彼知觉，恐有后祸，故尔杀之。”县主道：“你既知觉察奸情为祸，岂不知杀人之祸尤大？”再重打四十，枷锁重狱。县主谓王氏道：“亲夫忍谋，厚待他人，此何心也？”王氏道：“非关小妇人事，皆彼二人操谋，杀死方才得知。”县主道：“既已得知，合当先首；胡为又欲陷继祖于死地？你说何爷不明，被你三言四语就瞒过了，这泼贱可恶！”重打三十。又问刘氏道：“你与同谋陷夫，心何忍乎？”刘氏道：“此事实未同谋，先是妈妈与他二人有奸，挟制塞口，不得不从。其后用计谋杀，小妇人毫不知情，乞爷原情宥罪。”县主道：“起初是姑挟制，后来合当告夫，虽未同谋，亦不宜委曲从事。”减等拟绞；判断杨云、张秀论斩；王氏凌迟；继祖发回宁家。当申包公，随即依拟。可谓法正冤明矣。

桷上得穴

话说山西太原府阳曲县生员胡居敬，年方十八，父母双亡，又无兄弟，家道清淡，未有妻室。读书未透，偶考四等，被责归家，发愤将家资田宅变卖，得银六十两，将往南京从师读书。至江中遭风覆舟，舟中诸人皆溺死，居敬幸抱一木板在手，随水流近浅处，得一渔翁安慈救之，以衣服与换，又以银赠为盘费。居敬拜谢，问其姓名居止之处而去。

居敬思回家则益贫无依，况久闻南京风景美丽，不如沿途觅食，挨到那里又作区处。及到南京，遍谒朱门，无有肯施济之者，衣衫褴褛，日食难度。乃入报恩寺求为和尚，扫地烧香却又不会，和尚要逐他去。一老僧率真道："你会干什么事?"居敬道："不才山西人氏，忝系生员，欲到京从师，不意途中覆舟，流落至此。诸事不会干，倘师父怜念，赐我盘费，得还乡井，永不忘恩。"僧率真道："你归途甚远，我焉能赠你许多盘费?况你本意要到京从师，今便归去，亦虚跋涉一番。不如我供膳，你在寺中读书，倘读得好时，京城内今亦有人在此寄学，赴考岂不甚便?"居敬想：在寺久住，恐僧徒厌贱，遂乃结契率真为义父，拜寺中诸僧为师兄弟。由是一意苦心读书，昼夜不息。过了三年，遂出赴考，果登高第，僧率真亦自喜作成有功。

先时居敬虽在寺三年，罕得去闲游，中举之后，诸师兄多有相请者，乃得遍游各房。一日，信步行到僧悟空房去，微闻棋声在上，从暗处寻见有梯，直上楼去，见二妇人在楼上着棋，两相怪讶。一妇人问道："谁人同你到此?"居敬道："我信步行来。你是甚妇人?乃在此间!"妇人道："我乃渔翁安慈之女，名美珠，被长老脱骗在此。"居敬道："原来是我恩人之女!"美珠道："官人是谁?我父于你有甚恩?"居敬道："今寺中举人就是我，前者未遇时，蒙令尊救援厚恩，至今未报，今不意得会娘子，我当救你。”美珠道：“报恩且慢，你快下去。今年有一郎官误行到此，亦被长老勒死；若还撞见，你命难保。”居敬道：“悟空是我师兄，同是寺中人，见亦无妨。”又问：“那一位娘子是谁？”美珠道：“他名潘小玉，是城外杨芳之妻，独自行往娘家，被长老以麻药置果子中逼他食，因迷留在别寺中，夜间抬入此来。”说话已久，悟空登楼来，见敬，赔笑道：“贤弟何步到此？”居敬道：“我偶然行来，不意师兄有此乐事。”

悟空即下楼锁了来路的房门，更唤悟静同来，邀居敬至一空房去，四面皆是高墙，将绳一条，剃刀一把，砒霜一包，送与胡居敬道：“请贤弟受用何物，免我二人动手。”居敬惊道：“我同是寺中人，怎把我当外人相防？”悟空道：“我僧家有密誓愿，只削发者是我辈中人，得知我辈事；有发者，虽亲父子兄弟至亲不认，何况契弟？”居敬道：“如此则我亦愿削发罢。”悟静道：“休说假话！你历年辛苦，今始登科，正享不尽富贵之时，你说削发瞒谁？今不害你，你明日必害我！”居敬指天发誓道：“我若害你，我明日必遭江落海，天诛地灭！”悟空道：“纵不害我，亦传说害我教门。你今日虽仪、秦口舌，也是枉然。再说一句求饶，我要动手。”居敬泣道：“我受率真师父厚恩，愿见一面拜谢他而死。”悟空道：“你求师父救你，亦是求阎王饶命。”

须臾，悟静叫率真至，居敬泣拜道：“我是寺中人，见他私事亦甚无妨。今师兄要逼我死，望师父救我。”率真尚未言，悟空道：“自古入空门即割断骨肉，哪顾私恩。你今求救，率真肯救你否？”率真道：“居敬儿，是你命合休。不须烦恼，死后我必埋葬你在吉地，做功德超度你来生再享富贵。倘昔日在江中溺死，尸首尚不能归土，哪得食这几年衣禄？我只一句话，决救不得你死。”居敬见说得硬，乃泣道：“容我缓死何如？”三僧道：“若是外人，决不肯缓他，在你且放缓一步。但今日午时起，明日午时要交命。”三僧出去，锁住墙门。

居敬独立空房中，只有一索悬于梁上，一凳与他垫脚自缢，并一把小刀，一包砒霜，余无一物在旁，屋宇又高，四面皆墙壁。居敬四面详察，思计在心。近晚来，以凳子打开近墙壁孔，取一直枋用索系住；又用刀削壁经为钉，脚衬凳子登其钉，手抱柱以衬其脚，索系于腰，扳援而上，至于三川枋上，以索吊上直枋，将枋从下撞上，果打开一桷子，见有穴而出。居敬自思：此场冤忿，焉得不报！况且新科举人，若是默默，倘闻于众年家，岂不斯文扫地！遂一一告知同榜弟兄。闻者无不切齿抱恨，或助之资，或为之谋，议论已定，方欲在包公案下申词。

不道悟空、悟静三人，过了三日，想居敬举人必然身死，且忧且喜。三人同来启门一视，并不见踪迹，你我相视，彼此愕然失色道："这事如何是好！此房四壁如铁桶，缘何被他走出？"三人密寻，果见其走处有穴。三人相议：若是闲人且不打紧；他是新科举人，况他同年皆晓得在我寺中，倘去会试，不见其人，必来我寺中根寻，我们如何答对？若是居敬不死走出去，必来报冤。他是举人，我是僧家，卵石非敌，不若先下手为强。率真道："此事如何处？"悟空道："不如做你的名具一张状纸，先在包爷台前告明：见得居敬举人在我寺中娶二娼妇，无日无夜酣歌唱饮，一玷斯文，二坏寺门，于本月某日寺中野游至晓不回来，日后恐累及寺中，只得到爷台前告明。"如此主意，即去告状。包公还未施行，只见居敬举人亦来告状。

包公看了状词，即至寺中重责三僧，搜出二女，配与居敬，以美珠为长房，小玉为次房。后次年，居敬连登进士，除授荆州推官，到夏口江上，见悟空、悟静、率真在邻船中。居敬立在船头，令手下拿之。二僧心亏，知无生路，投水而死。率真跪伏求赦。居敬道："你三年供我为有恩，临危不救为无情。倘当日被你辈逼死，今日焉得有官？将以你恩补罪，无怨无德，任你自去，今后再勿见我。"

黑　痣

话说金华府有一人，姓潘名贵，娶妻郑月桂，生一子才八月，因岳父郑泰是月生辰，夫妇往贺。来至清溪渡口，与众人同过渡。妇坐在船上，子饥，月桂取乳与子食，其左乳下生一黑痣，被同船一个光棍洪昂瞧见，遂起不良之心。及下船登岸，潘贵乃携月桂往东路，洪昂扯月桂要往西路。潘贵道："你这等无耻，缘何无故扯人妇女？"昂道："你这光棍可恶！我的妻子，如何争是你的？"二人厮打，昂将贵打至呕血，二人扭入府中。

知府邱世爵升堂，遂乃问道："你二人何故厮打？"潘贵道："小人与妻同往郑家庆贺岳父生日，来到清溪渡口，与此光棍及众人等过渡，及过上岸，彼即紊争小人妻子，说是他的，故此二人厮打，被他打至呕血。"洪昂道："小人与妻同往庆贺岳父生日，同船上岸后，彼紊争我妻，乞老爷公断，以剪刁风。"府主乃唤月桂上来问道："你果是谁妻？"月桂道："小妇人原嫁潘贵。"洪昂道："我妻素无廉耻，想当日与他有通奸之私，今日故来做此圈套。乞老爷详情。"府主又问道："你妻子何处可有记验？"昂道："小人妻子左乳下有黑痣可验。"府主令妇人解衣，看见果有黑痣，即将潘贵重责二十，将其妇断与洪昂去，把这一干人犯赶出。

适包公奉委巡行，偶过金华府，径来拜见府尹。及到府前，只见三人出府，一妇与一人抱头大哭，不忍分别；一人强扯妇去。包公问道："你二人何故啼哭？"潘贵就将前事细说一番。包公道："带在一旁，不许放他去了。"包公入府拜见府尹，礼毕，遂说道："才在府前见潘贵、洪昂一事，闻贵府已断，夫妇不舍，抱头而哭，不忍别去。恐民情狡猾，难以测度，其中必有冤枉。"府尹道："老大人必能察识此事，随即送到行台，再审真伪。"包公唯唯出去。府尹即命一起人犯可在包爷衙门外伺候。

包公升堂，先吊月桂审道：“你自说来，哪个是你真丈夫？”月桂道：“潘贵是真丈夫。”包公道：“洪昂曾与你相识否？”月桂道：“并未会面。昨日在船上，偶因子饥取乳与食，被他看见乳下有痣，那光棍即起谋心，及至上岸，小妇与夫往东路回母家，彼扯往西路，因而厮打，二人扭往太爷台前，太爷问可有记验，洪昂遂以痣为凭，太爷不察，信以为实，遂将小妇断与洪昂。乞爷严究，断还丈夫，生死相感。”包公道：“潘贵既是你丈夫，他与你各有多少年纪？”月桂道：“小妇今年二十三岁，丈夫二十五岁，成亲三载，生子方才八月。”包公道：“有公婆否？”月桂道：“公丧婆存，今年四十九岁。”包公道：“你父母何名姓？多少年纪？有兄弟否？”月桂道：“父名郑泰，今八月十三日五十岁，母张氏，四十五岁，生子女共三人，二兄居长，小妇居幼。”包公道：“带在西廊伺候。”

又叫潘贵进来听审，包公道：“这妇人既是你妻，叫做何名？姓谁氏？多少年纪？”潘贵道：“妻名月桂，郑氏，年二十三岁。”以后所言皆合。包公又令在东廊伺候。唤洪昂听审。包公道：“你说这妇人是你的妻，他说是他妻子，何以分辨？”昂道：“小人妻子左乳下有黑痣。”包公道：“那黑痣在乳下，取乳出养儿子，人皆可见，何足为凭？你可报他姓名，多少年纪？”洪昂一时无对，久之乃道：“秋桂乃妻名，今年二十二岁，岳父姓郑，明日五十岁。”包公道：“成亲几年？几时生子？”洪昂道：“成亲一年，生子半岁。”包公怒道：“这厮好大胆，无故争占人妻，还自强硬。”重打四十，边外充军。

若依府拟，潘贵夫妇拆开矣。

青　粪

话说同安县城中有龚昆，娶妻李氏，家最丰饶，性多悭吝。适一日岳父李长者生日，昆备礼命仆长财往贺，临行嘱道："别物可逊他受些，此鹅决不可令他受了。"长财应诺而去。及到李长者家，长者见其礼亦喜，又问道："官人何不自来饮酒？"长财道："偶因俗冗，未得来贺。"长者令厨子受礼，厨子见其礼物菲薄，择其稍厚者略受一二，遂乃受其鹅。长财不悦，恐回家主人见责，饮酒几杯，闷闷挑其筐而回。回到近城一里外，见田中有一群白鹅，长财四顾无人，乃下田拣其大者捉一只，放在鱼池尽将毛洗湿，放入笼中。

谁知鹅仆者名招禄，偶回家去，在山旁撞见长财，笼中无鹅，及复来田，但见长财捉鹅放入笼中而去。招禄且叫且赶，长财并不理他，只管行去。行了一望路，偶遇招禄主人在县回来，招禄叫声："官人，前面挑笼的盗了我家鹅，可速拿住。"其主闻知，一手扭住。长财放下，乃道："你这些人好无礼，无故扯人何干？"主道："你盗我鹅，还说扯你何干？"二人争闹。偶有过路众人，乃为息争道："既是他盗的鹅，众人与你解释，可捉转入群鹅中，如即合伙，就是你的；如不合伙，相追相逐，定是他的。"长财道："众人言之有理，可转去试之。"

长财放出鹅来入于群中，众鹅见其羽毛皆湿，不似前样，众鹅相追相逐，并不合伙。众人皆道："此鹅系长财的，你主仆二人何欺心如此？可捉还他。"其主被众人抢白，觉得无趣，乃将招禄大骂。招禄道："我分明前路见他笼中无鹅，及到田时，见他捉鹅上岸，如何鹅不合伙？"心中不忿，必要明白，二人扭打。

偶值包公行经此地，见二人打闹，问是何事，二人各以其故言之。包公细看其鹅，心中思忖：说是招禄之鹅，何为不合其伙？说是长财的，他岂敢平白赖人？其中必有缘故。想得一计，叫二人各自回家，带鹅县中，分付明早来领去。

次日，公差唤二人进衙领鹅，包公亲看，乃道："此鹅是招禄的。"长财道："老爷，昨日凭众人皆说是小人的，今日如何断与他去？"包公道："你家住城中，养鹅必是粟谷；他居住城外，放在田间，所食皆草菜。鹅食粟谷，撒粪必黄；如食草菜，撒粪必青。今粪皆青，你如何混争?”长财乃道：“既说是他的，昨日为何放彼群鹅之中相逐相追，不合他伙?”包公道：“你这奴才还自强辩！你将水洗其毛皆湿，众鹅见其毛不同，安有不追逐者乎?”鹅给还禄，喝左右重责长财二十板赶出。邑人闻之，一县传颂，皆称包公为神明云。

和尚皱眉

话说包公为县尹，偶一夜梦见城隍送四个和尚来，三个开口笑，一个独皱眉，醒来疑异。次日十五，即往城隍庙行香，见庙中左廊下有四个和尚，因记及夜间所梦的事，乃唤四和尚问道：“你等和尚为何不迎接我?”一和尚答道：“本庙久住者当迎接，小僧皆远方行脚，昨晚寄宿在此，今日又往别寺去，孤云野鹤，故不趋奉贵人。”

包公见有三个和尚粗大，一个和尚细嫩，不似男子样，心中生疑，因问道：“和尚何名?”一人答道：“小僧名真守，那三个都是徒弟，名如贞、如诲、如可。”包公问道：“和尚会念经否?”真守道：“诸经卷略晓一二。”包公哄他道：“今是中秋之节，往年我在家常请僧念经，今幸遇你四人，可在我衙中诵经一日，以保在官清吉。”即带四僧入衙去。

包公命后堂摆列香花蜡烛，以水四盆与僧在廊边洗澡，然后诵经。其三僧已洗，独如可不洗，推辞道：“我受师父戒，从来不洗澡。”包公以一套新衣服与他换道：“佛法以清净为本，哪有戒洗澡之理?纵有此戒，今为你改之。”命左右剥去褊衫，见两乳下垂，乃是妇人。

包公令锁了三僧，将如可问道：“我本疑你是妇人，故将洗澡来试，岂是真要念经乃请你等行脚僧！你这淫乱妇人，跟此三僧逃走，好好从头招出缘由来!”妇人跪泣道：“小妾是宜春县孤村褚寿之妻，家有婆婆七十余岁。因旧年七月十四晚这三个和尚来借宿，妾夫褚寿辞道，我乃孤村贫家，又无床被，不可以歇。这和尚说道，天晚无处可去，他出家人不要床被，只借屋下坐过一夜，明早即去。遂在地打坐诵经。妾夫见他不肯去，又怜他出家人，备具斋饭相待，开床与他歇。谁料这秃子心歹，取出戒刀将妾夫杀死。妾与婆婆将走，被他拿住，将婆婆亦杀死，强把妾来削发。次日，放火烧屋，将僧衣、僧鞋逼妾同去，用药麻口，路上不能喊叫，略不能行，又将我打。妾思丈夫、婆婆都被他杀死，几回思想杀他报冤，奈我妇人胆小，不敢动手。昨晚正是十四夜，旧年丈夫、婆婆被杀之日适值周年，这三个买酒畅饮，妾暗地悲伤，默祷城隍助妾报冤。今老爷叫他入衙，妾道是真请他念经，故不敢告此情。早知老爷神见，疑我是妇人，故将洗澡试验，妾早已说出了。今日乃城隍有灵，使妾得见青天，报冤雪恨，虽即死见丈夫、婆婆于地下，亦无所恨。”包公道：“你从三个和尚污辱一年，若不说出昨夜祷祝城隍一事，我今日必以你为淫贱，决难免于官卖；你今说默祷城隍求报婆婆、丈夫的冤，此乃是实事，我昨夜正梦城隍告我。今与梦相合，方信城隍有灵，这三秃子合该拟斩。”堂上起文书将妇人送还母家，另行改嫁。

西瓜开花

话说包公粜谷赈济回京，偶从温州府经过，忽一夜梦四个西瓜，一个开花。醒来时方半夜，思之不知其故。次日去拜府官王给事，遇三个和尚在街说因果，及回，其和尚犹未去。见其新剃头绿似西瓜，因想起夜来的梦，即带三个和尚入衙门道：“你三人何名?”一老的答道：“小僧名云外，他二个名云表、云际，皆是师兄弟。”又问道：“你居住何寺?”云外道：“小僧皆远方行脚，随地游行，身无定居。昨到本府，在东门侯思正店下暂住，亦不在此久居。”又问道：“你四个和尚，如何只三个出来?”云外道：“只是三人，并无别伙。”包公命手下拿侯思正来问道：“昨日几个和尚在你店内?”侯思正道：“三个。”包公道：“这和尚说有四个，你瞒起一个怎的?”思正道：“更有一个云中和尚，心好养静，只在楼上坐禅，不喜与人交接。这三个和尚叫我休要与人说，免人参谒，扰乱他的禅心。”

包公赚出，即令手下去拿云中来。及到，见其眉目秀美若妇人一般，即跪近案桌前泣道：“妾假名云中，实名四美。父亲贲文，同妾及母亲并一家人招宝，将赴任为典史，到一高岭处，不知是何地名，前后无人，被这三僧杀死父母并招宝，轿夫各自奔走，只留妾一人，强逼剃发，假装为僧，流离道路，今已半年。妾苟延贪生，正欲向府告明此事，为父母报仇，幸老爷察出真情，为妾父母伸冤。”包公听了判道：

> 审得僧云外、云表、云际等，同恶相济，合谋朋奸。假扮方外之游僧，朝南暮北；实为人间之蠹狗，行狠心污。污行不畏神明，恶心哪恤经卷。贲文职授典史，跋涉前程；四美跟随二亲，崎岖峻岭。三僧凶行杀掠，一家命丧须臾。死者抛骨山林，风雨暴露；生者辱身缁衲，蓬梗飘零。慈悲心全然失丧，秽垢业休问祓除。若见清净如来，定受烹煎之谴；倘有阿鼻地狱，永堕牛马之途。佛法迟且报在来世，王刑严即罪于今生。枭此群凶，方快众忿。

移文投送两院，当发所司，即以三僧决不待时，枭首示众。又为贲四美起文书解回原籍，得见伯叔兄弟。有大商贺三德丧妻，见四美有貌，纳为继室，后生子贺怡然，连登科甲，初选赴任，过一峻岭，见三堆骸骨如生，怡然悯之，即令收葬。母贲氏出看岭上风景，泣道：“此即当日贼僧杀我父母处。”乃咬指出血去点骸骨，血皆缩入，即其父母遗骸，随带回去安葬。而招宝一堆骨，则为之埋于亭边，立石碑为记。

卷之十

铜钱插壁

话说龙阳县罗承仔，平生为人轻薄，不遵法度，多结朋伴，家中房舍宽大，开场赌博，收入头钱，惯作保头，代人典当借贷，门下常有败坏猖狂之士出入往来，早夜不一。人或劝道：“结友须胜己，亚己不须交。”承仔道：“天高地厚，方能纳污藏垢。大丈夫在天地之间，安可分别清浊，不大开度量容纳众生？”或又劝道：“交不择人，终须有失；一毫差错，天大祸端。常言‘火炎昆冈，玉石俱焚’，汝奈何不惧？”承仔答道：“一尺青天盖一尺地，岂能昏蔽？只要我自己端正，到底无妨。”由是拒绝人言，一切不听。

忽然同乡富家卫典夜被贼劫，五十余人手执刀枪火把，冲开大门，劫掠财物。贼散之后，卫典一家大小个个悲泣，远近亲朋俱来看慰。此时承仔在外经过，见得众人劝慰，乃叹道：“盖县之富，声名远闻，自然难免劫掠。除非贫士，方可无忧无虑，夜夜安枕。”卫典一听罗承仔的话，心中不悦，乃谓其二子道：“亲戚朋友个个悯我被劫，独罗承仔乃出此言。想此劫贼俱是他家赌博的光棍，破荡家业，无衣少食，故起心造谋来打劫我。若不告官，此恨怎消！”于是写状具告于巡行包公衙门。

包公看了状纸，行牌并拘原告卫典、被告罗承仔等，重加刑罚审问。罗承仔受刑至极，执理辩道：“今卫典被劫，未经捉获一个，又无赃证，又无贼人扳扯，平地风波陷害小人，此心何甘？”卫典道：“罗承仔为人既不事耕种，又不为商贾，终日开场赌博，代作保头，聚集多人，皆面生无籍之辈，岂不是窝贼！岂不可剪除！”包公叱道：“罗承仔不务本，不安分，逐末行险，谁不疑乎？作保头，开赌局，窝户所出决矣；但贼情重事，最上捉获，其次赃证，又次扳扯，三者俱无，难以窝论。卫典之告，大都因疑诬陷之意居多，许令保释，改恶从善，后有犯者，当正典刑。”

罗承仔心中欢喜，得免罪愆，谨守法度，不复如前做保开赌，人皆悦其能改过自新。独有卫典心下不甘道：“我本被贼打劫，破荡家计，告官又不得理，反受一场大气，如何是好？”终日在家抱怨官府。包公访知，自忖道：承仔决非是盗，真盗不知何人。故将卫典重责二十板，大骂道：“刁恶奴才，我何曾问差了？你自不小心失盗，那强盗必然远去了，该认自家的晦气，反来怨恨上官！”即命监起。

城中城外人等皆知卫典被打被监，官府不究盗贼事情。由是真贼铁木儿、金堆子等闻得，心中大喜，乃集众伙买办酒肉，还谢神愿。饮至夜深，各各分别，笑道：“人说包爷神明，也只如此。但愿他子子孙孙万代公侯，专在我府做官，使我们得其自在，无惊无扰。”

不觉是夜包公因卫典被劫之事亲行访察，布衣小帽，私出街市，及行至城隍庙西，适听众贼笑语。心中想道：愿我子孙富贵诚好，但无惊无扰的话，却有可疑。遂以小锥画三大“钱”字于墙上。转过观音阁东，又听人语：“城隍爷爷真灵，包公爷爷真好；若不得他糊涂不究，我辈齐有烦恼。”包公心中又想道：说我真好固是，但齐有烦恼的话又更可疑，此言与前所听者俱是贼盗的话。即以三铜钱插在壁间，归来安歇。

明日望旦，同众官往城隍庙行香，礼毕，即乘轿至庙西街，看墙上有三“钱”字处，命民壮围屋，拿得铁木儿等二十八人。又转观音阁东，寻壁上有三大钱处，亦令手下围住，拿得金堆子等二十二人，归衙鞫问。先将铁木儿夹起骂道：“卫典与你何仇，黑夜强劫他家财富？”铁木儿等再三不认。包公道：“你们愿我长来做此官，得以自在，无惊无扰，奈何不守法度，致为劫贼！”铁木儿听得此言，各各破胆，从实招认：不合打劫卫典家财均分是实，罪无可逃，乞爷超活蚁命。复将金堆子等夹起问道："汝等何故同铁木儿等劫掠卫典？"金堆子等一毫不认。包公怒道："汝等众人都说'城隍爷爷甚灵，包公爷爷甚好'，今日若不招认，个个'齐有烦恼'！"堆子等听得此言，人人落魄，个个丧胆，遂一一招认。包公即判追赃给还卫典回家；将金堆子、铁木儿等拟成大辟，秋后处决。

蜘蛛食卷

话说山东兖州府钜野县郑鸣华，家道殷富，生子名一桂，姿容俊雅。因父择配太严，年长十八，未为聘娶。其对门杜预修家，有一女名季兰，性淑有貌。因预修后妻茅氏欲主嫁与外侄茅必兴，预修不肯，以致延到十八岁亦未许人。郑一桂观见其貌，千方百计得与通情；季兰年长知事，心亦欢喜，每夜潜开猪门引一桂入宿。将次半载，两家父母颇知之。季兰后母茅氏在家吵闹，遂关防甚密；然季兰有心向一桂，怎能防得！

一日，茅氏往外家去，季兰在门首立候一桂，约他夜来。其夜，一桂复往，季兰道："我与你相通半载，已怀了三个月身孕。你可央媒来议婚，谅我父亦肯；但继母在家，必然阻挡。今乘他往外公家去，明日千万留心。此事成则姻缘可久，不然，妾为你死矣。纵有他人来娶我，妾既事君，决不改节于他人。"郑一桂欣然应诺。

至次日五更，季兰仍送一桂从猪门出去。适有屠户萧升早起宰猪，正撞见了，心下忖道：必是一桂与预修之女有通，故从他猪门而出。萧升亦从猪门挨入，果见女子在偏门边倚立，萧升向前逼他求欢。季兰道："你是何人？敢这等胆大！"萧升道："你养得一桂，独养不得我？"季兰哄道："彼要娶我，故私来先议；若他不娶，则日后从你无妨。”即抽身走入房去，锁住了门。萧升只得走出，心中焦躁，想道：彼恋一桂后生，怎肯从我？不如明日杀了一桂，使他绝望，谅季兰必得到手。

次日，一桂禀知于父，要娶季兰。郑鸣华道：“几多媒来议豪家女子，我也不纳，今娶此不正之女为媳，非但辱我门风，抑且被人取笑。”一桂见父不允，忧闷无聊，至夜静后又往季兰家，行到猪门边，被萧升突出拔刀杀之，并无人见。次日，郑鸣华见子被杀，不胜痛伤，只疑是杜预修所杀，遂赴县具告。

本县朱知县拘问，郑鸣华道：“亡儿一桂与伊女季兰有奸，伊女嘱我儿娶他，我不肯允，其夜遂被杀。”杜预修道：“我女与一桂奸情有无，我并不知。纵求嫁不允，有女岂无嫁处，必须强配？就是他不允亲事，有何大仇遂至杀他？此皆是虚砌之词，望老爷详察。”朱知县问季兰道：“有无奸情？是谁杀他？惟汝知之，从实说来。”季兰道：“先是一桂千般调戏，因而苟合，他先许娶我，后来我愿嫁他，皆出真心，曾对天立誓，来往已将半载。杀死之故不知，是谁，妾实不知。”朱知县道：“你通奸半载，父亲知道，因而杀之是真。”遂将杜预修夹起，再三不肯认，又将季兰上了夹棍。季兰心想：一桂真心爱我，他今已死，幸我怀孕三月，倘得生男，则一桂有后；若受刑伤胎，我生亦是枉然。遂屈招道：“一桂是我杀的。”朱知县道：“一桂是你情人，偏忍杀他？”季兰道：“他未曾娶我，故此杀了。”朱知县道：“你在室未嫁，则两意投合，情同亲夫。始焉以室女通奸，终焉以妻子杀夫，淫狠两兼，合应抵偿。”郑鸣华、杜预修皆信为真。再过六个月，生下一男，鸣华因无子，此乃是他亲孙，领出养之，保护甚殷。

过了半年，包公巡行到府，夜观杜季兰一案文卷，忽见一大蜘蛛从梁上坠下，食了卷中几字，复又上去。包公心下疑异，次日即审这桩事。杜季兰道：“妾与郑一桂私通，情真意密，怎肯杀他？只为怀胎三月，恐受刑伤胎，故屈招认。其实一桂非妾所杀，亦不干妾父的事，必外人因甚故杀之，使妾枉屈抵命。”包公道：“你更与他人有情否？”季兰道：“只是一桂，更无他人。”包公心疑蜘蛛食卷之事，意必有姓朱者杀之，不然乃是朱知县问枉了。乃道：“你门首上下几家，更有甚人，可历报名来。”鸣华历报上数十名，皆无姓朱者，只内一人名萧升。包公心疑蜘蛛一名蛸蛛，莫非就是此人？再问道：“萧升作何生理？”答言：“宰猪。”包公心喜道：猪与朱音相同，是此人必矣！乃令鸣华同公差去拿萧升来作干证。公差到萧升家道：“郑一桂那一起人命事，包爷唤你。”萧升忽然迷乱道：“罢了！当初是我错杀你，今日该当抵命。”公差喝道：“只要你做干证！”萧升乃惊悟道：“我分明见一桂问我索命，却是公差。此是他冤魂来了，我同你去认罪便是。”郑鸣华方知其子乃是萧升所杀，即同公差锁押到官。萧升一一招认道：“我因早起宰猪，见季兰送一桂出门，我便去奸季兰，他说要嫁一桂，不肯从我。次夜因将一桂杀之，要图季兰到手。不料今日露出情由，情愿偿命，再无他说。”包公即判道：

> 审得：郑一桂系季兰之情夫，杜季兰是一桂之表子，往来半载，三月怀胎；图结良缘，百世偕老。陡为萧升所遇，便起分奸之谋。恨季兰之不从，遇一桂而暗刺。前官罔稽实迹，误拟季兰于典刑；今日访得真情，合断萧升以偿命。余人省发，正犯收监。

当时季兰禀道：“妾蒙老爷神见，死中得生，犬马之报，愿在来世。但妾身虽许郑郎，奈未过门，今儿子已在他家，妾愿郑郎父母收留入家，终身侍奉，誓不改嫁，以赎前私奔之丑。”郑鸣华道：“日前亡儿已欲聘娶，我嫌汝私通非贞淑之女，故此不允；今日有拒萧升之节，又有愿守制之心，我当收留，抚养孙儿。”包公即判季兰归郑门侍奉公姑。后寡守孤子郑思椿，年十九登进士第，官至两淮运使，封赠母杜氏为太夫人。郑鸣华以择妇过严，致子以奸淫见杀；杜预修以后妻掣肘，致女以私通招祸。此二人皆可为人父母之戒。

尸 数 椽

话说世间事情都尽分上，越中叫做说公事，吴中叫做讲人情。那说分上的进了迎宾馆，不论或府或县，坐定就说起。若是那官肯听便好，笑容也是有的，话头也是多的；略有些不如意，一个看了上边的屋听着，一个看了上边的屋说着，俗说叫做僵尸数椽子。譬如人死在床上，有一时棺材备办不及，将面孔向了屋上边，今日等，明日等，直等到停当了棺木，方好盛殓，故叫尸数椽。那说分上的，听分上的，各仰面向了上边，恰便是僵尸数椽子的模样。以此劝做官的，决不到没棺材的地位，何苦去说分上，听分上，先去操演那数椽子的功夫！

话休烦絮，却说东京有个知县，姓任名事，凡事只听分上，全不顾些天理。不说上司某爷书到，即说同年某爷帖来，作成乡里说人情，不管百姓遭殃祸。那说人情的得了银子，听人情的做了面皮，那没人情的就真正该死。不知屈了多少事，枉了多少人。忽一日听了监司齐泰的书，入了一个死罪，举家流离。那人姓巫名梅，可怜上天无路，入地无门，竟屈死了，来到阴司，心上想道：关节不到，只有包老爷，他一生不听私书，又且夜断阴间，何不前往告个明白？是夜，正遇包公在赴阴床断事，遂告道：

告为徇情枉杀事：生抱沉冤，死求申雪。身被赃官任事听了齐泰分上，枉陷一身致死，累害合门迁徙。严刑酷罚，平地陡成冤地；挈老携幼，良民变作流民。儿女悲啼，纵遇张辽声不止；妻子离散，且教郑侠画难如。只凭一纸书，两句话，犹如天降玉旨；哪管三番拷，四番审，视人命如草芥。有分上者，杀人可以求生；无人情者，被杀宁当就死？上告。

包公看毕大怒道：“可恨可恨！我老包生平最怪的是分上一事。考童生的听了人情，把真才都不取了；听讼的听了人情，把虚情都当实了。”叫鬼卒拘拿听分上的任知县来。不多时，拿到阶前跪下。包公道：“好个听人情的知县，不知屈杀了多少人！”任知县道：“不干知县之事。大人容禀，听知县诉来。”

诉为两难事：读书出仕，既已获宴鹿鸣之举；居官赴任，谁不思励羔羊之节。今身初登进士，才任知县，位卑职小，俗薄民刁。就缙绅说来，不听不是，听还不是；据百姓怨去，不问不明，问亦不明。窃思徇情难为法，不徇难为官。不听在乡宦，降调尚在日后；不听在上司，罢革即在目前。知死后被告，悔当日为官。上诉。

知县将诉状呈上道：“要听了分上，怕屈了平民；若不听他分上，又怕没了自己前程。因说分上的是齐泰，乃本职亲临上司，不得不听。”包公听了，忙唤一卒再拘齐泰来。齐泰到时，包公道：“齐泰，你做监司之官，如何倒与县官讨分上？”齐泰道：“俗语说得好，苍蝇不入无缝的蛋。若是任知县不肯听分上，下官怎的敢去讲分上？譬如老大人素严关防，谁敢以私书干谒？即天子有诏，亦当封还，何况监司乎？这屈死事情，知县之罪，非下官之过也。再容下官诉来。”

诉为惹祸嫁祸事：县官最难做，宰治亦有法。贿绝苞苴，则门如市而心如水；政行蒲苇，始里有吟而巷有谣。今任知县为政多讹，枉死者何止一巫梅？徇情太甚，听信者岂独一齐泰！说不说由泰，听不听由任。你若不开门路，谁敢私通关节？直待有人告发，方出牵连嫁害。冤有头，债有主，不得移甲就乙；生受私，死受罪，难甘扳东扯西。上诉。

包公听了道：“齐泰，据你说来，甚是有理。你说知县不肯听分上你就不肯讲分上了，这叫责人则明，恕己则昏了。你若不肯讲分上，怎么有人寻你说分上？”任知县连叩头道：“大人所言极是。”包公道：“听分上的不是，讲分上的也不是。听分上的耳朵忒软，罚你做个聋子；讲分上的口齿忒会说，罚你做个哑子。”即判道：

审得：任事做官未尝不明，只为要听分上便不公；齐泰当道未尝不能，只为要说分上便不廉。今说分上者罚为哑子，使之要说说不出；听分上的罚为聋子，使之要听听不得。所以处二人之既死者可也。如现在未死之官，不以口说分上而用书启，不以耳听分上而看书启，又将如何？我自有处。说分上者罚之以中风之痼疾，两手俱瘘而写不动，必欲念与人写，而口哑如故，却又念不出矣；听分上者罚之以头风之重症，两眼俱瞎而看不见，必欲使人代诵，而耳聋如故，却又听不着矣。如此加谴，似无剩法，庶几天理昭彰，可使人心痛快。

批完道："巫梅，你今生为上官听了分上枉死了你，来生也赏你一官半职。"俱各去讫。

鬼 推 磨

话说俗谚道："有钱使得鬼推磨。"却为何说这句话？盖言凭你做不来的事，有了银子，便做得来了，故叫作鬼推磨，说鬼尚且使得他动，人可知矣。又道是"钱财可以通神"，天神最灵者也，无不可通，何况鬼乎？可见当今之世，惟钱而已。有钱的做了高官，无钱的做个百姓；有钱的享福不尽，无钱的吃苦难当；有钱的得生，无钱的得死。总来不晓得什么缘故，有人钻在钱眼里，钱偏不到你家来；有人不十分爱钱，钱偏望着他家去。看起来这样东西果然有个神附了他，轻易求他求不得，不去求他也自来。

东京有个张待诏，本是痴呆汉子，心上不十分爱钱，日逐发积起来，叫做张百万。邻家有个李博士，生来乖巧伶俐，死在钱里，东手来西手就去了。因见张待诏这样痴呆偏有钱用，自家这样聪明偏没钱用，遂郁病身亡，将钱神告在包公案下。

告为钱神横行事：窃惟大富由天，小富由人。生得命薄，纵不能够天来凑巧；用得功到，亦可将就以人相当。何故命富者不贫，从未闻见养五母鸡二母彘，香爨偏满肥甘；命贫者不富，哪怕他去了五月谷二月丝，丰年不得饱暖。雨后有牛耕绿野，安见贫窭田中偶幸获增升斗；月明无犬吠花村，未尝富家库里以此少损分毫。世路如此不平，神天何不开眼？生前既已糊涂，死后必求明白。上告。

包公看毕道："那钱神就是注禄判官了，如何却告了他？"李博士道："只为他注得不均匀，因此告了他。"包公道："怎见得不均匀？"李博士道："今世上有钱的坐在青云里，要官就官，要佛就佛，要人死就死，要人活就活。那没钱的就如坐在牢里，要长不得长，要短不得短，要死不得死，要活不得活。世上同是一般人，缘何分得不均匀？"包公道："不是注禄分得不均匀；钱财有无，皆因自取。"李博士道："东京有张百万，人都叫他是个痴子，他的钱偏用不尽；小的一生人都叫我伶俐，钱神偏不肯来跟我。若说钱财有无都是自取，李博士也比张待诏会取些，如何这样不公？乞拘张待诏来审个明白。"

移时，鬼卒拘到。包公道："张待诏，你如何这样平地发迹，白手成家，你在生敢做些歹事么？"张待诏道："小人也不会算计，也不会经运，今日省一文，明日省一文，省起来的。"包公道："说得不明白。"再唤注禄判官过来问道："你做注禄判官就是钱神了，如何却有偏向？一个痴子与他百万，一个伶俐的到底做个光棍！"注禄判官道："这不是判官的偏向，正是判官的公道。"包公道："怎见得公道？"判官道："钱财本是活的，能助人为善，亦能助人为恶。你看世上有钱的往往做出不好来，骄人，傲人，谋人，害人，无所不至，这都是伶俐人做的事，因此，伶俐人我偏不与他钱。惟有那痴呆的人，得了几文钱，深深的藏在床头边，不敢胡乱使用，任你堆积如山，也只平常一般，名为守钱虏是也，因此，痴呆人我偏多与他钱。见张待诏省用，我就与他百万，移一窖到他家里去；见李博士奸滑，我就一文不与，就是与他百万也不够他几日用。如何叫判官不公道？"包公道："好好，我正可恶贪财浪费钱的，叫鬼卒剥去李博士的衣服，罚他来世再做一个光棍。但有钱不用，要他何干？有钱人家尽好行些方便事，穷的周济他些，善的扶持他些。徒然堆在那里，死了也带不来，不如散与众人，大家受用些，免得下民有不均之叹。”叫注禄官把张待诏钱财另行改注，只够他受用罢了。批道：

> 审得：人心以不足而冀有余，天道以有余而补不足。故勤者余，惰者不足，人之所以挽回造化也；又巧者不足，拙者有余，天之所以播弄愚民也。终久天命不由乎人，然而人定亦可以胜天。今断李博士罚作光棍，张待诏量减余赀，庶几处以半人半天之分，而可免其问天问人之疑者也。以后，居民者常存大富由天小富由人的念头，居官者勿召有钱得生无钱得死的话柄，庶无人怨之业，并消天谴之加。

批完，押发去。又对注禄判官道：“但是如今世上有钱而作善的，急宜加厚些；有钱而作恶的，急宜分散了。”判官道：“但世人都是痴的，钱财不是求得来的，你若不该得的钱，虽然千方百计求来到手，一朝就抛去了。”

栽　赃

话说永平县周仪，娶妻梁氏，生女玉妹，年方二八，姿色盖世；且遵母训，四德兼修，乡里称赏。六七岁时许配本里杨元，将行礼亲迎，为母丧所阻。土豪伍和，因往人家取讨钱债，偶过周仪之门，回头顾盼，只见玉妹倚阑刺绣，人物甚佳，徘徊眷恋，遂问其仆道：“此谁家女子？其实可爱。”仆道：“此是周家玉妹。”和道：“可配人否？”仆道：“不知。”和遂有心，日夜思慕，相央魏良为媒。良见周仪，谈及“伍和家资巨万，田地广大，世代殷富，门第高华，欲求为公家门婿，使我为媒，万望允从”。周仪答道：“伍宅家势富豪，通县所仰；伍官人少年英杰，众人所称，我岂不知？但小女无缘，先年已许配本处杨元矣。”魏良回报于和道：“事不谐矣，彼多年已许聘杨元，不肯移易。”和怒道：“我之家财人品，门第势焰，反出杨元之下？奈何辞我？我必以计害之，方遂所愿。”魏良道：“古人说得好，‘争亲不如再娶’，官人何必苦苦恋此？”和终不听，欲兴讼端。周仪知之，遂托原媒择日送女适杨元家，成就姻缘，杜绝争端。

和闻之，心中大怒，使人密砍杉木数株，浸于杨元门首鱼池内，兴讼报仇，乃作状告于永平县主秦侯案下，原被告并邻里干证一一拘问。邻里皆道：“杉木果系伍和坟山所产，实浸杨元门首池中，形迹昭昭，不敢隐讳。”杨元道：“争亲未得，伐木栽赃，图报仇恨，冤惨何堪？”伍和道：“盗砍坟木，惊动先灵，死生受害，苦楚难当。”秦侯道：“伍和何必强辩？汝实因争亲未遂，故此栽赃报恨。”遂打二十板，问其反坐之罪。判道：

审得：伍和与杨元争娶宿仇，连年秦越。自砍杉木，魃浸元池，黑暗图赖，其操心亦甚劳，而其为计何甚拙也。里邻实指，盖徒知元池有赃，而不知赃之在池由于和所丢耳。元系无辜，和应反坐。某某干证，俱落和套术中，姑免究。

此时伍和诡谋不遂，怒气冲冲，痛憾杨元：“我不置此贼于死地，誓不甘休！”思思虑虑，常欲害元。一日，忽见一丐子觅食，与他酒肉，问道：“汝往各处乞食，还是哪家丰富，肯施舍钱米济汝贫民？”丐子应道：“各处大户人家俱好乞食；但只有杨元长者家中正在整酒做戏还愿，无比快活，甚好讨乞，我们往往在那里相熟，多乞得些。”伍和道：“做戏完否？酒吃罢否？”丐子道：“还未完，明日我又要往他家。”伍和道：“他家东廊有一井，深浅何如？与众共否？”丐子道：“只是他家独自打水。”伍和道：“我再赏你酒肉，托你一事，肯出力干否？若干得来，还有一钱好银子谢你。”丐子道：“财主既肯用我，又肯谢我，即要下井去取黄土我也下去，怎敢推辞！”伍和道：“也不要你下井，只在井上用些工夫。”语毕，遂以酒肉与他。丐者醉饱之后，问：“干甚事？”伍和道：“你今已醉，在我这里住宿，明日酒醒，早饭后我对你说。”

及至次日清晨，伍和问丐者道：“酒醒乎？”丐者道：“酒已醒。”伍和遂以金银首饰一包付与丐者道：“托你带此往杨家，密密丢在井中，千万勿泄机关，只好你知我知。”丐者领过，即便出伍家门。行至前途，见一卖花粉簪钗者，遂生利心。坐于偏僻所在，展开伍和包裹一看，只见金钗一对、金簪二根，银钗一对，银簪二根，心中大喜，将米二斗，碎银三分，买铜锡簪钗换了金银的，依旧包好，挤入杨元家看戏，将此密丢井中，来日报知伍和，讨赏银一钱。伍和随即写状，仍以窃盗事情指赃搜检等情奔告巡行衙门包公台下。

包公准状后，即行牌该县拿人搜赃。伍和指称金银首饰赃在井中，即凭应捕里甲干井搜检，果得一包金银首饰。杨元一见不能辩脱，本县起解见包公。包公鞫问再三，杨元死不肯认。包公道："井在你家，赃在你井中，安能辞得？"杨元受刑，竟不认盗。包公遂呼伍和道："你这首饰是何人打的？"伍和道："打金者是黄美，打银者是王善。"包公即拘得黄美、王善来问道："此金银首饰是你二人与伍和打造的？"黄美道："小人与他打金的，不曾打铜的。"王善道："小人为他打银的，不曾打锡的。"包公一闻铜锡之言，心中便知此事有弊，且将杨元监起，伍和喝出，即令得力公牌邓仕密密跟随伍和，看他在外与何人谈论，即急急扯来报我。

邓仕悄地随和行至市中，只见和问丐子道："前日托你干事，已送谢礼一钱，何故将铜锡换去金银？"丐者答道："何敢为此事？"和道："包爷拘黄美、王善两匠人认出。"丐者无言。邓仕当下拿丐者回报，包公将丐者夹起道："你何故换去伍和金银首饰？"丐者胆落，只得直招道："伍和托我拿首饰丢在杨元廊下井中，小人见财起心，换了他的是实。其物尚在身上，即献老爷台前，乞超活蚁命。"此时包公深怒伍和，遂加严刑，竟问反坐，和纵有百口，不能强争。判道：

> 审得伍和，狠毒万分，刁奸百出。栽赃陷杨元，冤沉井底；用钱贿丐子，事败市中。前假杉木为奸，已坐诬罔；兹以首饰搆讼，更见居心。用心机谋，徒然祸己；难逃罪罟，竟尔害身。陷人之心太甚，欺天之恶弥彰。拟以要衢徒役，用警群枭；剪汝太剧凶器，以昭大法。杨元无罪可身，丐者徇私量罚。

扮 戏

话说建中乡土硗瘠，风俗浮靡，男女性情从来滥恶，女多私交不以为耻，男女苟合不以为污。居其地者，惟欲丰衣足食，穿戴齐整华靡，不论行检卑贱，秽恶弗堪。有谣言道："酒日醉，肉日饱，便足风流称智巧。一声齐唱俏郎君，多少嫦娥争闹吵。"此言男子辈之淫乱也。又有俚语道："多抹粉，巧调脂，高戴髻，穿好衣，娇打扮，善支持，几多人道好蛾眉。相看尽是知心友，昼夜何愁东与西。"言女子辈之淫纵也。闻有贤邑宰观风考俗，欲革去其淫污以成清白，奈习俗之染既深，难以朝夕挽回。

有一富家杨半泉，生男三人，长曰美甫，次曰善甫，幼曰义甫，俱浮浪不羁，素越礼法。常窥东邻戚属于庆塘娇媳刘仙英，容貌十分美丽，知其心中事，恨夫婿年幼，情欲难遂，日夜忧闷，星前月下，眼去眉来，意在外交，全无忌惮，美甫兄弟三人遂各调之。仙英虽无不纳，然钟情则在善甫。庆塘夫妇亦知其情，但以子幼无知，媳妇稍长，欲动情趣，难以防闲；又念善甫懿戚，瞰近戚邻，若加捉获，彼此体面有伤，只得含忍模糊。然善甫虽恋仙英，仙英心下殊有所不足。盖以善甫钱财虽充盈，仪容虽修饰，但胸中无学术，心上有茅塞，琴、棋、书、画，吹、弹、歌、舞，俱未谙晓，难作风流佳婿，纵善甫巧于媚爱，过为奉承，仙英亦唯唯诺诺而已，私通四载有余，真情一毫未吐。

忽于中秋佳节，风清月朗，市人邀集浙西子弟扮戏，庆赏良夜，娇喉雅韵，上彻云霄。仙英高玩西楼，更深夜静，闻得子弟声音嘹亮，凭栏侧耳，万分动心，恨不得插翅飞入其怀抱。次夜，善甫复会仙英，问道："昨夜风月清胜无边，何独远我而不共登高楼，亲近广寒问嫦娥乐事耶?"善甫道："本欲来相伴，偶有浙人来扮戏，父兄亲戚大家邀往玩耍，不能私自前来，故尔负罪。"仙英因问道："夜深时歌喉响彻霄汉者为谁？"善甫道："非他人，乃正生唐子良，其人二十二岁，神色丰姿，种种奇才，问其家世，系一巨宦子弟，读书既成，只为性好要乐，故共众子弟出游。"

仙英闻子良为人精雅风流，更加动念。次日，乃语其姑道："公公指日年登六十花甲，亦非等闲，自然各处亲友俱来称觞祝寿，少不得设酒宴宾，必须请子弟演戏几日。今闻得有浙戏在此，善于歌唱搬演，合用之以与大人庆寿，劝诸宾尽欢而散。"其姑喜而叹道："古人说子孝不如媳孝，此言不虚。"遂劝庆塘道："人生行乐耳，况值老官人华诞，海屋添筹，斗星炫耀，凡诸亲友，一一皆来庆寿，必置酒开筵，款待佳客。难得有好浙戏在此，必须叫到家中做上几台。"庆塘初尚不允，及听妻言再三，遂叫戏子连扮二十余日。

仙英熟视正生唐子良着实可爱，遂私奔外厅，默携子良同入卧房，交合甚欢。做戏将毕，子良思想：戏完，岂可久留他家，与仙英长会？乃思一计，密约仙英私奔而归，但不知仙英心下何如。子良当夜与仙英私相谓道："今你家戏完，我决不能长久同乐，你心下如何？"仙英道："我亦无可奈何。"子良即起拐带之心，甜言蜜语对仙英说："我有一计，莫若同你私奔我家。"仙英道："我家重重门锁，如何走得？"良道："你后门花园可逾墙而走。"英道："如此便好。"遂约某日某夜逾墙逃出，同子良一齐而归。

彼时设酒日久，庆塘夫妇日夜照顾劳顿，初不提防。至次日，喊叫媳妇起来，连喊几声不应，直至房中卧床，不见踪影。乃顿足捶胸哭道："我的媳妇决然被人拐去！"乃思忖良久道："拐我媳妇者决非别人，只有杨善甫这贼子，受他许多年欺奸污辱，含忍无奈，今又拐去。"不得不具状奔告包公道：

告为灭法奸拐事：婚姻万古大纲，法制一王令典。枭豪杨善甫盖都喇虎，猛气横飞，恃猗顿丘山之富，济林甫鬼蜮之奸。欺男雏懦，稔奸少妇刘仙英，贪淫不已。本月日三更时分，拐串奔隐远去，盗房赀一洗。痛身有媳如无媳，男有妻而无妻。恶妄如林如云，今又恣奸恣拐。地方不啻溱洧，风俗何殊郑卫？上告。

包公天性刚明，断事神捷，遂准庆塘之状，即便差人捉拿被告杨善甫。善甫叹道："老天！屈死我也。刘仙英虽与我平素相爱，今不知被谁人拐去，死生存亡，俱不可知，乃平白诬我奸拐，情苦何堪！我必哭诉，方可暴白此冤。"遂写状奔诉：

诉为捕风捉影谁凭谁据事：风马牛自不相及，秦越人岂得相关？浇俗靡靡，私交扰扰。庆媳仙英苟合贪欲，通情甚多。今月某夜，不知何人潜拐密藏，踪迹难觅。庆执仇谁为证佐？竟平白陷身无辜。且恶造指鹿为马之奸，捏画蛇添足之状。教猱升木，架空告害；台不劈冤，必遭栽陷。上诉。

包公详看善甫诉状，忖道：私交多年，拐带有因，安能辞其罪责！乃呼杨善甫骂道："汝既与仙英私通多年，必知英心腹事情。今仙英被人拐去，汝亦必知其缘故。"甫道："仙英相爱者甚多，安可架陷小人拐去。"包公道："仙英既多情人，汝可一一报来。"善甫遂报杨廷诏、陈汝昌、王怀庭、王白麓、张大宴、李进有等，一一拘到台下审问，皆道："仙英私爱之情不虚，但拐串一节全然不晓。"包公即把善甫及众人一一夹起，全无一人肯招，众口咸道："仙英淫奔之妇，水性杨花，飘荡无比，不知复从何人逃了，乃把我们一班来受此苦楚，死在九泉亦不甘心。"庆塘复禀包公道："拐小人媳妇者杨善甫，与他人无干，只是善甫故意放刁，扯众人来打浑。"包公再审众人，口词皆道："仙英与众通情是真，终不敢妄言善甫拐带，乞爷爷详察冤情，超活一派无辜。"

包公听得众人言语，恐善甫有屈，且将一干人犯尽行收监。夜至二更，焚香祝告道："刘仙英被人拐去，不识姓名，不见踪迹，天地神明，鉴察冥冥，宜速报示，庶不冤枉无辜。"祝毕，随步入西窗，只听得读书声音，仔细听之，乃诵"绸缪"之诗者，"子兮子兮，如此良人何"。包公想道：此"唐风"也，但不知是何等人品。侵晨起来，梳洗出堂，忽听衙后有人歌道："戏台上，好生糖；甚滋味，分明凉。"包公惕然悟道："必是扮戏子弟姓唐名子良也。"升堂时，投文佥押既完，又取出杨善甫来问道："庆塘家曾做戏否?”答言:“做过。”“有姓唐者乎?”答言:“有唐生名子良者。”又问:“何处人氏?”回言:“衢之龙城人。”

包公乃假劫贼为名,移关衢守宋之仁台下道:“近因阵上获有惯贼,强人自鸣极称,龙寇唐子良同行打劫多年,分赃得美妇一口,金银财物若干,烦缉拿赴对,以便问结。”宋公接到关文,急急拿子良解送包公府衙。子良见了包公,从直诉道:“小人原是宦门苗裔,习学儒书有年。只因淡泊,又不能负重生理,遂合伙做戏。前在富翁于庆塘家做庆寿戏二十余台,其媳刘仙英心爱小人,私奔结好,愿随同归,何尝为盗?同伙诸人可证。”

包公既得真情,遂收子良入监,又移拿仙英来问道:“汝为何不义,背夫逃走?”仙英道:“小妇逃走之罪固不能免,但以雏夫稚弱,情欲弗遂,故此丧廉耻,犯此罪愆,万乞原宥。”包公呼于庆塘父子问道:“此老好不无知!儿子口尚乳臭,安用此淫妇?无怪其奔逃也。”庆塘道:“小人暮年生三子,爱之太过,故早娶媳妇辅翼。总乞老爷恩宥。”包公遂问仙英背夫逃走,当官发卖;唐子良不合私纳淫奔,杨善甫亦不合淫奸少妇,杨廷诏诸人等俱拟和奸徒罪;于庆塘诬告反坐,重加罚赎,以儆将来。人人快服。判道:

审得刘仙英,芳姿艳色,美丽过人,秽行淫情,滥恶绝世。耻乳臭之雏夫,养包藏之谲汉。衽席私通,丧名节而不顾;房帏苟合,甘污辱以何辞。在室多情郎,失身已甚;偷情通戏子,背夫尤深。酷贪云雨之欢,极陷狗彘之辱。依律官卖,礼给原夫。子良纳淫奔之妇,曷可称良?善甫恣私奸之情,难以言善。俱拟徒罪,以警淫滥。廷诏诸人悉系和奸,法条难赦;庆塘一身宜坐诬告,罚赎严刑。扫除遍邑之淫风,挽回万姓之淳化。

瓦器灯盏

话说永从县李马英，才高学博，乡会联登，殿试二甲，选为泰州知州。及到任，恪守官箴，动遵王法，城狐社鼠，绝迹潜踪，学校日崇，吏胥日畏，市无闲语，野有清评，皆道泰州何幸得此贤侯！只是遇了亲故年家，略要听些分上。奈何一旦病疾流连，竟不能起，乃呼其妻赵氏道："我本期与淑人百岁快乐，今天限我年，不能强生尘世，汝宜扶柩还归故乡，教诲汝子接绍我书香，无令失所。"语毕遂终。赵淑人哀痛不胜，抚棺自缢。抚院闻知，悉行吊礼，急奏朝廷，降旨旌表马英为良臣，淑人为烈女，驰驿还乡，立祠享祭。

厥子罗大郎素性凶狂，又无学术，父官清苦，宦囊久虚，食用奢华，家赀消减，不守礼法，流入棍徒，恣恶恃强，横行乡曲，游手好闲，混为盗贼。一日，坐于南桥，忽见银匠石坚送其亲戚水朝宗于渡口，虑其酒醉，卖有瓦器灯盏六枚，执其包裹而嘱之道："此物件须珍重，不可恍惚。"朝宗道："是我自家所当心者，何必叮咛。"遂别去。

大郎听了此言，即起谋心道："石银匠送此人再三嘱咐，必是倾泻银子回家。"遂急急赶至前途，欲谋所有。望见龙泉渡边，闻得朝宗醉呼渡子阮自强撑船渡河，自强道："我有病不能撑船，汝自家撑去。"朝宗带醉跳上渡船，大郎连忙踏上船道："我与你撑去。"一篙离岸，二篙渐远，三篙至中流。天色昏沉，夜晚悄黑，两岸无人，漫天祸起，即将朝宗推入深水中，取其包裹登岸而去，只遗下雨伞一把在船。次日，阮自强令男去看船，拾还家中。是夜，大郎谋得朝宗包裹，悄地打开，并无银两，只有瓦器灯盏六枚，心中惨然不悦，自嗟自怨，乃援笔而题龙光庙后门道："你好差，我好错，只因灯盏霍。若要报此仇，除是马生角。"题毕，将灯盏打破归家。

越二日，朝宗之子有源在家，心下惊恐，乃道："我父前日入城谒石亲，至今未还，是何迟滞?"遂往城访问。石坚道："我前日苦留令尊，他急急要回，正带酒醉，并无他物，只有灯盏六枚，雨伞一把。汝可随路访问。"有源如其言，寸寸节节，访问不已。直至渡口，问及阮自强，自强道："前日晚上，有一醉汉同人过渡，不知何人撑过，遗下雨伞一把，我收得在此。"有源一见雨伞，即号泣道："此是我父的雨伞，今在你家，必是你谋死我父性命。"即投明邻右人等，写状告于本县：

告为仇不共戴事：蝗虫不捕，田少嘉禾；蠹害未除，庭无秀木。天台若不剿盗，商旅怎得安宁?喇虎阮自强，驾船渡子，惯害平民。本月日傍晚，父朝宗幸得蝇头，回经马足，酒醉过船，撑至中流，打落深水，登时绝命，不见尸迹。次日根究伊家，雨伞现证。泣父江皋翘首，正愁闻乌鸟之音；渡口息肩，却误入绿林之境。剑寒三尺雪，见则魂飘；口喝一声雷，闻而肠裂。在恶哄接客商，明人实为暗贼；谋杀财命，蜜口变作腹刀。乞准断填。上告。

此时冯世泰作县尹，一见有源告状，即为准理："人命关天，事非小可。我当为汝拘拿被告人审明，偿汝父命。"遂差人拘拿阮自强。强不得已，乃赴县诉状：

诉为漏斩陷斩事：人命重根因，不得无风而吹浪；强盗重赃证，难甘即假以为真。谋财非些小关系，杀命犯极大罪刑。痛身撑渡为生，迎送有年，陡因疾病，卧床半月，未出门户。前夜昏黑，不知何人过船，遗下雨伞一把，次早儿往洗船拾归。有源寻父见伞，诬身谋害。且路当冲要，谁敢私自谋人?既有谋人，因何不匿伞灭迹?丁姓之火，难将移在丙头；越人之货，岂得驾称秦产。有源难免无言，当为死父报真仇；天台固自有法，乞为生民缉真犯。上诉。

冯大尹既准自强诉词，遂唤水有源对理。有源哭谓："自强谋杀父命，沉匿父尸，极恶大变，理法难容。若非彼谋，何为伞在他家?

乡里可证。”自强哭诉：“卧病半月，未曾出门，儿拾雨伞，白日青天，左右多人共见，哪有谋害情由？设有谋情，必然藏匿其伞，怕见踪迹，岂肯令人得知，更叫汝来首我？乞拘里甲邻右审问，便见明白。”

冯侯乃拘邻里何富、江滨到县鞫问。二人同声对道：“自强撑渡三年，毫无过恶，病患半月，果未出门，儿子洗船拾伞，果是的确，此乃左右众人眼同面见。有源之父被谋，未知真实，安得诬陷自强？”有源即禀：“这何富、江滨皆是自强切近心腹，皆受自强银两贿赂，故彼此互为回护。若不用刑，决不直吐。”冯侯遂将二人夹起，再三拷问。二人哭辩道：“小人与自强只是平常邻居，何为心腹？自强家贫，且久病，何来贿赂？一言一语，皆是天理人心，公平理论，岂敢曲为回护？莫说夹死小人，即以刀截小人头，亦不敢说自强谋人性命。”

冯侯闻得两人言语坚确，始终无一毫软款，喝手下收起刑具，将自强监禁狱中，干证原告喝出在外。退入私衙想了一回，明日清早，乔装打扮，径往龙泉渡头访个虚实。但听人言纷纷，皆说自强不幸，病未得痊，又遭此冤枉，坐狱受苦，不若在家病死，更得明白。随即过渡再访，人言亦皆相同。冯侯心中叹息道：果然人言自强真是受诬。不知谋杀朝宗者果是何人？心中自猜自疑，又往龙光庙密访，并无消息。四顾看来，但见庙后门题得有数句字道：“你好差，我好错，只因灯盏霍。若要报此仇，除是马生角。”冯侯看此数句话头，意必有冤枉在内，且岂有马生角之理？就换了衣帽去见上司包公，面言此事。包公道：“马生角是个冯字，你姓冯，此冤枉的事毕竟你能究出。”

冯侯别了包公，随即回衙。次日升堂，差人至龙光庙拿庙主来问道：“汝庙中数日有何人常来？”庙主道：“并无人来。只有一人小人曾认得，是城中人叫罗大，日前来庙中戏要。”县主又问道：“可问汝借物否？”庙主答道：“借物没有，我只看见他在桌上拿一枝笔，步到庙后写得几个字。”县主即差人拘拿罗大至县，遂以“马生角”问道：“汝家有一马生角否？”罗大听县主之言，心中悚然，失色答道："不知。"县主道："龙光庙后诗汝可知否?"罗大俯首无言。县主大怒，用重刑拷究。罗大受刑不过，一口招认谋死朝宗之由。据招申详，包公判道：

审得罗大，派出宦门，身归贼党。饥寒不忍，甘心谋害他人；货财无资，肆意劫掠过客。闻石坚之嘱水人，赶至渡口；杀朝宗而坑阮渡，埋殁波心。虽因灯盏之误，实欺神庙之灵。黑夜杀人，天眼昭昭难掩；白日填命，王法凛凛无私。自强之诬由兹洗雪，有源之愤赖是展舒。一死之辜既伏，九泉之冤可伸。暂时置之重狱，秋后加以典刑。

床被什物

话说广东惠州府河源街上，有一小使行过，年可八九岁，眉目秀美，丰姿俊雅。有光棍张逸称羡不已道："此小使真美貌，稍长便当与之结契。"李陶道："你只知这小使美，不知他的母亲更美貌无双，国色第一。"张逸道："你晓得他家，可领我一看，亦是千载奇逢。"李陶即引他去，直入其堂，果见那妇人真比嫦娥妙绝。妇人见二面生人来，即惊道："你是什么人，无故敢来我家?"张逸道："问娘子求杯茶吃。"妇人道："你这光棍！我家不是茶坊，敢在这里讨茶吃！"走入后堂去了，全然不睬。张、李见其貌美，看不忍舍，又赶进去。妇即喊道："白日有贼在此，众人可速来拿！"二人起心，即去强挟道："强贼不偷别物，只要偷你。"妇人高声叫骂，却得丈夫孙诲从外听喊声急急进来，认得是张、李二光棍，便持杖打之。二人不走，与孙诲厮打出大门外，反说孙诲妻子脱他银去不与他奸。孙诲即具状告县：

告为获实强奸事：朋党聚麀，与山居野育者何殊；帘帏不饰，比牢餐栈栖者无别。棍恶张逸、李陶，乃嫖赌刁顽，穷凶极恶。自称花酒神仙，实系纲常蟊贼。窥诲出外，白昼来家，挟制诲妻，强抱恣奸，妻贞不从，大声叫喊，幸诲撞入，彼反行凶，推地乱打，因逃出外，邻里尽知。白日行强，夫伤妻辱。一人之目可掩，众人之口难钳。痛恶奋身争打，胜如采石先登；喊声播闻，恰似昆阳大战。恨人如罗刹，幸法有金刚。急告。

柳知县即拘原被告里邻听审。张、李二人亦捏将孙诲纵妻卖奸脱骗伊银等情具诉来呈。孙诲道："张、李二人强奸我妻，小的亲自撞见，反揪在门外打，又街上秽骂。有此恶棍，望老爷除此两贼。"李陶道："孙诲你忒杀欺心，装捏强奸，人安肯认！本是你妻与我有奸，得我银三十余两，替你供家。今张逸来，你就偏向张逸，故尔与你相打；你又骂张逸，故逸打你。今你脱银过手，反捏强奸，天岂容你！"张逸道："强奸你妻只一人足矣，岂有二人同为强奸？只将你妻与邻里来问便见。"柳知县道："若是强奸，必不敢扯出门外打，又不敢在街上骂，即邻里也不肯依。此是孙诲纵妻通奸，这二光棍争风相打又打孙诲是的。"各发打三十收监，又差人去拿诲妻，着将官卖。

诲妻出叫邻右道："我从来无丑事，今被二光棍捏我通奸，官要将我发卖，你众人也为我去呈明。"邻里有识事者道："柳爷昏暗不明，现今待制包爷在此经过，他是朝中公直好人，必辨得光棍情出，你可去投之。"诲妻依言，见包公轿过，便去拦住道："妾被二光棍入家调戏，喊骂不从，夫去告他，反说与我通奸。本县太爷要将妾官卖，特来投生。"包公命带入衙，问其姓名、年纪、父母姓名及房中床被动用什物，妇人一一说来，包公记在心上。即写一帖往县道："闻孙诲一起奸情事，乞赐下一问。"

柳知县甚敬畏包公，即刻差吏连人并卷解上。包公问张逸道："你说通奸，妇女姓甚名谁？他父母是谁？房中床被什物若何？"张逸道："我近日初与通奸，未暇问其姓名。他女儿做上娼，怕羞辱父母，亦不与我说名。他房中是斗床、花被、木梳、木粉盒、青铜镜、漆镜台等项。"包公又问李陶："你与他相通在先，必知他姓名及器物矣。"李陶道："那院中妓女称名上娼，只呼娘子，因此不知名，曾与我说他父名朱大，母姓黄氏，未审他真假何如。其床被器物，张逸所说皆是。”包公道：“我差人押你二人同去看孙诲夫妇房中，便知是通奸强奸。”

及去到房，则藤床、锦被、牙梳、银粉盒、白铜镜、描金镜台。诲妻所说皆真，而张、李所说皆妄。包公仍带张、李等入衙道：“你说通奸，必知他内里事如何。孙妇房中物件全然不知，此强奸是的。”张逸道：“通奸本非，只孙诲接我六两银子用去，奈他妻不肯从。”包公道：“你将银买孙诲，何更与李陶同去?”李陶道：“我做马脚耳。”包公道：“你与他有熟？几时相熟的，做他马脚?”李陶答对不来。包公道：“你二人先称通奸，得某某银若干，一说银交与夫，一说做马脚。情词不一，反复百端，光棍之情显然。”各打二十。便判道：

审得张逸、李陶，无籍棍徒，不羁浪子。违礼悖义，罔知律法之严；恋色贪花，敢为禽兽之行。强奸良民之妇女，殴打人妻之丈夫，反将秽节污名，借口通奸脱骗。既云久交情稔，应识孙妇行藏。至问其姓名，则指东驾西而百不得一二；更质以什物，则捕风捉影而十不得二三。便见非阃里之旧人，故不晓房中之常用。行强不容宽贷，斩首用戒刁淫。知县柳某，不得其情，欲官卖守贞之妇；轻斤重两，反刑加告实之夫。理民反以冤民，空食朝廷廪禄；听讼不能断讼，哪堪父母官衔！三尺之法不明，五斗之俸应罚。

复自申上司去，大巡即依拟将张逸、李陶问强奸处斩；柳知县罚俸三月；孙诲之妻守贞不染，赏白绢一匹，以旌洁白。

玉 枢 经

话说岳州之野有一古庙，背水临山，川泽险峻，黄茅绿草，一望无际，大木参天而蔽日者不知其数。内有妖蛇藏于枯木之中，食人无数，身大如桶，长十余丈，舌如利刃，眼似铜铃，人皆畏而事之，过者必以牲牢献于其下，方可往来；不然，风雨暴至，云雾昼暝，咫尺不辨，随失其人。如是者有年。

值郑宗孔执任岳州府尹，书吏等远接，俯伏叩头。府尹道："劳汝众等如此远接。"众人等道："小的一则分该远接，二则预报爷爷得知，小的地方有一异事。"遂将道旁古庙枯木藏蛇，要人奠祭；不然，疾风暴雨吹吸人去，不知生死……将此原由说了一遍。府尹大笑道："焉有此理？"

越二日，道经庙边，果不设奠，遽然而往，未及一里，大风振作，飞沙走石，玄云黑雾，自后拥至，回头见甲兵甚众，似千乘万骑赶来，自分必死。府尹未第时曾诵《玉枢经》，见事势既迫，且行且诵，不绝于口。须臾，则云收风息，天地开辟，所追兵骑竟不复有，全获其性命，得至岳州莅任。各县县尹大小官员参见礼毕，既而与各官坐谈，叙及："古庙枯木之中巨蛇成精，食人无数，日前本府书吏军民出关接我，报说此事，我深不信。及至其所，行未一里，果见狂风猛雨如此如此。今请问列位贤宰，此妖猖獗，民不聊生，却将如何殄灭？一则为国治民，二则与民除害，皆我等分所当为。"各县尹答道："卑职下僚，德轻行薄，何能祛之？幸有老府尊职任宪司，风清海宇，虎牝渡河，可以返风，可以灭火，不让刘琨之德政，可并元规之十奇，何患此妖之不屏迹！"说罢，各各礼揖而别。

次日，府尹升堂，叫城中男妇老幼俱要虔诚斋戒，沐浴赍香，跟我叩谒城隍三朝。府尹具疏祷于案前。城隍见府尹带领男妇老幼诚心斋戒，又郑宗孔生平正大，鬼伏神钦，乃将蛇精害民事情，一一陈奏。玉帝在九重天上尝照见宗孔念《玉枢经》，虔诚感应，即差天兵、五雷大神，前去岳州古庙枯木之中殛死蛇精，不得迟延。又道："那包文拯虽为阳官，实兼阴职，可摄其精灵。"天兵乘马持枪，雷神挥火持斧同往，托梦包公，令登赴阴床偕行。一时拥至其所，登时天昏地黑，猛雨滂沱，疾风迅雷，电光闪灼，府县人民骇得无处奔逃。须臾间，只听得一声霹雳震地，蛇精顿时殛死。移时，天开明朗，众口哓哓，俱道是郑爷德感天地，殛死蛇精。众皆往看，果见巨蛇断作两截，人骨聚集成堆。报知府尹，府尹同各官一齐躬诣其所观看，见者无不惊骇。府尹分付将蛇精焚却，烧了一日一夜，才成灰烬。于是岳州人民户户称庆，皆道：非郑爷诚心格天，至德动神，曷克臻此？

上司闻知郑侯至德通神明，忠诚格天地，惠泽被生民，与百姓除害有功，遂赍奖励，以彰其美。未及一载，见其才德攸宜，改调大邦济南府府尹。岳州父老黎民不忍其去，适当包公在朝中奉使巡行其地方，众各奔投保留：

> 呈为保留循良以安黔首以庇地方事：本府居界一隅，路通三省，贮赋下于休宁，兵荒首于东南。幸赖郑宰父母，恺悌宅心，励精图治，越自下车之始，首殄妖魔；继以弹丝之余，每容民隐。省耕问稼，视民饥犹己饥；断狱详刑，处公事如家事。葺社仓备四时凶歉，赈贫乏免老幼流亡。粮派分限催征，民咸称便；差役当堂检点，吏难售欺。裁滥冗总甲百余，乡间不扰；摘潜伏劫寇十数，烽火无惊。门扃惩顽，狐鼠之奸顿息；本皂勾犯，衙胥之暴何施！禁牛而牛利皆蠲，疏盐而盐弊尽革。常例全除纤悉，铺户不取分毫。操若玉壶冰，迈今从政；泽如金茎露，绍古循良。抑且乐育英才，作新学校，士沾时雨，人坐春风，遍地弦歌，满门桃李；儿童幸依慈母，子弟庆得宗师。蒙德政之未几，闻调任之在即。班尘将起，冠伞难留；攀辕心切，卧辙心遑。矧今饥馑渐臻于频仍，盗贼交驰于邻境；非复长城之寄，曷遗贴席之安。幸际天台按临郡邑，伏乞轸忧时变，俯徇舆情，奏善政于九重，另拨调任；留福星于一路，用奠子元。非独黎庶更生，且俾士林称庆。上呈。

包公随即奏请俯从民愿，留守旧邦，暂时纪功优奖，指日不次超升。人心共快。

三 官 经

话说奉化县监生程文焕，娶妻李氏，五十无子，意欲求嗣。尝闻庆云寺中有神最灵，求子得子，遂与妻李氏商议，欲往一游。夫妻斋戒已定，虔备香礼，清早往寺参神。祝告已毕，僧留斋饭后，往游胜景经阁。夫妇倦坐方丈，文焕忽觉精神不爽，隐几而卧。李氏坐侧有一僧名如空，见李氏花容月貌，又见文焕睡卧，遂近前调戏之。李氏性本贞烈，大骂："秃子无知，我何等人，敢大胆如此?"因此惊醒文焕，如空遁去。文焕诘其故，李氏道："适有一秃驴，见你倦眠，近前调戏，被我骂去。"文焕心中暴躁，遂乃高声骂詈："明日赴县，必除此贼，方消此气!"

倏而众僧皆知，恐他首县，私相议道："此夫妇来寺天早，并无人见，莫若杀之以除后患。况此妇出言可恶，囚禁此地，久后不怕不从。"商议已定，出而擒住。如空持刀欲杀文焕，焕见人多，寡众不敌。又有数僧强扯李氏入于别室，欲肆行奸，李氏不从。一僧止道："此时焉能肯从，且囚之别室，以厚恩待他，后必肯从。"众依其言，禁于净室。文焕被众僧欲杀，自思难免，乃道："既夺吾妻，想你必不放我，但容我自死何如?"如空道："不可，必要杀方除其祸。"中有一老僧见其言可怜，乃道："今既入寺，安能走得? 但禁于净室，限在三日内容他自死也罢。"众乃依命，送往一净室，人迹罕到，四面壁立高墙。众僧与砒霜一包，绳索一条，小刀一把，嘱道："凭你自用。"锁门而去。文焕自思：一时虽说缓死，然终不能脱此天罗。室内椅凳皆无，只得靠柱磉而坐。平生好诵《三官经》，闻能解厄，乃口念不住。

是时包公奉委巡行浙江，经历宁波而往台州，夜宿白峤驿，梦见二将使入见，说道："吾奉三官法旨，请君往游庆云寺。"包公道："此去路有多少远?"将使道："五十余里。"包公与之同行，到一山门，举目观看，有金字匾，曰“敕建庆云寺”。入寺遍游，至一净室，毫无所有，只囚一猛虎在内，蹲踞柱磉。俄而惊醒，乃思：此梦甚是奇异，中间必有缘故。

次日升堂，驿丞参见，包公问道：“此处有庆云寺否?”驿丞道：“此去五十里有一庆云寺，寺中甚是广阔，其僧富厚。”包公道：“今日吾欲往寺一游。”即发牌起马，径到山门，众僧迎接。包公入寺细思，与梦中所游景致毫无所异，深入四面游观，皆梦中所历，过一经阁，入左小巷，达一净心斋，而又入小室，旁有一门上锁，恍若夜间见虎之处。包公令开来观看。僧禀道：“此室自上祖以来并不敢开。”包公道：“因何不开?”僧云：“内禁妖邪。”包公道：“岂有此理！内纵有妖邪，我今日必要开看；若有祸来，吾自当之。”僧不敢开。命军人斩锁而入，果见一人饿倒柱下，忙令扶起，以汤灌之才醒。急传令出外，四面紧围。不意包公斩开门时，知者已走去五六十人，但军人在外见僧走得慌忙，不知其故，心疑之，仅捉获一二十人。少顷，闻内有令出围寺，只获老僧、僧童三十人。

包公与文焕酒食，久而能言。诉道：“生系监生程文焕，奉化县人氏，五十无嗣，夫妇早入寺中进香，日午倦睡，生妻坐侧，孰意如空调戏生妻，妻骂惊觉，与僧辩论，触怒众僧，持刀要杀，再三哀求自死，方送入此地，与我绳索一条，小刀一把，砒霜一包，绝食三日。生平只好诵《三官经》，坐于此地，口诵心经。今日幸大人拔救，胜若再生父母！”包公道：“昨晚我梦见二将使道，奉三官法旨请吾游此寺中，随使而至，见此室有猛虎蹲踞。今日到此，其梦中所见境界分毫不差，贤契获救，即平日善报。令正今在何处?”文焕道：“被众僧捉去，今不知在于何地。”包公将众僧拷问，僧招道：“此妇贞烈，是日不肯从奸，众人将他送入净室，酒饭款待，欲诱之，他总不肯食，遂自缢死，埋于后园树下。”包公令人起出，文焕痛哭异常。包公劝止道：“令正节烈可称，审申奏旌表。”其僧老者、幼者皆杖八十还俗；其壮而设谋者，毋分首从，尽行诛戮。即判道：

审得庆云寺淫僧劫空、如空等，恶炽火坑，不顾释迦之法；心沉色界，罔循佛氏之规。监生程文焕携妻李氏求神求后，觊觎美丽，心猿意马，趁夫睡而戏调其妇；骂言詈语，触僧怒而欲杀其夫。恳饶刀刃，求愿宽容。判鸾凤于一时，拆鸳鸯于顷刻。拘执李氏于禅房，款待佳肴百品；囚禁文焕于幽室，受用死路三条。绝哉李氏，不饮盗泉宁自缢；善哉文焕，不甘就死诵三官真经。睡至更阑，感将使请游僧寺，神驰寤寐，梦白虎蹲踞柱旁。文焕从危获救，终当大用；李氏自缢全节，即赐旌奖；劫空、如空等，逼奸陷命，律应枭首；合寺老幼等，党恶匿非，杖罪还家。寺院火焚，钱粮入官。

判讫，将劫空、如空等十人斩首示众，其老幼等受杖还家。包公又责文焕道："贤契心明圣经，子息前缘，命应有子，不待礼佛，自举麟儿；倘命无嗣，纵便求神，何能及哉？况你夫妇早出夜回，亦非士大夫体统。日后务宜勉旃，毋惑妄诞。"文焕唯唯谢罪。包公令将尸殓葬，官给棺衾，树坊墓前，匾旌贞烈节妇李氏之墓，立庙祀焉。其后文焕出监联登，官至侍郎，不娶正妻，只娶一妾，生二子。而猛虎之梦，乃虔诵《三官经》之报应也。

图书在版编目(CIP)数据

包青天奇案/(明)无名氏著．—长沙：岳麓书社，2019．10

(中国古典小说普及文库)

ISBN 978-7-5538-1111-6

Ⅰ．①包…　Ⅱ．①无…　Ⅲ．①短篇小说—小说集—中国—明代
Ⅳ．①I242．7

中国版本图书馆 CIP 数据核字(2019)第 066689 号

BAO QINGTIAN QI’AN

包青天奇案

作　　者：[明]无名氏

责任编辑：曾　倩

责任校对：舒　舍

封面设计：浙江有观文化创意有限公司

特约插画：田刚强

岳麓书社出版发行

地址：湖南省长沙市爱民路 47 号

直销电话：0731-88804152　0731-88885616

邮编：410006

岳麓书社网址：www．yueluhistory．com

2019 年 10 月第 1 版第 1 次印刷

开本：890mm×1240mm　1/32

印张：7．75

字数：216 千字

印数：1—5 000

ISBN 978-7-5538-1111-6

定价：25．00 元

承印：湖南天闻新华印务有限公司

如有印装质量问题，请与本社印务部联系

电话：0731-88884129